Lindsay Gordon (Hg.)
Stunden der Lust

*Buch*

Was haben ein Pianist und ein Masseur gemeinsam? Und welche Art Disziplin bringt die ehrgeizige Geigenschülerin Alison auf, um in die Meisterklasse aufzusteigen? Im Mittelpunkt der neuen, sensationell guten Sammlung erotischer Kurzgeschichten steht ein Thema: Musik – und welche Saiten in welcher pikanten Situation erklingen ... Von leisen Tönen bis »Rock me«: Voll aufdrehen bis zum sexy *Crescendo*!

*Herausgeberin*

Lindsay Gordon ist es gelungen, für diese erotische Themenanthologie die besten Autorinnen des Genres zu versammeln.

*Bei Blanvalet ist in der gleichen Reihe bereits erschienen:*

Gib mir alles! Scharfe Stories (36383)
Gib mir mehr! Scharfe Stories (36433)
Wild und hemmungslos. Scharfe Stories (36893)
Unersättlich. Scharfe Stories (36931)
Heiß und sündig. Scharfe Stories (37051)
Heiße Fantasien. Scharfe Stories (37052)
Scharf und zügellos. Heiße Stories (37053)
Heiße Befehle. Extrascharfe Stories (37553)
Best of Sex. Die schärfsten Stories (37566)

# Lindsay Gordon (Hg.)

# Stunden der Lust

Scharfe Stories

Deutsch
von Claudia Müller

blanvalet

Die Originalausgabe erschien 2006 unter dem Titel
»Sex … and Music« bei Black Lace, London.

Verlagsgruppe Random House FSC-DEU-0100
Das FSC®-zertifizierte Papier *Holmen Book Cream*
für dieses Buch liefert Holmen Paper, Hallstavik, Schweden.

1. Auflage
Deutsche Erstveröffentlichung April 2012
bei Blanvalet, einem Unternehmen der
Verlagsgruppe Random House GmbH, München
Published by Arrangement with Virgin Books Ltd., London, England
Dieses Werk wurde vermittelt durch die
Literarische Agentur Thomas Schlück GmbH, 30827 Garbsen.
Das Copyright © der einzelnen Geschichte
liegt bei der jeweiligen Autorin.
Copyright © der deutschsprachigen Ausgabe 2012
by Verlagsgruppe Random House GmbH, München
Redaktion: Thomas Paffen
Umschlaggestaltung: punchdesign, München
Umschlagmotiv: © Günter Hagedorn/Hagedorn Photography
TKL/lf · Herstellung: sam
Satz: DTP Service Apel, Hannover
Druck und Einband: GGP Media GmbH, Pößneck
Printed in Germany
ISBN: 978-3-442-37793-0

www.blanvalet.de

# Inhalt

# Privatvorstellung

## Mae Nixon

Ich glaube, Noel Coward irrte, als er sagte: »Es ist seltsam, wie machtvoll gerade billige Musik ist.« Wenn man nämlich darüber nachdenkt, ist alle Musik ziemlich machtvoll, oder? Sie kann dafür sorgen, dass man sich traurig fühlt, oder sie lässt einen alle Sorgen vergessen. Sie begleitet uns durch gute und schlechte Zeiten, und ein paar Takte einer Melodie können Erinnerungen in einem aufsteigen lassen, die man lange vergessen glaubte. Ich meine, bei Dvořáks Symphonie »Aus der Neuen Welt« denkt doch jeder an Hovis, oder? Selbst Leute, die noch nie klassische Musik gehört haben, kennen die Worte »Nur ein Hörnchen«. Und wenn Sie sich gerade von Ihrem Freund getrennt haben, fühlen Sie sich bei »I Will Survive« garantiert besser.

Traurig, erheiternd, aufwühlend oder komisch, es gibt ein Lied für jede Stimmung und jeden Moment in unserem Leben. Kürzlich habe ich »Papa Don't Preach« gehört und dachte sofort daran, wie ich bei den Schul-Diskos in der Ecke der Turnhalle gestanden und verzweifelt versucht habe, so zu tun, als wäre ich kein Mauerblümchen. Und ich muss nur die erste Zeile von »Nothing Compares 2 U« hören, und schon bin ich wieder vierzehn, tanze langsam mit Michael Cox auf irgendeiner Geburtstagsparty und frage mich, ob er mich wohl küsst, wenn das Lied vorbei ist. Gleichzeitig erschreckt mich aber der Gedanke, dass ich dabei ganz schön blöd aussehen werde, weil er mir nur bis zur Brust reicht und ich nicht sicher bin, ob ich mich zu ihm hinunterbeugen oder er sich auf Zehenspitzen stellen muss.

Pavarotti erinnert mich daran, wie ich am Küchentisch sitze und meiner Mutter beim Zubereiten des Sonntagsessens zuschaue, und bei Ray Charles muss ich immer an Dads alten 45s denken. Meine Jungfräulichkeit habe ich zu den Klängen von Frankie goes to Hollywoods »The Power of Love« verloren, und zum ersten Mal »Ich liebe dich« habe ich in einem lauten Pub gesagt, in dem aus der Jukebox Take That mit »Back für Good« drang.

Ob es Ihnen gefällt oder nicht, jedes Leben hat seinen eigenen Soundtrack. Aber bis ich Peter kennen lernte, kamen meine persönlichen Melodien aus dem Radio, dem CD-Player oder, als ich ein Kind war, vom Plattenspieler meiner Eltern. Ich habe Musik immer geliebt, die wichtigen Momente in meinem Leben jedoch waren von aufgezeichneten Klängen begleitet.

Livemusik hat etwas unaussprechlich Aufregendes und Wundervolles, nicht wahr? Alle Instrumente in der Band spielen ihren individuellen Part, und doch mischen sie sich – wie durch Magie – so, dass sie Musik schaffen. Harmonien und Melodien, die irgendwie Emotionen hervorrufen. Manchmal bin ich von der emotionalen Macht der Musik völlig überwältigt. Sie scheint mir in die Seele zu dringen. Sie ist wie guter Sex: machtvoll, ursprünglich und alles verzehrend. Sie schärft meine Sinne und gibt mir das Gefühl, lebendiger zu sein, irgendwie realer. Die einzige ähnlich intensive Erfahrung ist Sex. Aber dass die beiden Welten sich mischen, ist mir nie passiert. Bis ich Peter begegnete ...

Mittwochabends treffe ich mich immer mit zwei Freundinnen zu einem Weiberabend. Jede Woche übernimmt eine andere die Rolle der Gastgeberin. Aber an diesem speziellen Abend schaffte es keine von uns, also beschloss ich, mir eine DVD zu leihen und mir auf dem Heimweg vom Chinesen etwas zu essen mitzunehmen. Nach einem langen Tag hatte ich hatte keine Lust mehr gehabt zu kochen.

Im Videoshop herrschte reger Betrieb. Ich quetschte mich zwischen eine Frau im mittleren Alter mit einem kleinen Hund an der Leine und einen jungen Mann mit Takeaway-Essen in einer Tüte. Es duftete nach thailändischem Essen, und ich bekam Hunger. Rasch schaute ich die Titel durch.

»Hallo. Sie erkennen mich bestimmt nicht, oder?« Der Mann mit der Takeaway-Tüte schaute mich an.

»Nein, tut mir leid. Sollte ich?«

»Nein, vermutlich eher nicht, auch wenn ich gehofft hatte, dass ich Ihnen in Erinnerung geblieben bin. Für mein Ego ist das gar nicht gut.« Er lächelte. Er hatte schöne blaue Augen und kurze blonde Haare. Er kam mir leicht vertraut vor, aber ich konnte ihn nicht unterbringen.

»Irgendwo sind wir einander begegnet, nicht wahr?« Ich forschte in meinem Gedächtnis.

»Bei Giovanni's, vor zwei Wochen. Ich bin an Ihrem Tisch vorbeigekommen, und Sie haben mir zugezwinkert.«

»Ja, natürlich. Wie konnte ich das nur vergessen? Ich habe immer noch Ihre Telefonnummer in meiner Handtasche.«

»Aber Sie haben sie nicht benutzt.«

»Noch nicht.«

»Wie lange wollten Sie mich warten lassen?«

»Sie kennen doch bestimmt die Regeln. Lange genug, um nicht zu verzweifelt zu erscheinen, und kurz genug, um interessiert zu wirken.«

»Aber Sie wollten anrufen, hoffe ich?« Lächelnd blickte er mich an.

»Ehrlich gesagt weiß ich es noch nicht genau. Aber jetzt haben Sie mir ja die Mühe erspart. Ich kann Ihnen versprechen, dass ich Sie jetzt nicht mehr vergesse.«

Die Frau mit dem Hund trat einen Schritt zurück und rempelte mich an. Ich taumelte und fiel nach vorne. Er fing mich auf und hielt mich an den Unterarmen fest. Seine Hände waren stark und beruhigend. Unsere Körper berührten sich beinahe, und unsere Gesichter waren nur Zentimeter voneinander entfernt. Ich konnte seinen heißen Atem auf meiner Wange spüren. Er ließ mich los. Die Haut an meinen Armen prickelte.

»Entschuldigung, was müssen Sie von mir denken? Ich bin Peter Griffin. Ich freue mich, Sie kennen zu lernen.« Er reichte mir die Hand.

»Ich bin Tess Tyler.« Wir schüttelten einander die Hände. Er hatte einen festen, aber freundlichen Griff. Seine Haut war warm und weich.

»Oh, ich weiß, wer Sie sind. Ich habe Sie in Ihrem Laden in der High Street gesehen. Und ich glaube sogar, gestern habe ich hinter Ihrem Wagen im Stau gesteckt.«

»Hören Sie lieber auf, sonst glaube ich am Ende noch, dass Sie mich verfolgen.«

»Nein, das tue ich nicht, das kann ich Ihnen versichern. Ich bin völlig harmlos.«

Sein amüsierter Blick war so intensiv, dass mein Magen zu flattern begann. Seine blauen Augen funkelten. Sein Mund stand leicht offen, und ich sah seine Zungenspitze zwischen den Zähnen. Er fuhr sich damit über die Lippen.

»Das freut mich.« Ich lächelte ihn an.

»Haben Sie heute Abend schon was vor?«

»Ich habe einen aufregenden Abend mit einer DVD und Essen aus dem Takeaway geplant, aber wenn Sie ein verlockenderes Angebot machen würden, könnte ich meine Pläne ändern.«

»Haben Sie Hunger?«

»Großen Hunger.«

»Dann mögen Sie hoffentlich thailändisches Essen?« Er hielt seine Tüte aus dem Takeaway hoch.

»Wo wohnen Sie?« Meine Stimme war auf einmal ganz heiser. »Ich wohne Park Drive.«

»Ist gleich hier um die Ecke – kennen Sie die alte Schule?«

»Wirklich? Ich habe mich immer gefragt, wie sie wohl von innen aussieht. Wir können ja zu Fuß hinlaufen.« Ich ergriff seine Hand.

Peters Haus war eine viktorianische Schule, die in den 1980er-Jahren in Wohnungen umgewandelt worden war. Sein Apartment befand sich in einem ehemaligen Klassenzimmer und hatte hohe Decken und schlichte weiße Wände. Eine der Wände bestand ganz aus Fenstern, die einen Meter über dem Boden begannen und bis zur Decke reichten. Es war im Wesentlichen ein langer Raum, der an einem Ende für eine Küche und ein Badezimmer abgetrennt war. An den Fenstern hingen Jalousien, die Dielen waren in einem warmen Goldbraun gewachst.

Der Raum war in verschiedene Bereiche unterteilt. In der Mitte standen zwei Sofas, ein Couchtisch und ein großer Fernseher. Am hinteren Ende standen ein paar Bücherregale, ein Korbsessel und eine teuer aussehende Stereoanlage. Am Fenster schließlich ein mechanisches und ein digitales Klavier.

Peter verteilte das gekaufte Essen auf zwei Teller und schenkte uns Wein ein. Er hatte die Schuhe ausgezogen und saß mit gekreuzten Beinen vor mir auf dem Fußboden. Ich hockte entspannt auf dem Sofa.

»Er ist gut. Sie haben einen ausgezeichneten Geschmack.«

»Danke. Ich habe ihn letztes Jahr in Frankreich gekauft, direkt vom Winzer. Es war ein richtiges Schnäppchen, und mittlerweile sind nur noch sechs Flaschen übrig.«

Ich trank noch einen Schluck Wein.

»Spielen Sie?« Ich stellte meinen Teller ab und nickte zum Klavier hin.

»O ja. Damit verdiene ich mein Geld. Deshalb war ich auch bei Giovanni's, als wir uns das erste Mal begegnet sind. Ich habe einen Vertrag mit dem Besitzer geschlossen. Von jetzt an werde ich jeden Freitagabend dort spielen.«

»Wirklich? Ich bin beeindruckt.«

»Es ist nicht so glamourös, wie es sich anhört, das kann ich Ihnen versichern. Ich verdiene damit meinen Lebensunterhalt. Manchmal muss ich Sachen spielen, die ich mir nie anhören würde, wenn ich dafür nicht bezahlt würde. Nebenbei versuche ich ein bisschen eigene Musik zu machen, und es gibt auch eine Plattenfirma, die an mir interessiert ist, aber das Meiste ist nur Broterwerb.« Er spielte seinen Job zwar herunter, aber ich hörte die Begeisterung in seiner Stimme. Seine Augen funkelten.

»Ich habe kreative Menschen immer schon beneidet. Ich kann noch nicht einmal singen.« Ich lächelte.

»Aber Ihre Arbeit ist doch auch kreativ, oder? Blumen zu arrangieren ist eine Kunst.«

Ich schüttelte den Kopf. »Es ist eine erlernbare Fähigkeit. Jeder kann es lernen.«

»Nein, das kann gar nicht sein. Ich meine, man kann vielleicht lernen, wie man die richtigen Blumen aussucht, sie zusammenstellt und was dazu passt. Aber man muss doch wenigstens ein Auge dafür haben, oder? Blumen sind geheimnisvoll und magisch. Manche sind fröhlich und bringen einen zum Lächeln. Andere sind so zerbrechlich, dass man Zärtlichkeit für sie empfindet. Manche machen einen traurig, und manche erfüllen einen mit Leidenschaft. Um einen wirklich schönen Strauß zu binden, muss man ihre inneren Qualitäten verstehen. Nein, behaupten Sie bloß nicht, Sie seien keine Künstlerin. Das kann ich einfach nicht glauben.«

»Es ist sehr freundlich von Ihnen, so etwas zu sagen.«

»Geben Sie mir Ihre Hände.«

»Was haben Sie vor? Wollen Sie mir aus der Hand lesen?«

»Geben Sie mir Ihre Hände …«

Seine Finger berührten meine Handgelenke und glitten federleicht bis zu meinen Fingerspitzen hin. Dann drehte er seine Hände mit den Handflächen nach oben, und ich legte meine Hände dagegen. Seine Daumen liebkosten meine Finger. Mir lief ein Schauer über den Rücken.

»Sie haben die Hände einer Künstlerin. Sehen Sie sich nur Ihre langen Finger und die wohlgeformten Nägel an. Und Ihre Finger laufen spitz zu. Das ist die Hand eines Engels.«

»Ihre Hände sind auch schön. So schmal und sensibel. Ich hätte gleich sehen müssen, dass Sie Pianist sind. Ich weiß noch, dass ich im Videoladen gedacht habe, wie weich Ihre Hände sind.« Ich streichelte seine Finger.

»Das kommt daher, dass ich noch nie in meinem Leben hart gearbeitet habe.«

»Das stimmt doch gar nicht. Natürlich leisten Sie keine schwere körperliche Arbeit, aber es ist doch anstrengend. Menschen zu Tränen zu rühren ist eine ziemlich noble Beschäftigung.«

»O ja, das tue ich ständig. Manchmal werfen sie auch Sachen auf die Bühne.«

»Spielen Sie mir etwas vor?«

»Nein, das kann ich nicht. Ich werde immer ganz nervös und ungeschickt, wenn mich jemand darum bittet.«

»Ja, das ist bestimmt ein Nachteil in Ihrem Job.«

»Es macht mir nichts aus, vor einem Saal voller Fremder zu spielen; das ist ja nichts Persönliches. Aber wenn mein Publikum nur aus einer Person besteht, kann ich auf einmal nicht mehr spielen.«

»Ich verspreche auch, ganz still zu sein. Sie werden mich gar nicht hören. Bitte.« Ich lächelte ihn an.

»Irgendwie kann ich Ihnen wohl nichts abschlagen.«

Er drückte meine Hände und legte sie sanft auf meine Knie. Dann stand er auf und trat an sein Klavier. Er setzte sich auf die Bank und schloss die Augen. Stumm saß er einen Moment lang da.

Ich hörte das leise Rauschen des Verkehrs auf der Straße draußen. Irgendwo in der Wohnung tickte eine Uhr. Peters Finger verharrten über den Tasten. Ich sah, wie sein Oberkörper sich hob und senkte. Er hatte die Augen geschlossen, und sein Gesicht wirkte plötzlich verletzlich und intensiv. Ich hatte das Gefühl, dass er etwas Geheimes und Persönliches mit mir teilte.

Die Augen immer noch geschlossen, begann er zu spielen. Perlende Töne erfüllten den Raum. Nach ein paar Takten erkannte ich die Melodie. Peter spielte eine Jazz-Version von Billy Holidays »Lover Man«, ein Stück, das ich dank Dads alter Platten gut kannte. Sein Spiel vermittelte die gleiche Melancholie und Hoffnungslosigkeit, die ich immer in Billys Stimme gehört hatte.

Peters Körper bewegte sich im Rhythmus der Musik. Leicht und präzise huschten seine Finger über die Tasten. Ich konnte den Blick nicht von ihm wenden. Die Musik schien wie ein drittes Wesen im Raum zu schweben. Beinahe hatte ich das Gefühl, meine Hand ausstrecken und sie berühren zu können. Sie drang in meine Poren ein und erfüllte mein Bewusstsein mit Zärtlichkeit und Schönheit.

Seine Finger flogen über die Tasten. Sein Brustkorb hob sich, seine Lippen waren rot und geschwollen. Er lächelte leise vor sich hin. Etwas wie Verzückung lag auf seinem Gesicht.

Ich saß auf der Sofakante. Die Musik vibrierte in mir. Ich konnte sehen, dass Peter völlig in sein Spiel versunken war. Er spielte mit dem ganzen Körper und mit dem Herzen, und aus jedem seiner Töne sprach seine Seele zu mir. Als der letzte Ton verklungen war und er die Hände in den Schoß legte, merkte ich, dass ich den Atem angehalten hatte.

Ich stand auf und trat ans Klavier. Peter blickte mich an und lächelte unsicher.

»Gib mir deine rechte Hand.« Meine Stimme war sanft und leise, aber ich ließ keinen Zweifel daran, dass ich Gehorsam erwartete. Peter reichte mir seine Hand, die Handfläche nach oben. Ich nahm sie auf meine linke Handfläche. Mit dem rechten Zeigefinger umfuhr ich die Umrisse seiner Hand. Ich drehte sie um, untersuchte sie aus allen Blickwinkeln.

»Es ist schwer zu glauben, dass Fleisch, Blut, Knochen und Sehnen eine solche Schönheit erschaffen können.«

Peter lächelte und führte mich wieder zum Sofa. »Hat dir mein Spiel gefallen?«

»Ja, es war wundervoll. Du hast sehr begabte Hände.«

»Und sie sind sehr gelenkig. Ich arbeite auch manchmal als Masseur.«

»Sagen Männer so etwas nicht nur, damit man nackt und eingeölt vor ihnen liegt?«

»Nein, es stimmt. Vor meiner musikalischen Karriere habe ich damit mein Geld verdient. Du würdest dich wundern, wie viele Musiker tagsüber einem anderen Job nachgehen. Wenn du willst, gebe ich dir gerne eine kostenlose Massage. Keine Hintergedanken, völlig professionell.« Er blickte mir in die Augen, und ich sah ihm an, dass er es ernst meinte.

»Danke, ich komme gerne darauf zurück. Manchmal bin ich abends echt müde, wenn ich den ganzen Tag im Laden gestanden habe.« Ich lächelte. Peter schenkte mir Wein nach. »Deine Wohnung gefällt mir. Es ist sehr hübsch hier.«

»Ja, das finde ich auch. Sie ist hell und weiträumig, und vor allem ist die Akustik wunderbar. Aber gekauft habe ich sie vor allem wegen des Gartens. Er ist unglaublich.«

»Welcher Garten? Hier kann doch kein Garten sein!«

Peter lächelte. »Doch, es ist sogar ein ganz besonderer Garten. Möchtest du ihn gerne sehen?«

»Ja, klar.« Er hatte mich neugierig gemacht.

Peter stand auf und ergriff meine Hand. Er führte mich aus der Wohnung heraus, einen Korridor entlang. Am Ende des Gangs führte eine Tür aufs Dach.

»Gefällt er dir? Hier war früher der Schulhof.«

Ich blickte mich auf dem Dachgarten um. Es gab einen gepflasterten Bereich mit Töpfen und Kübeln voller Blumen und einem kleinen Teich. Auf einer Seite standen Holzbänke und Tische und ein Grill. Der Garten war von einem Eisenzaun umgeben. Alle zwei Meter etwa war der Zaun höher und mit einer spektakulären Kreuzblume gekrönt.

Peter führte mich an eine Ecke des Daches, damit ich die Aussicht genießen konnte. Unter uns lag die Stadt wie ein Bühnenbild. Mit den Scheinwerfern der Autos wirkten die Straßen wie Bänder, die sich bewegten. In der Ferne ragten die Wolkenkratzer der Innenstadt wie moderne Kathedralen in die Luft.

Es wurde langsam dunkel, der Himmel war von einem tiefen, geheimnisvollen Blau. Ich hörte das Rauschen des Verkehrs. Der Wind fuhr mir durch die Haare, und als ich an einem der Töpfe vorbeikam, war die Luft erfüllt von Lavendel.

Ich wandte mich an Peter. »Es ist wunderschön. Atemberaubend. Vor allem um diese Tageszeit. Beinahe magisch.«

Peter nickte. »Du kannst jetzt sicher verstehen, warum ich die Wohnung unbedingt kaufen musste. Ich bin in der Woche vor dem Millennium hierhergezogen. Am Silvesterabend habe ich hier gestanden und mir das Feuerwerk angesehen. Dieses Erlebnis werde ich nie vergessen.«

Ich sah die Leidenschaft und Intensität in seinen Augen. Er stützte sich mit beiden Händen aufs Geländer und blickte zum Himmel. Seine Haare funkelten im Licht, das durch die offene Tür drang. Ich legte die Hand auf seinen Arm, und er lächelte mich an.

Ich beugte mich vor und gab ihm einen Kuss. Seine Lippen waren weich und warm. Er umfasste meinen Hinterkopf und streichelte mir mit der anderen Hand über den Rücken. Ich erschauerte.

»Es wird kalt. Lass uns hinuntergehen.« Peters Stimme war leise und zärtlich, sein Mund dicht an meinem Ohr.

Unten schenkte Peter uns noch Wein ein. Mittlerweile war ich völlig entspannt. Ich fühlte mich wohl in seiner Gesellschaft. Er war amüsant und faszinierend. Mir fiel auf, dass er den Blick nicht von mir wandte, während wir uns unterhielten. Er gab sich keine Mühe, seine Gefühle zu verbergen, und auch ich sah keine Notwendigkeit zu Koketterie.

Er hatte lange, helle Wimpern, und seine Augen waren beinahe lavendelblau. Ich fand es bezaubernd, wie er sich ab und zu unbewusst mit seinen langen Fingern durch die Haare fuhr. Seine Hände faszinierten mich am meisten. Vom Klavierspielen waren sie stark und geschmeidig, und da er sich anscheinend häufig in der Sonne aufhielt, waren seine Hände und seine Arme gebräunt. Ich konnte die Muskeln und Sehnen in seinen Unterarmen sehen, und auch sein Bizeps war gut geformt: muskulös, aber nicht überentwickelt. Das gefiel mir und weckte zugleich aus irgendeinem Grund meinen Beschützerinstinkt.

Als ich mich vorbeugte, um mein Glas zu ergreifen, betrachtete er offen meinen Oberkörper. Aber er wirkte dabei ganz natürlich, als wollte er mir sagen, er fände mich zwar attraktiv, würde aber ohne Einladung nicht weiter gehen.

»Das hast du jetzt schon zum dritten Mal gemacht, Tess. Hast du Nackenschmerzen?«

»Was habe ich gemacht?«

»Du reibst dir ständig den Nacken und rollst deinen Kopf von links nach rechts, als ob du Schmerzen hättest.«

»Ja, es tut tatsächlich ein bisschen weh. Ich hatte einen langen Tag, und heute früh war meine Assistentin nicht da, deshalb musste ich meinen Lieferwagen alleine ausladen. Aber es ist nicht schlimm. Wenn ich eine Nacht geschlafen habe, ist es sicher wieder gut.«

Peter stand auf und stellte sich hinter mich. Er legte seine Hände auf meine Schultern. Seine Handflächen waren warm und schwer. Ein Lustschauer lief über meinen Rücken.

»Du hast das bestimmt schon seit einer ganzen Weile. Du hältst den Kopf schief, wusstest du das?«

Seine Hände fühlten sich himmlisch an. Ich schloss die Augen.

»Nein, das wusste ich nicht. Vielleicht hast du Recht. Ich glaube, ich habe mir das einfach angewöhnt.« Er begann, die Muskeln an meinem Nacken zu kneten, und ich stöhnte leise. »Du hast magische Hände.«

Peter lachte. »Ich bin wirklich Masseur, das habe ich nicht erfunden. Ich habe sogar ganz ordentlich damit verdient.« Er massierte eine besonders verhärtete Stelle.

»Mmm, das ist himmlisch. Aber du machst das wohl nicht kostenlos, oder?«

»In der letzten Zeit arbeite ich meistens auf Tauschbasis.«

»Das ist sehr praktisch, muss ich sagen. Was möchtest du als Gegenleistung?«

»Das überlasse ich dir. Dir fällt bestimmt etwas ein.«

»Ich bin ganz großartig in Gegenleistungen.«

Er beugte sich vor, umfasste mein Gesicht mit beiden Händen und strich mir mit den Daumen über die Wangen.

»Das bezweifle ich nicht.« Er blickte mir in die Augen.

»Es gibt allerdings ein Problem ...«

»Ja?«

»Du hast anscheinend kein Bett.«

Er lachte. »Es ist oben unter der Decke. Du musst dort die Leiter hinaufklettern.« Er wies dorthin.

»Ich bin schon lange nicht mehr über eine Leiter ins Bett gestiegen. Meine Schwester und ich hatten als Kinder Etagenbetten.«

»Du gewöhnst dich daran.« Er ergriff meine Hand und führte mich zur Leiter. »Möchtest du als Erste gehen? Dann kann ich dich auffangen, wenn du fällst.«

»Mich täuschst du nicht, du willst doch nur meinen Hintern sehen.«

»Nicht nur sehen. Ich werde alle fünf Sinne einsetzen.«

Peters Bett war ein Futon, der direkt auf dem Boden lag. Er war mit einer weichen, weißen Steppdecke bedeckt, daneben stand ein niedriger Schrank, auf dem eine Kerze, ein Digitalwecker und ein kleiner CD-Player standen. An der Wand gegenüber waren Einbauschränke hinter Spiegeln verdeckt.

»Schön ist es hier oben. Irgendwie so friedlich und losgelöst vom Rest der Welt.«

Peter nickte. »Ja, ich liebe es hier oben. Es ist ein ganz besonderer Raum.« Er strich mir über die Wange. »Würde es dir etwas ausmachen, wenn ich dich jetzt ausziehe?«

»Ist das im Preis inbegriffen?«

»Nein, offiziell nicht. Aber es würde mir Spaß machen. Wenn es dir nichts ausmacht.« Er blickte mich an. Seine Augen leuchteten vor Verlangen.

»Ich begebe mich völlig in deine fähigen Hände.«

Er knöpfte mit zitternden Fingern meine Bluse auf.

»Kein Büstenhalter. Na, das ist aber mal eine angenehme Überraschung.« Er umfasste meine Brüste und strich mit den Daumen über meine Nippel. Sie wurden unter seiner Berührung hart. Sein Atem ging schnell und laut.

Er öffnete den Reißverschluss meiner Jeans.

»Und auch kein Höschen. Du bist voller Überraschungen.« Er ging auf die Knie und zog meine Jeans so weit herunter, dass ich heraustreten konnte. Mit den Fingerspitzen fuhr er meine Schenkel entlang. Seine Finger bewegten sich langsam, erforschten jeden Millimeter. Seine Berührung war leicht, und ich spürte seine Finger kaum. Meine Haut prickelte.

Er fuhr mit den Fingernägeln über meine Arschbacken, und ich erschauerte. Er presste sein Gesicht gegen meinen Schritt und atmete tief meinen Duft ein. Ich bog mich zurück und stöhnte leise.

»Leg dich hin, ich hole meine Utensilien.«

Ich legte mich bäuchlings aufs Bett. Mein Körper sank in die weiße Steppdecke ein. Peter ging leise im Zimmer herum, zündete Kerzen an und holte die Öle, die er für die Massage brauchte. Er legte eine CD ein, und ich erkannte Miles Davis' weiche Trompetenklänge.

Entspannt lag ich da. Hörte nur meinen eigenen Atem, die Musik und Peter, der sich leise im Zimmer bewegte. Ich hörte die Uhr ticken und irgendwo in der Ferne eine Polizeisirene.

»Ich ziehe mich nur rasch aus, und dann bin ich bei dir.«

»Mir war nicht klar, dass wir beide nackt sein müssen, Peter«, flüsterte ich heiser. »Wenn ich sonst massiert werde, zieht der Masseur sich nicht aus.«

»Ich habe meine Berufskleidung nicht hier, und wenn ich meine Kleidung anlasse, bekommen die Sachen Ölflecken. Ich mache mir eigentlich nur Sorgen wegen der Wäscherechnung.« Er setzte sich neben mich auf die Bettkante und legte mir die eingeölte Hand mit leichtem Druck unten auf den Rücken. Seine Haut war glatt und warm. Tief seufzend schloss ich die Augen und konzentrierte mich auf seine geschickten Hände auf meinem Rücken.

In einem langen *glissando* glitten seine Finger meine Wirbelsäule entlang. Ich keuchte. Mit langen Strichen massierte er meine Muskeln. Seine Hände bewegten sich genauso präzise und selbstbewusst über meine Haut wie auf dem Klavier.

Mit sanftem Druck löste er die verspannten Stellen und streichelte sie weg. Seine starken Finger bearbeiteten meine steifen Schultern. Ich spürte, wie der Druck des Tages sich löste.

Er setzte den Druck seiner Finger unterschiedlich ein: manchmal neckten sie mich nur *pianissimo,* dann wieder spürte ich sein Gewicht in einem befriedigenden *fortissimo,* das mich aufstöhnen ließ.

Ich trieb dahin, irgendwo an der Grenze zwischen Schlaf und Bewusstsein. Es war himmlisch. Der Rhythmus von Peters Händen auf meinem Körper, die ruhige

Wiederholung der Musik und der Wein – all das vermischte sich zu einem wohligen Gefühl. Ich schnurrte förmlich.

Peters Hände bewegten sich unablässig. Sie flatterten in *arpeggios* über meine Wirbelsäule, und ich spürte die Spannung in meinem Bauch sich aufbauen, als er langsam und fest über meinen Rücken strich. Mein ganzer Körper prickelte bei seinen langsamen, sinnlichen Liebkosungen.

Schließlich widmete er seine Aufmerksamkeit meinem unteren Rücken und den Hinterbacken. Er rieb jede Hand kreisförmig auf meinen Hinterbacken und glitt dann wieder zu meinen Hüften. Bald schon verirrten sich seine Finger in meine Ritze, ölten sie ein und verharrten kurz über meiner Rosette.

Ich seufzte. Peters Finger begannen, meine Muschi entlangzustreicheln, bevor sie nach oben zu dem anderen Loch glitten. Ich wurde feucht, und meine Säfte vereinigten sich mit dem Öl auf Peters Fingern. Unwillkürlich bog ich mein Hinterteil seinen Händen entgegen.

Seine fedrigen Bewegungen erregten mich. Ich wollte, dass seine Finger auf meiner Klitoris verweilten und sie fest streichelten, bis ich kam, aber ich wusste, dass ich alles umso mehr genießen würde, wenn ich Peter die Kontrolle überließ. Ich war hin- und hergerissen: Die eine Hälfte bettelte darum, endlich zum Höhepunkt zu gelangen, die andere Hälfte wollte sich Peters erfahrenen Händen ergeben.

Ich wand mich auf dem Bett und stöhnte leise. »Oh, du bist so grausam«, sagte ich.

Peter lachte. Er beugte sich vor und küsste mich zärtlich auf die Schulter.

Nach und nach, fast unmerklich, verstärkte Peter den Druck seiner Finger. Sie glitten durch meine nasse Spalte, verweilten an meiner Knospe und umkreisten sie. Dann schob er sie nach oben, zu meiner Ritze, und quälte mich, indem er seinen Daumen auf meine Rosette drückte.

Ich spreizte die Schenkel und bot ihm meine Muschi an. Seine Finger konzentrierten sich jetzt auf den Bereich zwischen meinen Beinen und strichen von meiner Klitoris aufwärts zu meinem Arschloch, jedes Mal ein bisschen fester als das letzte Mal. Ich spürte, wie sich die Spannung aufbaute, die unweigerlich zum Orgasmus führen würde. Meine Klitoris war hart, mein Arschloch zog sich zusammen, wenn die öligen Finger es berührten. Peters Hand glitt unter meinen Körper, und er umfasste meinen Venushügel. Sein Daumen kreiste um meine Klitoris, während seine andere Hand rhythmisch meine Spalte entlangglitt und dabei beide Löcher berührte.

Wärme breitete sich in meinen Lenden aus. Meine eigene Feuchtigkeit mischte sich mit dem Massageöl und machte mich nass und schlüpfrig. Peters Finger massierten meine Klitoris rhythmisch und fest.

Ein Schweißfilm bedeckte meinen Körper. Meine feuchten Haare hingen mir in Strähnen ums Gesicht. Das Herz schlug mir bis zum Hals, und ich krallte meine Finger in die Bettdecke, während ich leise zu stöhnen begann.

Ich stieß einen scharfen Schrei aus, als Peter zwei Finger in mich hineinschob, rasch gefolgt von zweien, die er mir in den Arsch steckte.

Ich begann am ganzen Körper zu zittern.

»Peter! Oh, Peter!«, schrie ich. Meine Schenkel bebten. Meine Klitoris pochte, und als ich kam, stieß Peter mir seine Finger tief in beide Löcher.

Ich wollte, dass es nie zu Ende ging, aber nach und nach entspannten sich meine Muskeln wieder. Meine Möse pochte nicht mehr, und mein Atem ging wieder normal. Ich schob mir meine feuchten Strähnen aus der Stirn und drehte mich um, um ihn anzulächeln.

»Ich wette, du hast viele Trinkgelder bekommen, als du damit noch deinen Lebensunterhalt verdient hast.«

»Ganz so weit bin ich damals nie gegangen. Für dich habe ich schon ein paar Extras eingebaut.« Er streichelte mir über den Rücken.

»Wenn ich mich recht erinnere, habe ich dir eine Gegenleistung versprochen.«

»Nur, wenn dir danach ist.«

Ich drückte Peter aufs Bett, legte mich auf ihn und küsste ihn. Er schmeckte nach Wein. Ich knabberte an seiner Unterlippe. Er roch nach Erregung, und ich spürte sein Herz an meinem schlagen. Ich küsste ihn auf den Nacken. Als ich an der empfindlichen Stelle an seinem Ohr knabberte, wurde er ganz steif und drängte mir seine Hüften entgegen.

»Geduld«, murmelte ich und fuhr mit der Zunge über seine Kehle in seine behaarten Achselhöhlen. Weiter wanderte mein Mund über seine Brust. Ich lutschte an einem seiner Nippel, und Peter stöhnte leise auf.

Seine Nippel wurden hart und röteten sich, als ich sie erregte, und ich widmete mich beiden ausgiebig.

Peters Atem kam mittlerweile in schnellen Stößen, und ich begann, ihn mit federleichten Berührungen zu streicheln. Meine Fingerspitzen glitten von seinen Armhöhlen über seine Seiten hinunter. Er bekam Gänsehaut. Ich merkte ihm an, wie sehr er sich danach sehnte, dass ich seinen Schwanz anfasste. Er wand sich unter mir und bettelte darum, dass ich ihn berührte. Ich schüttelte den Kopf.

Ich erforschte weiter seinen Oberkörper, streichelte sanft über seine Brust, wobei meine Fingerspitzen ihn kaum berührten. Nach und nach näherte ich mich seinen harten Nippeln und umkreiste sie mit den Fingern. Ich wusste, was für eine süße Qual das sein musste. Mit den Daumen streifte ich die geschwollenen Knospen, und Peter stöhnte vor Lust.

Dann glitt ich an seinem Körper hinunter und hockte mich zwischen seine gespreizten Beine. Peter war anscheinend von Natur aus blond. Seinen Busch hatte er sorgfältig gestutzt. Sein Skrotum war dick und fest vor Erregung.

Die Spitze seines Schwanzes war nass und glänzte. Sie schien im Kerzenschein zu schimmern. Er roch köstlich nach Mann. Ich streichelte mit den Daumen um seine Eier und ließ dann meine Finger zu seinem Anus gleiten.

»Nimm ihn in den Mund, bitte«, bettelte Peter.

Ich beugte mich über seinen Schwanz und stieß mit der Zunge gegen seine Eichel. Langsam erforschte ich sie. Die seidige Haut fühlte sich wunderbar an.

Peter spreizte die Beine weiter und bäumte sich auf.

Während ich meine Zunge um sein Köpfchen gleiten ließ, befingerte ich sein Arschloch. Wenn ich meine Fingerspitze gegen die empfindliche Öffnung stieß, stöhnte Peter auf und wand sich unter mir. Ich ließ ihn zappeln. Er sollte erst noch erregter werden und darum betteln, dass ich ihn ganz in den Mund nahm.

»Bitte!« Beinahe heulte er.

Ich ignorierte sein Flehen und begann seine Eichel zu lecken. Dabei packte ich die Schwanzwurzel und drückte sie. Peter stöhnte leise, seine Oberschenkel begannen zu zittern.

»Okay«, sagte ich. »Ich weiß, was du willst.«

Ich nahm seinen Schwanz in den Mund und saugte daran. Peter zitterte vor Erregung, als ich mit der Zunge in das kleine Loch auf der Eichel hineinstieß.

Das nächste Stück auf der CD begann, und ich erkannte sofort »My Funny Valentine«. Peter stöhnte. Er würde jeden Moment zum Höhepunkt kommen. Ich schloss die Augen und genoss das Gefühl des glatten, heißen Schwanzes in meinem Mund. Eifrig saugte ich an seinem harten Glied. Sein männlicher Geruch stieg mir in die Nase, und Miles Davis' mitreißendes Trompetensolo schien die perfekte Hintergrundmusik für diesen Augenblick zu sein. Die Kadenzen untermalten den Rhythmus der Erregung, die sich zum unvermeidlichen Crescendo aufbaute.

Peter warf sich hin und her und stieß seinen Schwanz in meinen Mund. Ich schloss meine Lippen fest um seinen harten Schaft. Die Trompete klang immer drängender.

Peter stöhnte und keuchte und hielt mit einer Hand meinen Hinterkopf umklammert. Ich spürte, wie sich die Muskeln in seinen Oberschenkeln anspannten. Ich saugte immer fester und umschloss dabei seinen Schwanz fest mit meiner Hand. Und dann schob ich einen Finger in sein enges Arschloch.

Der Bass dröhnte im gleichen Rhythmus wie Peters erregte Atemzüge. Seine Hüften stießen immer schneller seinen Schwanz in meinen Mund. Er stöhnte und murmelte. Ich spürte seine Oberschenkel zittern. Er stand kurz vor dem Orgasmus, und ich erhöhte das Tempo. Gleichzeitig schob ich ihm einen zweiten Finger in den Arsch und drehte ihn hin und her. Die ruhelose Melodie der Trompete war das Echo meines eigenen Verlangens und Peters Erregung.

Das Stück baute sich zu einer wilden, jubelnden Coda auf. Peter schrie jetzt beinahe und gab unverständliche Laute von sich. Ich umschloss seinen Schaft fest mit den Lippen, als er kam. Heißes Sperma spritzte auf meine Zunge, und ich schluckte die dicken, salzigen Tropfen. Mit den letzten Tönen des Trompetenstücks verebbte auch sein Orgasmus.

Ich zog meine Finger aus seinem Hintern, küsste seinen Schwanz und legte meinen Kopf auf seinen Bauch.

Fünfzehn Minuten später wiederholten wir das Ganze. Seitdem spielen Peter und ich im Duett. Manchmal mögen wir lieber Klassik und kreieren Symphonien mit unterschiedlichen Bewegungen zu Motiven, und manchmal stehen wir mehr auf Jazz mit seinem primitiven Rhythmus und seiner Kraft. Gelegentlich spielen wir sogar Solos, und der andere spielt Publikum.

Eine Woche später war ich dabei, als er nach seinem Klavierspiel bei Giovanni's stehende Ovationen erhielt. Ich applaudierte ebenfalls, wusste ich doch, dass er mir später eine Privatvorführung geben würde.

# Der Schüler

## Fiona Locke

Master Leighton hatte Recht. Sein Schüler spielte makellos nach Stockhieben.

Drei scharfe Schläge auf den Hosenboden des Jungen. Ohne Umstände. Nur die unmittelbare Korrektur einer schiefen Note. Und Martin spielte das Stück noch einmal. Fehlerlos.

»Ausgezeichnet«, sagte Master Leighton. Es war das einzige Mal, dass er dieses Wort in den Mund nahm, das einzige Mal, dass er wirklich erfreut klang. Dabei lobte er noch nicht einmal so sehr seinen Schüler, sondern eher sich selbst, weil er diesen tadellosen Vortrag aus ihm herausgeholt hatte.

Es war ein hartes Leben mit Master Leighton, aber es lohnte sich. Er war der brillanteste Geiger im ganzen Land und ausgesprochen wählerisch hinsichtlich seiner Schüler. Strenge Disziplin gehörte zu seinem Unterricht, eine Bedingung, die viele weniger entschlossene Jungen davon abhielt, bei ihm zu lernen. Martin war anders.

Alison drehte sich vor dem Spiegel hin und her, um einen Blick auf ihr schmerzendes Hinterteil werfen zu können. Die Hose bot nur wenig Schutz vor den Stockhieben, aber sie war dankbar für jeden Schlag. Sie war nämlich seine Schülerin. Und Master Leighton nahm keine Frauen an.

Sie war achtzehn, aber so zierlich gebaut, dass sie aussah wie ein Junge. Es fiel ihr nicht schwer, ihre Weiblichkeit zu verbergen. Musik war ihr Leben, und für Musik hätte sie alles aufgegeben. Die Tatsache, dass Master Leighton keine weiblichen Schüler aufnahm, hatte sie nicht einen Moment lang entmutigt. Sie hatte sich einfach die Haare kurz geschnitten, sich ein paar Kleidungsstücke ihres Bruders geliehen und war zum Vorspielen gefahren. Das war vor acht Monaten gewesen.

Am Anfang war es schwierig. Alison machte sich Sorgen, dass er ihre Verkleidung durchschauen könnte und sie wegschicken würde, weil sie versucht hatte, ihn zu täuschen. Sie bemühte sich sehr, zu gehen, zu reden und sich zu benehmen wie ein Junge. Aber nachdem sie Unterricht bei ihrem Bruder genommen hatte, wuchs ihr Selbstbewusstsein.

Master Leighton züchtigte seinen neuen Schüler gleich am ersten Tag wegen eines kleinen Irrtums. Alison vermutete, dass er damit seine Autorität unterstreichen wollte. Sie versuchte, die Bestrafung tapfer zu ertragen, und ermahnte sich bei jedem Schlag, dass sie jetzt ein Junge sei und Jungen nicht weinten. Die Schläge waren zwar schmerzhaft, aber ihre Verkleidung gefährdeten sie nicht.

Mittlerweile musste sie sich nicht mehr ermahnen, nicht in Tränen auszubrechen. Jungenhaftes Verhalten war ihr zur zweiten Natur geworden, und sie nahm die Bestrafung ihres Meisters so tapfer entgegen wie jeder Junge.

Sanft rieb Alison über die Striemen. Für sie waren es Orden, weil sie bedeuteten, dass sie bei einem Genie studierte.

»Du willst doch keinen Ast absägen, Junge!«, fuhr Master Leighton sie an und schlug ihr scharf mit seinem Bogen über die Knöchel.

Er konnte tyrannisch sein und seinen Schüler zwingen, stundenlang dieselbe Stelle zu üben, bis sie saß. Er war exzentrisch und fühlte sich selbst durch redliche Fehler von Martin beleidigt. Manchmal sah es so aus, als suchte er nur nach einem Vorwand, um das Stöckchen benutzen zu können, egal ob die Bestrafung nun verdient war oder nicht.

Allerdings wurde sie auch belohnt. Und wenn Master Leighton spielte, durfte Alison hinter der Bühne sitzen und ihm wie gebannt zuschauen und dabei von dem Tag träumen, an dem die Menschen auch in Scharen zu ihren Aufführungen kommen würden.

Sie zuckte zusammen, als die Striemen an ihrem Hinterteil das Laken berührten, aber als sie im Bett lag, stellte Alison sich das attraktive Gesicht ihres Lehrers vor. Seine Züge waren distinguiert, scharf definiert und so streng wie sein Verhalten. Seine finstere Miene ließ sie erzittern, aber zugleich wand sie sich auch vor Verlangen. Er war so intensiv. Seine harte Kritik, seine strenge Bestrafung. Sie wünschte sich inständig, ihm zu gefallen. Er sollte stolz auf sie sein. Sie versuchte, ihre

Gefühle für ihn unter Kontrolle zu halten, und zeigte dabei aber so viel Zuneigung, wie sie wagte und wie für einen Jungen schicklich war. Insgeheim jedoch liebte sie ihn. Und jedes Mal, wenn er sie bestrafte, nahm sie die Bestrafung als Zeichen dafür entgegen, dass auch er sie liebte.

Der Stock weckte seltsame Gefühle in Alison. Es stimmte, er machte ihr Angst. Er tat ihr schrecklich weh, und sie konnte danach kaum sitzen. Aber sie wurde dadurch aufmerksamer und führte die nötigen Korrekturen durch. Natürlich genoss sie die Bestrafungen nicht, aber sie hatte auch nichts dagegen.

Master Leighton machte keine Kompromisse. Bei ihm saß jeder Schlag, und hinterher brannte und pochte ihr Hintern. Aber wenn der Schmerz nachließ, breitete sich ein warmes Gefühl in ihr aus, und ihr Herz schwoll vor Zuneigung zu dem Mann, der sie bestraft hatte. Es lag ein merkwürdiger Trost darin, dass sie sich ihm unterwarf.

Alison kuschelte sich in ihr Bett und zog sich die Decke bis unters Kinn. Zufrieden seufzend dachte sie daran, wie er sie gezüchtigt hatte. Gehorsam hatte sie die Position eingenommen, die er seinem Schüler gleich am ersten Tag beigebracht hatte: Einen Meter von der Tür entfernt hatte sie sich mit den Händen am Türrahmen abgestützt und ihm ihr hochgerecktes Hinterteil präsentiert.

Master Leighton teilte seinen Schülern nur selten mit, wie viele Hiebe er ihnen verabreichte, und die Spannung war entsetzlich und erregend zugleich, weil man unwillkürlich mitzählte und sich fragte, ob wohl noch ein Hieb käme.

Tiefer seufzend drehte Alison sich zur Seite und fasste sich an ihren heißen Hintern. Sie hatte schon häufiger daran gedacht, einen kleinen Fehler zu machen, um bestraft zu werden, aber sie hatte noch nie den Mut dazu gehabt. Trotzdem prickelte ihre Haut bei dem schuldbewussten Gedanken daran, und sie presste die Beine zusammen, um die Fantasie zu unterdrücken.

Er durfte niemals die Wahrheit erfahren. Manchmal war es quälend, und Alison sehnte sich danach, ihm zu sagen, wer sie war. Sie wollte ihm den Beweis liefern, dass Mädchen genauso gut spielen konnten wie Jungen. Aber sie traute sich nicht, das Thema anzuschneiden. Wenn er auch nur den leisesten Verdacht hegte ...

Master Leighton fuhr mit den Fingern über die lackierte Oberfläche der Violine. Bewundernd betrachtete er das Instrument. Es war wie ein Tänzer. Oberflächlich wirkte es zart und zerbrechlich, aber darunter verbarg sich Kraft. Die anmutigen Linien und weiblichen Kurven waren trügerisch, denn nur in den Händen eines Mannes konnte das Instrument gemeistert werden.

Martin war wie das Instrument – weich, biegsam, leicht. Der Junge schien noch nicht im Stimmbruch gewesen zu sein, obwohl er schon weit über das Alter hinaus war. Er war melancholisch und so zart, dass ihm bei der Schönheit der Musik oft die Tränen in die Augen traten.

In den letzten Wochen jedoch war sein Verdacht gewachsen, dass der Junge vielleicht gar kein Junge war. Aber es war unmöglich. Kein Mädchen konnte so spielen.

Und doch …

Martins Züge waren androgyn. Er hatte große braune Augen mit langen Wimpern. Seine helle Haut zeigte keine Spur von Behaarung. Lange, schlanke Finger, die anmutig den Bogen führten. Und die Musik rührte ihn leicht zu Tränen.

Unter dem Stock allerdings war er hart im Nehmen. Master Leighton hatte schon oft Schüler gehabt, die bei den ersten Hieben in Tränen ausbrachen, aber Martin weinte nie. Er nahm seine Bestrafung entgegen und spielte danach unweigerlich besser.

Der Master schüttelte den Kopf. Es konnte nicht sein. Und doch, je mehr er darüber nachdachte, desto mehr Hinweise fielen ihm auf.

Es machte Sinn. Und eigentlich wunderte es ihn, dass es noch niemand zuvor versucht hatte. Martin war der beste Schüler, den er jemals gehabt hatte. Noch nie war jemand so fleißig, so hingebungsvoll, so leidenschaftlich gewesen. Vielleicht, weil er mehr beweisen musste?

Je mehr er darüber nachdachte, desto sicherer war er sich. Martin war ein Mädchen. Aber wie konnte er sich vergewissern? Er hatte nicht die Absicht, den Schüler zu entlassen. Mädchen oder Junge, Martin war äußerst begabt, und niemand konnte sein Talent besser fördern und verfeinern als Master Leighton. Und wenn er ehrlich war, mochte er den Jungen gern. Aber es war an der Zeit, die Scharade zu beenden.

Als er die Noten für den nächsten Tag auswählte, kam ihm eine Idee. Es bereitete ihm kein Vergnügen, seine Schüler züchtigen zu müssen. Er betrachtete es als Pflicht. Aber wenn er mit Martins Geheimnis tatsächlich Recht hatte, dann war die Idee nicht ohne Reiz. Wenn der Junge wirklich ein Mädchen war, hatte es eine Züchtigung alleine schon deshalb verdient, weil es ihn getäuscht hatte.

Es überraschte ihn, dass er nicht wirklich wütend war. Im Gegenteil, die Kühnheit der Kleinen beeindruckte ihn ebenso wie ihr Talent. Aber sie musste noch Demut lernen.

Er legte die Musikstücke, die er schon herausgesucht hatte, wieder weg. Sie stellten zwar eine Herausforderung für Martin dar, aber nicht so, wie er es brauchte.

Er durchsuchte seine Bibliothek nach dem richtigen Stück, wobei er jedes einzelne mit Martins Talent und Fähigkeiten abglich. Es sollte schwierig sein, so schwierig, dass es knapp außerhalb der Fähigkeiten seines Schülers lag. So, dass es auch einen erfahrenen Geiger geängstigt und frustriert hätte.

Als er die Noten endlich gefunden hatte, staubte er sie ab. Es war ein Concerto, das er als Schüler selbst unterschätzt hatte, weil es viel komplexer war, als die Einfachheit der Noten vermuten ließ. Martin – oder wie auch immer sie tatsächlich heißen mochte – hatte eine strenge Lektion vor sich.

»Noch einmal«, sagte Master Leighton streng. »Du beleidigst den Komponisten, wenn du es so spielst.«

Alison starrte auf die Noten, erschreckt darüber, dass sie so kompliziert zu spielen waren. Ihr Lehrer hatte ihr immer wieder gesagt, dass kein Komponist den Amateur besser entblößen würde als Mozart. Seine Musik verlangte Perfektion. Nichts anderes.

Unsicher begann sie von vorne. Nach drei Takten unterbrach Master Leighton sie.

»Nein, nein, nein! So musst du es spielen!« Und er spielte die erste Seite selbst.

Sein Spiel verzauberte Alison immer, und sie konnte sich leicht darin verlieren. Dieses Mal jedoch beobachtete sie ihn aufmerksam, studierte seine Finger und versuchte, sich von ihren Emotionen nicht ablenken zu lassen. Es war unmöglich. Jede Nuance erfüllte sie mit Sehnen, als ihr Lehrer dem Concerto verborgene Melodien entlockte.

Alison staunte darüber, dass er sie einer solchen Komposition anscheinend schon gewachsen glaubte. So etwas Fortgeschrittenes hatte er ihr bisher noch nie zu spielen gegeben, und sie wusste kaum, ob sie sich geehrt fühlen oder erschreckt sein sollte. Eines war gewiss: Sie wagte nicht, ihm zu sagen, dass es zu schwierig für sie war. Diesen Fehler hatte sie einmal gemacht, und so streng hatte er sie noch nie gezüchtigt.

»Und jetzt spiel es noch einmal.«

Sie holte tief Luft und gehorchte. Ihr Spiel war viel zu zögerlich, aber sie konnte nichts dagegen tun. Immer wenn sie über eine Phrase stolperte oder das Tempo wechselte, zuckte ihr Lehrer zusammen, als ob sie ihm körperliche Schmerzen bereiten würde.

»Es tut mir leid, Sir«, sagte sie. »Es ist viel schwerer, als es aussieht.«

»Das weiß ich. Ein Blender kann mit diesem Stück nichts anfangen.«

Sie keuchte. »Aber, Sir, ich …«

»Willst du mir etwa widersprechen?«

»Nein, Sir.«

Er lächelte nachsichtig und tätschelte ihr die Schulter. »Nein, Martin, ich weiß, du bist kein Blender, aber manchmal vergisst du, dass du der Diener der Musik bist und nicht ihr Herr.«

Verlegen senkte Alison den Kopf. »Ja, Sir.«

»In diesem Stück geht es um Melodie, nicht um technische Präzision, obwohl man das Eine braucht, um das Andere einzurahmen.«

»Ja, Sir.« Verwirrt starrte Alison erneut auf die Noten. Manchmal, wenn sie zu lange geübt hatte, ballten sich die Noten zu schwarzen Flecken, als hätte jemand Tinte über das Blatt gegossen. Und so sahen diese Noten jetzt auch aus. Wie sollte sie als deren armer, verwirrter Diener diese jemals meistern?

Master Leighton stand auf und zog seine Jacke an. »Ich muss für eine Zeit lang in die Stadt. Du kannst während meiner Abwesenheit das Concerto üben. Wenn ich wiederkomme, spielst du es mir dann vor.«

»Ja, Sir.«

Als er weg war, spielte Alison es an einem Stück durch. Sie machte unzählige Fehler, und es klang furchtbar und dissonant, aber sie zwang sich, es bis zum Ende durchzuhalten. Dann begann sie noch einmal. Das war die beste Methode, um ihre Angst zu besiegen, um zu zeigen, dass sie einer falschen Note wegen nicht auf halber Strecke kapitulierte. Das Concerto war voller lebhafter kleiner *arpeggios* und schwieriger Phrasierungen. Fast hatte sie das Gefühl, die Musik wollte nicht von ihr gespielt werden. Wenn sie nicht mit eigenen Ohren gehört hätte, dass Master Leighton sie gespielt hatte, hätte sie gezweifelt, dass sie überhaupt spielbar war. Mozart war wirklich ein sadistischer Komponist.

Nachdem sie das Stück fünf Mal hintereinander gespielt hatte, erlaubte sie sich eine kleine Pause. Fast eine Stunde war vergangen, und jetzt, wo sie mit der Musik ein wenig vertrauter war, war sie bereit, sich mehr auf Details zu konzentrieren. Ohne ihren Lehrer, der sie beaufsichtigte, war es verlockend, die leichteren Stellen zu überspringen und sich direkt den schwierigen Passagen zu widmen. Aber sie widerstand dem Verlangen. So überkritisch, wie Master Leighton heute war, würde er das bestimmt heraushören und ihr wieder vorwerfen, sie wolle nur blenden.

Bei der Arbeit lauschte sie dem virtuosen Spiel ihres Lehrers im Kopf. Wenn er so schön spielte, konnte sie beinahe vergessen, wie streng er war und wie gerne er sein Stöckchen benutzte. Es passte irgendwie nicht zusammen, dass ein so harter Zuchtmeister zugleich ein solcher Künstler war. Aber der Widerspruch war auch faszinierend. Seine Hände waren sanft mit dem Instrument und hart zu seinem Schüler. Unwillkürlich fragte sie sich, wie er wohl als Liebhaber sein mochte. Wie mochten sich diese Hände wohl auf ihrer Haut anfühlen, wenn er sie leidenschaftlich umarmte …?

Alison schüttelte den Kopf, um den Tagtraum zu vertreiben. Wenn Master Leighton nach Hause käme und sie dabei ertappte, wie sie Löcher in die Luft starrte, würde er sein Missfallen äußern. Und sie würde es zu spüren bekommen. Seufzend hob sie die Violine ans Kinn und begann zu spielen.

Ihr Lehrer war fast vier Stunden weg gewesen, und Alison kämpfte immer noch mit der Musik. Sie wagte es nicht, mit dem Spielen aufzuhören. Es war sicher einer seiner Tests. Die Violine war die gesamte Straße entlang zu hören, deshalb konnte sie nicht einfach aufhören und warten, bis er nahe genug heran war, um dann mit dem Spielen wieder zu beginnen.

Endlich hörte sie ihn an der Tür. Sie schwankte vor Erleichterung. Master Leighton kam herein und bedeutete ihr aufzuhören. »Von Anfang an«, sagte er und setzte sich vor sie.

Zu müde, um noch nervös zu sein, begann sie von Neuem. Sie wagte nicht, ihren Lehrer anzublicken. Er erlaubte ihr, das *allegro* ganz durchzuspielen, und als er sie nicht unterbrach, wuchs ihr Vertrauen. Schließlich war sie fertig. Sie senkte Violine und Bogen mit zitternden Händen und blickte ihn an, in der Hoffnung, Zustimmung in seinem Gesicht zu sehen.

Aber er blickte sie nur mit undurchdringlicher Miene an. »Hast du tatsächlich geübt?«, fragte er. »Oder hast du die Musik nur angestarrt?«

Alison fiel der Unterkiefer hinunter. »Seit Sie gegangen sind, Sir, habe ich nicht aufgehört zu spielen«, erwiderte sie.

»Dann brauchst du vielleicht noch einmal vier Stunden.«

Ungläubig starrte sie ihn an. Konnte er denn nicht sehen, wie hart sie gearbeitet hatte? Konnte er es nicht *hören?* »Es ist ein schwieriges Stück, Sir«, sagte sie mit schwacher Stimme. »Ich brauche einfach mehr Zeit.«

»Dann sollst du sie haben.« Master Leighton stand entschlossen auf. »Ich gehe wieder aus. Während ich weg bin, wirst du dieses Stück lernen. Du wirst üben, bis ich zurückkehre, und es ist mir egal, ob dir die Finger abfallen, Junge. Und dann erwarte ich, es richtig zu hören.« Eine unausgesprochene Drohung schwang in seinen Worten mit.

Alison ließ den Kopf hängen. »Ja, Sir.«

»Ich kann mir nur vorstellen, dass du mit den Gedanken ganz woanders bist als bei deinen Studien.«

Kläglich versicherte Alison ihm, sie sei so eifrig bei der Sache, wie er es sich nur wünschen könnte.

»Nun, wir werden sehen«, erwiderte er. Und mit diesen Worten ging er erneut.

Alison drängte die Tränen zurück und blickte auf die Uhr. Es war beinahe zwei Uhr, und sie hatte noch nichts gegessen. Ihr Magen knurrte, und ihre Hände zitterten vor Schwäche.

»Nein«, sagte sie sich entschieden. Wenn etwas so Triviales wie Hunger sie ablenken konnte, dann konzentrierte sie sich nicht genug. Sie wusste, dass ihr Lehrer manchmal sogar zu essen *vergaß*. Und erst, wenn sie dann etwas sagte, spürte er überhaupt, dass er hungrig war.

Entschlossen, sich vor Master Leighton zu beweisen, holte sie tief Luft und begann das Concerto von Neuem.

Erst nach weiteren vier Stunden erlaubte Alison sich eine Pause. Sie war erschöpft. Ihr Nacken war steif, ihre Handgelenke und Finger schmerzten wie in den ersten Tagen ihres Unterrichts. Sie hatte ohnehin eine permanente Druckstelle von der Kinnstütze, diese war jetzt durch das unablässige Üben so tief geworden, dass der leichteste Druck zur Qual wurde. Ihre Fingerspitzen waren vom Druck auf die Saiten geschwollen und eingekerbt. Aber bei all diesen Schmerzen hatte sie ihren Hunger vergessen.

Sie begann sich zu fragen, ob ihr Lehrer wohl jemals zurückkehren würde. Sie trat ans Fenster und spähte hinunter auf die Straße. Er war nirgends zu sehen.

Plötzlich kam ihr ein schrecklicher Gedanke. Wenn ihm nun etwas passiert war? Tränen traten ihr in die Augen, aber sie bemühte sich tapfer, ihre Panik zu unterdrücken. Es war nicht ungewöhnlich für ihn, stundenlang wegzubleiben. Zweifellos brauchte auch er ein wenig Raum für sich, schließlich war die Gesellschaft eines Schülers bestimmt nicht so fesselnd wie die seiner Bekannten in der Stadt.

Oder seiner Freundinnen.

Das Bild stieg ungewollt und unwillkommen vor ihrem inneren Auge auf, aber sie konnte es nicht vertreiben. Sie hatte es immer für selbstverständlich gehalten, dass sein Leben von Musik so ausgefüllt war, dass er gar keine Zeit für eine Beziehung hatte. Aber jetzt war Alison plötzlich gezwungen, sich mit dieser Möglichkeit auseinanderzusetzen. Amüsierte er sich wohl mit irgendeinem exotischen Geschöpf, während seine arme Schülerin sich in seiner Abwesenheit die Finger wund spielte?

Alison versuchte weiter zu üben, aber sie bekam den Gedanken nicht aus dem Kopf, wie ihr Lehrer sich in den Armen einer verführerischen Geliebten vergnügte und ihre anregende Gesellschaft genoss. Ihr Spiel litt natürlich darunter, und als sie schließlich seinen Schlüssel im Türschloss hörte, brannten frustrierte Tränen in ihren Augen.

Sie wusste nicht, ob sie erleichtert sein sollte über seine Rückkehr oder wütend darüber, dass er endlich geruhte, von seiner Gespielin zu lassen. Erschöpft und verwirrt blickte sie ihn an. Er bemerkte es gar nicht.

»In Ordnung, lass hören, Junge«, sagte er. Er setzte sich vor sie und kreuzte erwartungsvoll die Arme.

Alison hörte aus seinem Tonfall nichts heraus, was ihre Vermutungen bestätigte. Vorwurfsvoll spielte sie das *allegro* für ihn. Selbst für ihre Ohren klang ihr Spiel wie Spülwasser, obwohl sie jeden einzelnen Ton traf. Ein schaler Sieg, dachte sie bitter.

Master Leighton blickte sie eine Weile durchdringend an und runzelte die Stirn, als versuchte er, die Veränderung bei seinem Schüler zu ergründen. Er schien nach Worten zu ringen.

»Ich habe jede Note gespielt, Sir«, bemerkte Alison. Sie machte keinen Versuch, ihre Bitterkeit zu verbergen.

Seine Augen blitzten bei ihrem provokativen Tonfall, und er setzte sich aufrecht hin. »Ja, in der Tat«, stimmte er zu. »Aber ich bezweifle, dass Mozart davon beeindruckt gewesen wäre.«

Alison hob trotzig das Kinn und biss die Zähne zusammen, um keine freche Antwort zu geben. Die Intensität ihrer Gefühle machte ihr Angst. Ihr war klar, dass sie sich nicht mit ihm streiten sollte, aber sie fürchtete, dass es dazu kommen würde.

»Daher wirst du es noch einmal spielen«, fuhr er fort. »Und du wirst es so lange spielen, bis ich zufrieden bin. Vorher werde ich dich nicht entlassen. Verstehst du mich? Mein Lehrer hat mir dieses Stück gegeben, als ich in deinem Alter war, und ich musste es immer und immer wieder spielen, bis ich es richtig machte.«

Es war zu viel. All die verwirrten Gefühle, die unter der Oberfläche gebrodelt hatten, brachen plötzlich aus ihr heraus. »Dann war Ihr Lehrer genauso ein Sadist wie Sie!«, knurrte sie und trat mit dem Fuß gegen den Notenständer. Klappernd fiel er zu Boden, und die Notenblätter flatterten hinunter. Erst da wurde Alison bewusst, was sie getan hatte.

Master Leighton starrte sie an, und sie glaubte, so etwas wie Triumph in seinen Augen zu sehen.

Sekundenlang blickte sie ihn nur erschreckt an.

Schließlich brach er das Schweigen. »Gut«, sagte er. Es war nur ein Wort, aber er sprach es so kalt und präzise aus, dass sie erbebte.

Jetzt war sie reif. Er hatte einmal einem Schüler zwölf Stockschläge verpasst, weil er ihm widersprochen hatte; dieser Ausbruch jedoch war drei Mal so schlimm.

»Hol den Stock.«

Es war erstaunlich, wie viel Reue diese einfachen Worte in ihr auslösten. Die Anstrengung des Übens hatte sie unverschämt und frech gemacht. Und eifersüchtig. Wer war sie, dass sie ihren Lehrer in Frage stellte?

Beschämt ließ sie den Kopf hängen und brachte ihm den Stock, wie schon so viele Male zuvor. Er nickte zur Tür hin, und sie nahm gehorsam ihre Position ein.

»Ich war offensichtlich zu nachsichtig mit dir«, sagte Master Leighton. »Ich habe dir bei meinen Züchtigungen immer den Schutz deiner Hose gewährt. Aber mit einer so unverschämten Missachtung hast du dir dieses Privileg verspielt. Zieh die Hose runter.«

Alison riss entsetzt die Augen auf. Oh, was hatte sie getan? Wenn er ihr nacktes Hinterteil züchtigte, würde er ihre Täuschung bemerken. Und dann würde er sie hinauswerfen.

»Ich warte.«

Alison hatte keine Wahl. Sie musste tun, was er sagte, und dabei im Stillen hoffen, dass sie ihre Unterhose anbehalten durfte. Sie würde zwar keinen Schutz vor den Stockhieben bieten, aber zumindest konnte sie dann ihr Geheimnis wahren. Vielleicht würde Master Leighton ja gar nichts bemerken.

Zögernd öffnete sie ihre Hose und schob sie hinunter. Die Luft im Raum war heiß und staubig, trotzdem glitt sie kühl über ihre nackten Beine. Sie fühlte sich entblößter als jemals zuvor. Sie drängte die Tränen zurück und beugte sich vor, um sich am Türrahmen abzustützen. Die Beine hielt sie fest zusammengepresst.

Die Holzdielen knarrten, als er hinter sie trat, und sie biss die Zähne zusammen, weil sie den ersten Hieb erwartete. Stattdessen spürte sie seine Finger im Bündchen ihrer Unterhose. Bevor sie protestieren konnte, hatte er sie bis auf die Knöchel heruntergezogen.

Alison erstarrte. Sie wartete darauf, dass er sie hinauswarf. Aber sie hörte nur das leise Rauschen des Stöckchens, das er zur Vorbereitung durch die Luft zog.

Alison nahm all ihre Kraft zusammen, presste die Beine aneinander und stellte sie fest auf den Boden. Wenn sie sich nicht zu sehr bewegte, dann vielleicht ...

Master Leighton war hinter ihr. »Nun«, sagte er, »dann wollen wir doch einmal sehen, ob wir dir nicht Respekt beibringen können.«

Alison hatte den Stock noch nie auf der bloßen Haut gespürt, und sie zuckte zusammen, als er auf ihre Hinterbacken niedersauste. Sie wimmerte leise, hielt aber Beine und Knie geschlossen. Die Hiebe wurden immer fester, und Alison hielt den Atem an, als der Stock erneut mit leisem Zischen auf ihre nackte Haut traf. Sie keuchte, blieb aber stehen, obwohl der Schmerz sich über ihre Hinterbacken ausbreitete. Sie hatte eigentlich nicht geglaubt, dass die Hose so viel abhielt, aber jetzt wurde sie eines Besseren belehrt.

Während die Hiebe auf ihren nackten Hinter pras- selten, zischte Alison durch die zusammengebissenen Zähne, richtete jedoch ihre gesamte Energie darauf, ihr Geheimnis zu bewahren. Wenn sie das hier überlebte, würde sie ihm nie wieder einen Anlass geben, sie zu züchtigen, und er würde nie erfahren, dass sie ein Mäd- chen war.

Jeder Schlag war fester als der vorangegangene, und es gelang ihr zwar, die Beine zusammenzuhalten, aber sie schrie unwillkürlich auf. Aber damit verriet sie sich nicht; bei einer solchen Züchtigung würde auch jeder Junge schreien.

Als Master Leighton aufhörte, stieß sie die Luft aus, die sie unwillkürlich angehalten hatte. Manchmal pau- sierte er während einer Züchtigung. Sie wusste nie, ob es schon vorbei war oder ob er nur überlegte, wie viele Schläge sie noch verdient hatte. Dieses Mal jedoch wagte sie nicht zu hoffen, dass er jetzt aufhörte.

Er stand direkt hinter ihr und inspizierte die Strie- men. Sie hörte die Dielen knarren, als er sich hinhock- te, um sie genauer in Augenschein zu nehmen.

Plötzlich spürte sie, wie seine kühlen Finger über ihre brennende Haut fuhren. Alison erschauerte. Sie spürte seinen Atem hinten auf ihren Beinen.

»Mmmm«, sagte er nur.

Er stand wieder auf.

»Was als Nächstes kommt, weißt du ja, Junge«, sagte er. »Beine breit.«

Ein solches Kommando hatte sie immer gefürchtet, auch wenn sie die Hose anhatte. Wenn sie die Beine spreizte, straffte sich der Stoff, und das Stöckchen hatte eine neue Angriffsfläche. Sie drehte den Kopf, um ihn anzuflehen, es ihr zu ersparen, aber er schnitt ihr das Wort ab.

»Füße auseinander.«

Nun, jetzt würde er es sehen. Sie öffnete die Beine ein wenig und wartete darauf, dass er die Wahrheit erkennen würde.

Stattdessen pfiff der Stock wieder durch die Luft. Und noch einmal. Und noch einmal. Er ließ ihr keine Zeit, zwischen den einzelnen Hieben zu Atem zu kommen. Jeder Hieb schmerzte unerträglich, aber schlimmer noch war das Wissen, dass er jeden Moment die Wahrheit erfahren würde.

»Weiter auseinander«, befahl er.

Wieso sah er es nicht? Konzentrierte er sich so auf ihren Hintern, dass es ihm einfach nicht auffiel? Als Mädchen war Alison sehr hübsch, und er musste es doch sehen, wenn sie nichts anhatte. Ihr runder Hintern, ihre wohlgeformten Beine und ihre weibliche Figur hätten ihm schon längst auffallen müssen, ganz zu schweigen vom Fehlen des offensichtlichen Geschlechtsmerkmals. Aber nein. Sie wimmerte und schrie unter dem Stöckchen, mit dem er unablässig auf sie einprügelte.

Sie zählte die Hiebe schon längst nicht mehr. Es waren weit über ein Dutzend, möglicherweise sogar zwei. Sie war völlig benommen. So benommen, dass sie noch nicht einmal merkte, als er aufhörte.

Master Leighton schwieg eine Zeit lang.

Alisons Herz sank. Es war vorbei. Er hatte es gesehen. Tränen strömten über ihr Gesicht, aber sie gab keinen Laut von sich. Sie umklammerte den Türrahmen, als könnte sie damit den letzten Rest an Würde wahren. Die Bestrafung war vorbei. Ihr Leben war vorbei. Sie konnte sich nicht rühren.

Die Dielen knarrten, und sie begann zu zittern. Erneut inspizierte er sie. Dieses Mal jedoch nicht die Striemen, sondern ihr Geschlecht. Wahrscheinlich schüttelte er gerade angewidert den Kopf. Das Gefühl der Entblößung war schwer zu ertragen, aber sie wagte nicht, sich zu bewegen, bevor er es ihr erlaubte.

Anstatt sie jedoch anzuschreien und hinauszuwerfen, fuhr er wieder mit dem Finger über die Striemen. Langsam und gründlich. Alison erschauerte unwillkürlich. So oft hatte sie sich danach gesehnt, dass er sie so berühren würde. Und jetzt würde es das erste und das letzte Mal zugleich sein.

Seine Berührung hatte jedoch etwas Merkwürdiges. Sie war beruhigend und sanft, gar nicht so, wie ein Lehrer einen bestraften Schüler inspizieren würde. Sein Finger fuhr über ihr brennendes Fleisch, dann umfasste er ihre gesamte Hinterbacke mit der Hand.

Alison traute sich kaum zu atmen.

Die Hand tätschelte sie und bewegte sich dann zwischen ihre Backen.

Sie schloss die Augen.

Fest legte sich die Hand zwischen ihre Beine und drückte sie leicht. Ein Stromstoß durchfuhr sie.

Die Hand zwischen ihren Beinen sagte ihr mehr, als Worte je vermocht hätten. Sie umklammerte den Türrahmen fester und bog sich dem Gefühl entgegen. Ihre Beine zitterten, und die Hitze ihrer Hinterbacken strahlte in den ganzen Körper aus.

Ihr Lehrer drückte ihre Beine sanft weiter auseinander.

Errötend gehorchte Alison. Sie schämte sich, weil sie so feucht war.

Er streichelte ihre weichen Falten und fuhr mit den Fingern über ihre Spalte.

Plötzlich nahm er die Hand weg, und Alison erstarrte. Dann spürte sie, wie seine eigene Erregung sich an ihren wunden Hintern drückte.

Ihr wurden die Knie weich. Er packte sie an den Handgelenken und zog sie an sich. Sie drehte sich um und sank in seine Arme. Aber sie brachte es nicht über sich, ihn anzusehen. Allerdings zwang er sie auch nicht dazu. Seufzend ließ sie es geschehen, dass er sie vollständig von ihrer Jungenkleidung befreite und in sein Zimmer führte. Er drückte sie aufs Bett, und sie zuckte vor Unbehagen zusammen.

Master Leighton lächelte. Als sie auf dem Rücken lag, blickte sie ihn zum ersten Mal seit der Züchtigung an. Statt seiner üblichen finsteren Miene lag ein zärtlicher Ausdruck auf seinem Gesicht, den sie noch nie bei ihm gesehen hatte.

Er küsste sie sanft, umfasste ihre kleinen Brüste und kniff in ihre Nippel, bis sie sich aufrichteten.

Sie lag ganz still da, als er ihre Weiblichkeit erforschte. Als er in sie eindrang, schlang sie die Beine um ihn und zog ihn fester an sich heran. Ihre Striemen brannten auf dem groben Laken, und sie wimmerte leise. Aber sie unterdrückte den Schmerz und rieb sich gierig an ihm. An ihrem Lehrer, ihrem Herrn.

Die plötzlichen Zuckungen der Lust, die sie verzehrten, hatte sie nicht erwartet. Sie kamen in Wellen, wie die Noten einer wirbelnden Symphonie. Er hielt sie fest an sich gedrückt, als er sein heißes Sperma in sie abspritzte.

Befriedigt und erschöpft rang sie keuchend nach Atem.

Nach langem Schweigen strich er ihr schließlich eine Haarlocke aus der Stirn und küsste sie. Er lächelte. »Wie heißt du?«, fragte er.

Sie errötete. »Alison, Sir.«

Er wiederholte den Namen, als probiere er neuen Wein. »Alison. Du bist genauso schön, wie du spielst.«

Sie hatte sich ein solches Lob aus seinem Mund nicht zu erträumen gewagt. Tränen schossen ihr in die Augen. »Danke, Sir«, flüsterte sie.

Er schmunzelte. »Du brauchst mich jetzt nicht mehr mit ›Sir‹ anzureden.«

Alison drehte sich auf die Seite und berührte die Striemen, um den Schmerz wieder zu spüren. Lust war viel stärker in Verbindung mit Schmerz. »Ich weiß«, sagte sie. »Sir.«

# Die Harfe

## Monica Belle

»Sie spielen gut. Ich habe noch nie einen Mann so gut Harfe spielen hören. Jedenfalls nicht außerhalb Irlands.«

Er hatte sich mir gegenübergesetzt und ein Glas und eine Flasche vor sich hingestellt. Ich lächelte, nicht ganz sicher, ob ich noch ein Kompliment von ihm hören wollte oder ob es mir lieber wäre, wenn er ging. Weiter sagte er jedoch nichts, weil er seine Aufmerksamkeit zunächst seinem Bier widmete, das er von der Flasche ins Glas goss.

»Selbst wenn wir davon ausgehen, dass Irland die besten Harfenspieler hervorbringt, was ich nicht so sehe, dann würden sie hier in London oder auch in Timbuktu genauso gut spielen.«

Nachdem er sich vergewissert hatte, dass der letzte Tropfen Bier in seinem Glas angekommen war, blickte er auf, um mir zu antworten. »Nun, da irren Sie sich. Ich dachte, gerade Sie als Musiker würden das verstehen. Man kann alles Talent der Welt besitzen, aber es ist nichts, wenn man keine Seele in die Musik hineinlegt. Und die Seele spricht nirgendwo so klar wie im

Heimatland. Ich habe vielleicht Vorurteile, weil ich in Dalkey südlich von Dublin geboren und aufgewachsen bin, aber wenn Sie glauben, Sie spielten genauso gut wie ein irischer Harfenist, der in einer irischen Stadt spielt, dann würde ich tausend Pfund darauf wetten, dass das nicht so ist. Die Jury könnten Sie selber bestimmen.«

Einen Moment lang überlegte ich, ob er mich vielleicht zu irgendeiner raffinierten Wette überreden wollte, die ich unweigerlich verlieren musste, und ich wollte ihm schon antworten, ich sei nicht so blöd, wie ich aussähe, aber er fuhr bereits fort.

»Wissen Sie, wo sich die älteste Harfe der Welt befindet?«

»Ich glaube, in einem Pharaonengrab in Ägypten.«

»Ich meine eine gälische Harfe, die *cláirseach*.«

»Es gibt eine berühmte im Trinity College. Ich glaube, sie stammt aus dem fünfzehnten Jahrhundert.«

»Da vertun Sie sich aber um fast tausend Jahre. Die älteste gälische Harfe ist die, die Guaire Aidni Colmin, König von Connaught, für seinen Barden Seanchan hat machen lassen, der damals *Ard-Filé*, der größte Poet Irlands war.«

»Und es gibt sie noch? In welchem Zustand ist sie denn?«

»Noch genauso gut wie an dem Tag, an dem sie gebaut wurde.«

»Wo?«

»Wo sie immer war, in Kinvara, in der Krypta unter der St. Coman's Kirche. Wenn Sie mir einen ausgeben, erzähle ich Ihnen die Geschichte.«

So etwas in der Art hatte ich erwartet, aber es schien mir ein fairer Tausch zu sein, auch wenn ich das, was er sagte, nicht so ernst nehmen durfte. An der Theke besorgte ich vier Flaschen Stout und stellte sie vor ihn auf unseren Tisch. Er grinste zufrieden. Mein Glas hatte ich ebenfalls frisch gefüllt, und ich setzte mich, um ihm zuzuhören. Es gab sicher schlimmere Arten, den Abend zu verbringen, bis ich abgeholt wurde.

»Zunächst einmal müssen Sie wissen, dass Seanchan ein eifersüchtiger Mann war, sehr eifersüchtig und sehr stolz. Es reichte ihm nicht, dass er *Ard-Filé* war, er musste sich immer wieder beweisen, damit es auch wirklich jeder wusste. Aus diesem Grund berief er alle drei Jahre ein *eistedfott* ein, um zu zeigen, dass niemand neben ihm bestehen konnte. Und so war es auch immer, bis in einem Jahr ein Mädchen gegen ihn antrat. Niemand wusste, woher sie kam oder wer ihr Volk war. Sie hieß Nathaira. Ihre Haare waren so hell wie Meerschaum und ihre Schönheit so zart und frisch wie der Regen.«

Er hielt inne, um sein Glas erneut zu füllen und mir Zeit zu lassen, mir die blasse Schönheit vorzustellen, die er soeben geschildert hatte. Erst als er getrunken hatte, lehnte er sich zufrieden in seinem Stuhl zurück und erzählte weiter.

»Sie spielte, dieses Mädchen, sie spielte auf Seanchans eigener Harfe mit den silbernen Saiten, und sie spielte so gut, dass König Guaire zu Tränen gerührt war, und seine Adligen mit ihm. Selbst Seanchan war ergriffen, denn niemand konnte den Tönen, die sie seiner Harfe entlockte, widerstehen. Und als sie fertig war, setzte sie sich still und sprach mit niemandem. Seanchan trat zu seiner Harfe.

Niemand kann sagen, ob sie das Instrument verhext hatte oder den König und seine Adligen oder ob sie einfach nur besser spielen konnte, auf jeden Fall erklärten der König und die anderen Richter sie zur Besten, und sie nahm den Preis entgegen – eine Börse mit Gold, ein Preis, den Seanchan selbst ausgesetzt hatte, als er noch glaubte, keiner könne ihn besiegen.«

Erneut schwieg er, um einen Schluck zu trinken. Als er fertig war, beugte er sich über den Tisch und fuhr fort.

»Sie können sich sicher vorstellen, dass Seanchan wütend war, und so war es auch. Er stieß Flüche aus, und dann ging er. Wenn ihnen ihre Musik lieber sei, schimpfte er, könnten sie sie haben, aber er käme erst zurück, wenn sie wieder weg sei. Nun, Sie denken jetzt vielleicht, dass es gut war, diesen elenden Bastard los zu sein und stattdessen ein hübsches Mädchen dazuhaben, aber so dachten nicht alle, und am wenigsten die Hexe Aoife, die Seanchan liebte und nicht so begeistert war von all der Aufmerksamkeit, die Nathaira von den Männern zuteilwurde.

Und so verfluchte sie sie in der Nacht, und als die Leute am nächsten Morgen in den Saal kamen, war Nathaira weg, aber die Säule der Harfe, die vorher aus glattem Stein gewesen war, hatte nun die Form einer jungen Frau. Aoife hatte sie an die Harfe gebunden, und deshalb ist die Harfensäule auch heute noch häufig einem Frauenkörper nachgebildet.«

Wieder trank er einen Schluck und leerte sein Glas. Er stellte es ab und erzählte weiter.

»Das ist im Großen und Ganzen die Geschichte. Der Priester des Ortes nahm die Harfe an sich, und weil sie Hexenwerk war, mauerte er sie in der Krypta unter St. Coman's ein. Und dort bleibt sie, heißt es, die arme, schöne Nathaira, bis zu dem Tag, an dem jemand auf ihrer Harfe besser spielt als sie.«

Ein Mann war zur Tür hereingekommen und blickte sich um, vermutlich der Fahrer, der mich und meine Harfe abholen sollte. Mein Tischnachbar hatte erneut damit begonnen, eine Flasche Stout zu öffnen und den Inhalt in sein Glas zu entleeren, aber als ich aufstand, sagte er:

»Ich bin noch nicht fertig, noch nicht ganz.«

»Entschuldigung, aber ich muss gehen, das ist mein Taxi. Aber ich danke Ihnen sehr. Lassen Sie sich Ihr Bier schmecken.«

Ich war mir ganz sicher, dass er die Geschichte von vorne bis hinten erfunden hatte, aber sie hatte mir gefallen, und ich war zufrieden mit dem Tausch.

In den nächsten beiden Jahren dachte ich recht häufig an dieses Gespräch, allerdings vor allem an seine einleitenden Sätze. In gewisser Weise hatte er Recht, eine vertraute Umgebung und ein dankbareres Publikum machten das Spielen leichter, aber ich wollte nicht akzeptieren, dass es meine Fähigkeiten schmälerte, dass ich nicht Ire oder Kelte war. Bromley mag nicht gerade der romantischste Ort der Welt sein, aber die Musik hat etwas mit der Person zu tun, nicht mit der Gegend, aus der die Person stammt.

Er war im Übrigen nicht der Einzige, der etwas Derartiges behauptete. Ich hatte diese Ansicht oft genug gehört, vor allem bei Wettbewerben, und immer wurde sie in der gleichen ärgerlichen Mischung aus Herablassung und Gewissheit geäußert, als ob man es eigentlich gar nicht erst erwähnen müsste. Mich trieb es dazu, noch intensiver zu üben, jede Nuance meiner Kunst zu lernen, jedes Buch darüber zu lesen und mit jedem Kollegen zu sprechen. Ich bestellte mir sogar ein maßgefertigtes Instrument, handgeschnitzt aus einem Weidenstamm und mit Messingsaiten im alten Stil bespannt.

Es reizte mich, meine Kunst in Irland auszuprobieren, aber ich wagte es nicht, aus Angst, er könnte vielleicht doch Recht haben. Erst als ich den dritten Platz in Builth Wells belegte und kein Wort von dem verstand, was die Jury sagte, begann ich zu glauben, dass ich vielleicht doch gut genug sein könnte. Die Frau, die gewonnen hatte, war auch schön und blass, was mich an die Geschichte erinnerte, aber ihre Haare waren nicht hell, sondern flammend rot. In jener Nacht beschloss ich, nach Irland zu fahren.

Mein irisches Debüt fand im Ormond Hotel in Dublin statt, zwei Tage vor Bloomsday, so dass es von amerikanischen Touristen nur so wimmelte. Das halbe Publikum bestand aus ihnen, und ich habe selten so viel Applaus bekommen. Es gab zwar nichts zu gewinnen, aber es sicherte mir eine Einladung zu einem Wettbewerb in Galway City vierzehn Tage später.

Bei meiner Ankunft dort regnete es in Strömen, aber am nächsten Morgen war das Land frisch und grün, und jeder Grashalm funkelte. Mein Hotel lag an der Promenade, mit Blick auf das Meer, und hinter der Bucht erhoben sich die Hügel vor einem klaren, blauen Himmel. Erst jetzt begriff ich wirklich, was der Mann in der Kneipe gemeint hatte, als er davon sprach, dass die Seele eines Menschen etwas mit dem Ort zu tun hat, an dem er zu Hause ist, aber das machte mich umso entschlossener. An jenem Abend gewann ich den ersten Preis.

In meinen Träumen und auch nach dem Aufwachen am nächsten Morgen hörte ich Harfenmusik in meinem Kopf: meine eigene und die der Personen, gegen die ich gespielt hatte. Ich wusste, dass Kinvara nicht weit weg lag, und da es mir so schien, als lockte die Musik mich dorthin, machte ich mich auf den Weg.

Ich aß zu Mittag im Dorf-Pub, wo man mir den Weg zur St. Coman's Kirche erklärte. Vielleicht lag es ja daran, dass ich zwei Bier zum Essen getrunken hatte, aber als ich zur Kirche hinaufging, empfand ich die Bedeutung des Ortes noch stärker als zuvor. Fast war ich mir sicher, Harfenmusik zu hören, aber es waren nicht die Klänge vom vorangegangenen Abend.

Ich wusste nicht, dass die Kirche eine Ruine war. Nur noch drei Mauern standen, dick mit Efeu und Moos überwuchert, ebenso wie die Steinquadern im eingestürzten Kirchenschiff und die Grabsteine darum herum. Immer noch hörte ich Musik, süß und melancholisch zugleich, aber nie so laut, dass ich mir sicher sein konnte, sie tatsächlich zu hören. An einem so magischen Ort war ich noch nie gewesen, und ich setzte mich auf einen der umgestürzten Steinblöcke, um nachzudenken und die gespenstischen Melodien aufzunehmen. Es war eine altertümliche Musik, aber von fantastischer Subtilität und Vielfalt.

Wie lange ich dort wie verzaubert saß, weiß ich nicht, aber die Sonne ging schon unter, als mir ein dunkler Schatten zwischen den moosbedeckten Steinen auffiel. Ich stellte fest, dass es eine Öffnung im Boden war. Sofort musste ich an die Krypta denken, und als ich darauf zutrat, hörte ich, dass aus der Öffnung, hinter der sich eine schmale Wendeltreppe verbarg, die Musik lauter und deutlicher drang.

Das musste ich doch erforschen! Die Luft war kühl und still, aber durch efeubedeckte Risse drang grünliches Licht hinein, so dass ich, nachdem ich mich an das Halbdunkel gewöhnt hatte, den Raum erkennen konnte, in dem ich mich befand. Nur langsam nahmen Umrisse Formen an, aber dann erkannte ich vor mir eine Harfe, deren Säule geschnitzt war wie eine Frau. Ich stand vor Nathaira.

Sie war winzig, kaum größer als ein Kind, aber doch deutlich eine Frau. Ihr geschmeidiger zarter Körper war nackt, mit weichen weiblichen Brüsten, Bauch und Schenkel wunderschön modelliert. Schmerz und Schönheit lagen auf ihrem Gesicht. Ich hätte sie ewig anstarren können, aber obwohl sie aus kaltem Stein war, wäre es mir aufdringlich vorgekommen, sie anzufassen.

Schließlich riss ich mich von ihrem Anblick los und betrachtete die Harfe. Die Form war klassisch, aber einfach, die Schnitzereien auf dem Klangkasten und dem Hals primitiv und elegant zugleich. Sie hatte zweiundzwanzig Saiten, aber sie waren aus Silber, nicht aus Messing, so dass Rost ihnen nichts hatte anhaben können. Sie waren zwar schwarz angelaufen, aber immer noch fest.

Mein Verlangen, das Instrument zu spielen, war überwältigend groß, aber es bedeutete, dass ich Nathaira umarmen musste. Eine Zeit lang zögerte ich, versuchte mir zu sagen, dass sie ja schließlich nur aus Stein sei, aber ich wurde das Gefühl nicht los, mir eine unerhörte Freiheit herauszunehmen. Allerdings sah ich auch, dass ich nicht der Erste war, denn ein großer Steinquader war als Sitz vor sie geschoben worden.

Meine Entschlusskraft wuchs. Wenn ein anderer Mann schon hier gesessen hatte, warum dann ich nicht auch? Ich setzte mich hin, aber bevor ich sie in die Arme nahm und meine Finger an die Saiten legte, blickte ich in ihr schönes, steinernes Gesicht und sagte: »Es tut mir leid, Nathaira, aber ich muss das tun. Bitte, versteh, dass es wegen deiner Musik ist.«

Ich schmiegte mich an sie, um die volle Breite der Saiten erreichen zu können. Ihre winzigen spitzen Brüste drückten hart in meinen Oberkörper, und ihr glatter runder Bauch lag an meinem. Ihr Gesicht drückte sich an meinen Hals, und ihre steinernen Lippen berührten meine Haut.

Die Saiten waren so straff, als wären sie erst am Morgen gespannt worden, und bei meiner ersten Berührung ertönte ein klagender Ton, der in der steinernen Klangkiste seltsam widerhallte, aber perfekt zu der Melodie in meinem Kopf passte. Mit halb geschlossenen Augen begann ich zu spielen, wobei ich den Tönen in meinem Inneren folgte, ungeschickt zuerst, dann immer sicherer. Schließlich war die Melodie außen und innen eins geworden, eine traurige, süße Musik, die seit Hunderten von Jahren niemand mehr gehört hatte.

Von dem Augenblick an, in dem ich zu spielen begann, war ich verloren. Ich nahm nichts anderes mehr wahr als den Klang der Harfe und Nathairas steinernen Körper an meiner Haut. Es war, als ob sie mit mir spielte, und tatsächlich war es ja auch die Krümmung ihres Rückens, die die Saiten gespannt hielt. Ich begann mir vorzustellen, sie wäre real, ich hielte sie tatsächlich in den Armen, und sie hätte die Lippen an meinen Hals gepresst und ihre Brüste an meinen Oberkörper gedrückt, verführt durch die Schönheit meiner Musik.

Und doch war es ihre Musik, nicht meine. Als mir dieser Gedanke kam, änderte ich meinen Stil. Ich fügte moderne Nuancen, Harmonien und Klänge hinzu, die mir leichter von den Fingern zu fließen schienen als bei jeder Aufführung. Mein Selbstvertrauen wuchs, und als meine leisen Töne lauter und kraftvoller wurden, spürte ich, wie sich ihre Lippen an meiner Haut bewegten, ganz leicht, ein Hauch nur, wie die Andeutung eines Kusses. Ich schloss meine Augen noch fester, versunken im Traum, dass die schöne Nathaira mich liebte, während ich spielte. Ihr Körper drängte sich jetzt warm und willig an meinen, und meine Musik verwandelte sie in Fleisch und Blut.

Mein Spiel wurde noch inspirierter, als ihre Nippel sich erregt aufrichteten. Ihre Arme legten sich um meinen Hals, ihre Küsse wurden immer leidenschaftlicher und heißer, und mit kleinen, scharfen Zähnen knabberte sie an meiner Haut. Sie schlang die Beine um meine Taille, setzte sich auf meinen Schoß, dass ihr feuchtes, heißes Geschlecht genau über meinem war.

Jetzt gehörte sie mir, war Sklavin meiner Musik, unfähig, das Verlangen ihres Körpers zu unterdrücken. Ich erwiderte ihre Küsse, ließ meine Lippen über ihren Hals zu ihren Brüsten gleiten und saugte an ihren Nippeln. Sie erschauerte und seufzte. Sie begann zu sprechen, Worte, die ich nicht verstand, deren Bedeutung mir aber klar genug war.

Und nicht einmal jetzt hörte ich auf zu spielen. Ich spielte wie noch nie zuvor, mit zunehmender Leidenschaft und immer größerem Tempo. Eine winzige Hand glitt zu meinem Schritt und öffnete meinen Reißverschluss, so dass mein Glied stolz und hart herausschoss. Mit ihrem Geschlecht rieb sie meinen steifen Schaft und stöhnte leidenschaftlich in meinen offenen Mund, als wir uns erneut zu küssen begannen. Ich spürte ihre Nässe, und ihre enge Öffnung schmiegte sich an mich, um meinen Schwanz tief in sich aufzunehmen.

Sie schrie auf, als ich sie ganz erfüllte, ein Laut so voller Freude wie meine Musik. Wieder trafen sich unsere Lippen in einem Kuss, als sie begann, sich auf mir zu bewegen. Ihr kleiner, fester Hintern bewegte sich auf und nieder, und ich begann, ihre Stöße zu erwidern, wobei ich mich weiter auf die Melodie zu konzentrieren bemühte.

Ich musste sie berühren, musste ihre seidenglatte Haut unter meinen Händen spüren, fürchtete zugleich aber, dass der Traum sich in nichts auflösen würde, wenn ich aufhörte zu spielen. Aber dann zog sie selbst meine Hände an ihren Rücken. Ich umfasste die perfekten Kugeln ihres Hinterns, der in meine gespreizten Finger hineinpasste. Sie drängte sich noch fester an mich und biss mir in die Lippe, als wir uns mit wachsender Leidenschaft küssten.

Und doch hörte die Musik nicht auf, sie umgab uns immer schneller und freudiger, als wir uns liebten. Anfangs hatte sie mir nicht widerstehen können, aber jetzt war ich es. Ich konnte meine Lust nicht mehr zurückhalten, und dort, auf dem feuchten Steinboden, nahm ich sie, drehte sie auf den Rücken und drang in sie ein, während sie sich mit verzweifelter Kraft an mich klammerte. Schließlich öffnete ich die Augen und sah, dass sie real war.

Sie war mehr als real. Sie war Nathaira, Nathaira, wie sie mir beschrieben worden war, elfenhaft zart, ätherisch in ihrer Schönheit, aber auch heiß vor Verlangen nach mir. Ihre Haare waren hell wie Meerschaum, ihre Haut so glatt und weiß wie Alabaster, ihre Augen wie graue Perlen, verhangen vor Erregung. Nie hatte ich eine schönere, leidenschaftlichere Frau erlebt, und bei ihrem Anblick verlor ich den letzten Rest von Kontrolle.

Wie ein Tier kannte ich nur noch die Lust meines Körpers. Aber auch sie biss und kratzte, krallte sich in meinen Rücken, bis wir beide außer uns vor Lust waren. Ich brachte sie auf die Knie und nahm sie von hinten. Mit den Daumen zog ich ihre perfekten Pobacken weit auseinander. Voller Ekstase warf sie den Kopf nach hinten. Ich stieß in ihren Mund, ich leckte ihr Geschlecht und ihren Anus, und sie saß auf meinem Gesicht und keuchte zärtliche Worte in ihrer uralten Sprache.

Sie ritt mich, und ich hörte jeden einzelnen Ton der Harfe. Sie klang immer noch freudig, aber auch kraftvoll und vital, ein perfekter Spiegel unserer erhitzten Körper.

Wir kamen gleichzeitig zum Höhepunkt und wurden im Takt der Musik immer schneller. Sie begann zu schreien, und es war, als ob sie sänge, ein Lied voller Freude, Freiheit und Triumph. Ich erschauerte in unvorstellbarer Ekstase, als mein Orgasmus mich überwältigte.

Sie hatte den Kopf zurückgeworfen, als sie kam, und ihr Körper war so straff gebogen wie an der Harfe. Einen Moment lang erschien sie mir wie aus Stein gemeißelt, das Gesicht voller Qual und doch unglaublich schön.

Erst als sie sich in meine Arme schmiegte, merkte ich, dass sie tatsächlich real und lebendig war, so warm und lebendig wie jeder andere Mensch. Ihre Haut war schweißbedeckt, sie atmete immer noch schnell, ihr Herz hämmerte an meiner Brust. Und sie lächelte, glücklich darüber, am Leben zu sein und Lust von mir zu empfangen wie ich von ihr. Nur ihre Augen wirkten seltsam melancholisch, als ob sie etwas verloren hätte.

Aber dann schloss sie die Augen und legte ihr Gesicht an meins. Unsere Lippen berührten sich in einem zarten Kuss. Sie sagte etwas. Es klang süß und sanft und doch unendlich traurig. Ihre Hand strich über mein Gesicht und schloss meine Augenlider, und die Harfenmusik wurde leiser und einschläfernd. Ich vernahm sie nur noch so schwach, dass ich nicht sicher sein konnte, ob sie überhaupt da war.

Mit ihrer Berührung legte sich ein schweres Gewicht auf mich, eine Müdigkeit, der ich genauso wenig widerstehen konnte wie ihrem Körper. Ich schlief ein zu dieser fernen Musik und dem Klang ihrer Stimme, die ein leises, trauriges Lied sang.

Wie lange ich geschlafen habe, weiß ich nicht, vielleicht nur ein paar Minuten lang, denn als ich aufwachte, stand sie noch da, am Fuß der Treppe. Im warmen, weichen Licht der Nachmittagssonne. Sie war nicht mehr nackt, sondern trug meine Kleidung, die ihr viel zu groß war. Ich wollte lachen, aber ich konnte nicht. Und ich konnte mich auch nicht bewegen. Meine Sinne waren wach, aber meine Gliedmaßen ohne Gefühl, in festen Stein gemeißelt als Säule der Harfe.

# All I Have to Do

## Nikki Magennis

Können Sie sich noch daran erinnern, dass wir uns früher Kassetten selbst zusammengestellt haben? Liebespaare haben sie einander geschenkt und mit den Songs Hinweise auf geheime Wünsche gegeben. Songs, die einen zum Lächeln brachten, Songs, bei denen man dahinschmolz. Ein Geschenk, bei dem man sich fragte, ob der andere einen wirklich liebte oder nur ein paar sexuelle Vorteile haben wollte. Es war eine dieser süßen kleinen Gesten, die es heute leider nicht mehr gibt.

Eines Tages habe ich eine solche Kassette gefunden. Vorne stand mit roter Tinte mein Name darauf, und auf dem Papier innen waren die Songs aufgelistet.

Ich habe sie vor langer Zeit an einem Junitag bekommen. Frühmorgens kam ein Päckchen mit der Post. Schlaftrunken ging ich an die Tür und fand dieses sorgfältig verpackte Geschenk, das du mir geschickt hattest. Ich erinnere mich noch gut an diesen Sommer, sogar an das Licht. Es schien, dass der Sonnenschein seinen eigenen gelblichen Duft hatte, und die Wärme, die über der Stadt lag, versprach endlose, süße Freiheit. Ich lebte damals von Luft und Weißwein, und meine Energie ließ mich durch meinen miesen Bürojob von Wochenende zu Wochenende segeln. Ja, es war wie Segeln. Ich segelte auf einem Meer voller Licht mit Aussicht auf Partys und tanzende und lachende junge Menschen, die nichts anderes als Sex im Kopf hatten.

Alles war hell, und alles bewegte sich so schnell, dass man die Seiten seines Lebens nicht berühren konnte. Wie ein Rausch. Und an einem dieser Wochenenden begegnete ich dir. Du mit deinem strahlenden Lächeln, deiner Schokoladenstimme, deinen feinen, langen Fingern und deiner zarten Gestalt. An deinen Bewegungen sah ich, dass du jemand warst, der Dinge schuf. Du schienst etwas Weites, Großes zu versprechen. Wir tanzten stumm, drückten so viele Körperteile wie möglich aneinander und spürten dabei wundervolle Ausbuchtungen, die um weitere Erforschung bettelten. Wir hingen in dunklen Ecken herum und verschränkten unsere Finger in einer Geste, die nichts anderes als Sex bedeutete. Wir taumelten in einer Welle von Alkohol, Lust und Musik. Später, um fünf Uhr morgens, als die Sonne aufging, sangst du mir vor.

Die Everly Brothers. Ein Song wie Honig. Du hieltest mein Handgelenk und blicktest auf meine Handfläche, als suchtest du etwas. Meine hungrige junge Muschi verlangte nach Aufmerksamkeit, weil dein Gesang tief in mich eindrang und mein Herz verwandelte. Danach schien der Raum wie verwandelt, als ob der Klang deiner Stimme die Welt verändert hätte. Dein Singen versprach mir äußerste Erregung, mehr, als wenn du mich gefickt hättest.

Und dann warst du weg.

Es gab Telefonate, und ich wickelte die Schnur um mich, als wollte ich mich in deine Stimme einhüllen. Dein Lachen leckte an meinem Ohr. Ich lauschte auf die Geräusche im Hintergrund, auf die Landschaft deines Lebens, die so fern und so verlockend war. Du schriebst mir auch Briefe, ebenfalls mit roter Tinte, auf cremeweißen Briefbogen, die du wie kleine Geheimnisse in die Umschläge stecktest.

Du warst so weit weg, so irreal, dass mein ganzer Körper vor Verlangen nach dir schmerzte. Ich wurde überempfindlich, erschauerte beim Klang deiner Stimme am anderen Ende der Leitung, als wenn du mich damit berühren würdest. Ich stellte mir vor, wie du in deiner Stadt herumliefst, in deinem Zimmer Songs schriebst, mit deinen sanften Fingerspitzen Noten auf deinem Keyboard ausprobiertest. Ich wünschte mir so sehr, dass du mich auch so berühren würdest wie die Tasten, dass ich manchmal einen leichten Hauch an meinem Nacken oder meiner Schulter empfand, als ob du über Tausende von Kilometern irgendwie Kontakt zu mir hergestellt hättest. Ich zuckte leicht zusammen und spürte, wie sich eine warme Welle in mir ausbreitete, wie das Gefühl nach einem Orgasmus. Es war, als hättest du mir deine Gedanken geschickt und mich im Kopf gefickt.

Mein reales Leben ging in der Zwischenzeit natürlich weiter. Ich hatte den hysterischen Hunger, den man verspürt, wenn man etwas verliert, noch bevor man damit gespielt hat. Ich fand einen Club, in dem Soul gespielt wurde. Die Songs waren so laut, dass der Boden vibrierte. Ich drängte mich in das Gewühl auf der Tanzfläche, wand mich durch die Menge, bis ich auf einen Jungen mit einem süßen Gesicht oder einem Knackarsch stieß. Und dann tanzte ich wie eine Hure. Die Musik war Sex in Flaschen, schmutzig, funky und köstlich. Man konnte ihr nicht zuhören, nur tanzen und tanzen, als ob man direkt auf der Tanzfläche kommen wollte.

Nach solchen Abenden schleppte ich immer einen Jungen ab, manchmal auch zwei. Auf meinen Händen, auf Bierdeckeln, auf Prospekten standen Telefonnummern – manchmal erfunden, manche aber auch real. Und es gab Hotelzimmer und Fremde. Schweiß und Körperbehaarung. Küsse von hungrigen Menschen, so hart, dass sich einem der Kopf drehte. Kleider fielen zu Boden wie Konfetti, ungeschickte Manöver zum Bett hin, der Schock und die Überraschung, wenn man eine fremde Zunge im Mund spürte, Knutschflecken am Hals. Ich liebte diesen Cocktail, die konzentrierte Essenz von Männern und die dekadente Atmosphäre, die so viel besser als Drogen war. Sie machte beinahe süchtig.

Es fiel mir so leicht, meine Beine für Fremde breitzumachen, dass ich mir wie ein wildes Tier vorkam – ein Kenner und Genießer von Schwänzen und Körperhaaren. Ich schmeckte ihr Aftershave wie Wein, während sie ihre Hände gierig in meine nur allzu bereite Muschi schoben.

Diese brutalen, schnellen und chaotischen Nächte befriedigten mich. Mein Körper war voller blauer Flecken wie Fallobst, und meine Haut summte von den Händen, Schwänzen und Bartstoppeln der Männer, wenn ich sonntagmorgens aufwachte. Den Tag verbrachte ich in einer glückseligen Benommenheit, die schmutzige Bettwäsche und der Kater waren gloriose Erinnerungen an jede Eroberung. Ich ließ mir ein heißes Bad ein und genoss das Gefühl, gut gevögelt worden zu sein.

Am Abend riefst du dann an. Vorsichtig nahm ich den Hörer ab und empfing dein »Hallo« wie eine Segnung, eine warme Absolution für die vergangene Nacht.


Schon von Anfang an war es eigentlich keine Liebesaffäre – keiner von uns äußerte sich offen dazu. Ein ganzer Ozean trennte uns. Und je ferner du warst, desto wilder und ungezügelter wurden meine Wochenenden. Alkohol, Fellatio, Kokain, Dreier. Ein langer Sommer der Lust. Ich kam mir vor wie eine Gummipuppe: biegsam und unzerstörbar. Und dabei ständig unsere verträumten Gespräche, kleine Geschenke, ein Sehnen, das sich wie die Tragflächen eines Flugzeugs über den blauen Himmel ausbreitete.

Ich sammelte so viele Liebhaber, dass ich mir ihre Namen nicht merken konnte. Als erfahrene Schlampe lernte ich, wie man Menschen verliert und sogar den kleinen Schmerz des Verlusts genießt. Meine Titten wurden von so vielen Männern liebkost, dass es mich beinahe dafür entschädigte, dass du nicht da warst.

Seitdem ist viel Zeit vergangen; unvermeidlich kommen und gehen die Jahreszeiten. Ich wurde meines ausschweifenden Lebens überdrüssig und zog weg. Nach und nach hörten deine Telefonanrufe auf.

Ich hatte ein Haus, einen Job. Kümmerte mich um meine hübsche Muschi und beschloss, sie nicht länger jedem beliebigen Mann auszuliefern. Nach einer Weile hängte ich schließlich auch meine Tanzschuhe an den Nagel und heiratete.

Ich gehe nicht mehr in Soulclubs, führe keine Ferngespräche mehr und bekomme keine Päckchen mehr aus dem Ausland. Auch keine Liebesbriefe mehr. Stattdessen bezahle ich meine Rechnungen und bedanke mich artig. Meine Haare sind länger geworden, und ich schminke mich nicht mehr so stark. Ich ficke immer noch gerne, aber Sex ist eher Trost als Rausch geworden und dient dazu, anschließend gut schlafen zu können. All diese exotischen, geilen jungen Männer habe ich hinter mir gelassen wie meine verschwitzten Tanzklamotten. Das Leben läuft nun hinter sauber geputzten Fensterscheiben an mir vorbei. Ich lächle den Ladenbesitzer an, wenn ich Milch kaufe; ich ignoriere das Glitzern in seinen Augen, die hochgezogenen Augenbrauen. Man stumpft irgendwie ab, wird immun gegen all diese kleinen Signale. Als ob man eine ganze geheime Welt voller Signale, voller Duft und Blicke hinter sich lassen würde, wenn man älter wird. Meine Freundinnen wurden dick. Wir hatten Geld und wurden schlaff.

Heutzutage wache ich sonntags mit klarem Kopf auf

und gehe im Park spazieren. Ich steige den Hügel hinauf und blicke auf die Stadt hinunter, die wie ein riesiges Puzzle vor mir liegt.

Ich lebe in vertrauten Mustern. Supermarkt. Küche. Ich schneide Frühlingszwiebeln, mit einem Streichholz zwischen den Zähnen, damit mir die Augen nicht tränen. Staubsaugen. Waschen. Überlegen, in welcher Farbe die Wand gestrichen werden soll.

Aber ganz gleich, wie organisiert mein Leben ist, immer noch liegt viel zu viel Gerümpel in meinen Regalen, die Schränke quellen über von Dingen, die im Staub lauern und leise murmeln. Sie machen mir Schuldgefühle.

Heute Nachmittag begann ich also damit, alte Kisten zu öffnen und mir die Sachen anzuschauen. Ich war alleine im Schlafzimmer, mein Mann brütete nebenan über irgendwelchen Papieren. Ich fand Stapel alter Liebesbriefe, Tagebucheinträge aus meiner Teenagerzeit, bei denen ich vor Verlegenheit zusammenzuckte. Ich war so vertieft in meine Reise in die Vergangenheit, dass ich nicht merkte, wie der Sisalteppich mir tiefe Rillen in die Knie drückte. Fotos tauchten auf, Bilder aus einer bunteren Zeit. Damals war mein Lippenstift fast weiß, und ich hörte Musik so laut, dass alle Nachbarn sich aufregten. Damals war alles heller, härter, verzweifelter und intensiver.

Als ich die Kassette fand, steckte ich bereits tief in meinen Erinnerungen. Sie war wie eine kleine Bombe, die etwas in mir auslöste. Mir stieg das Blut in den Kopf, und mein Herz klopfte plötzlich so heftig, als hätte ich eine Uhr verschluckt.

Leise steckte ich sie in die Tasche und ging ins Arbeitszimmer. Dort trat ich an die Stereoanlage von Bang & Olufsen und legte sie ein. Dann setzte ich mich in den Sessel aus Kunstleder, setzte die großen, gepolsterten Kopfhörer auf, die leicht nach Aftershave dufteten, und drückte auf Play.

Es kam ein zischendes Geräusch, der Laut dieses Sommers, das Rauschen in der Leitung, das den Hintergrund all unserer Telefongespräche bildete. Der Laut der Ferne, des Hungers und der schmerzenden Sehnsucht.

Der erste Klavierakkord traf mich mitten ins Herz, und ich hatte das Gefühl, du stündest direkt neben mir.

Und obwohl die Kassette seit Jahren unberührt dagelegen hatte, waren die Melodien so klar und schön, dass ich hätte weinen können.

Wie damals fühlte ich deine Finger an meinem Gesicht, so sanft wie Frühlingsblätter. Meine Lippen prickelten, und auf der Zungenspitze spürte ich deinen leichten Zitronenduft. Und dann begann der Song, ich hörte die Worte, und es war, als wäre deine Stimme in meinem Mund, wie ein tiefer Kuss. Ich hatte vielleicht damit gerechnet, dass mich die Musik rühren würde – ich bin an das bittersüße Gefühl von etwas lange Vergangenem gewöhnt. Aber ich hatte nicht damit gerechnet, erregt zu sein. Mit geschlossenen Augen fühlte ich das Lied ebenso sehr, wie ich es hörte, spürte deine Stimme wie Seide über mich gleiten, und die süßen Worte lullten mich ein. »Baby …«, gurrtest du, und es war die reine Hölle. Hölle und Himmel zugleich, als du dich wieder in meinen Körper hineinschlichst. Ich empfand auf einmal den Verlust jener Tage so stark, dass es wehtat.

Du sangst darüber, dass du mich in die Arme schließen wolltest, und ich schlang die Arme um mich und schaukelte hin und her. Das Schlagzeug schlug den Takt, in dem deine Hüften an meine stießen, und meine Nippel wurden hart, als ob deine Lippen auf meinem Hals lägen. Ich saß im Sessel, die Nachmittagssonne schien warm auf meine Beine, und ich war allein mit dir und dem verführerischen Klang der Musik.

Es ist ein merkwürdiges Gefühl, von einem Song gefickt zu werden. Meine Möse pochte und wurde nass. In mir wuchs ein Verlangen, das berauschte, köstliches Verlangen jenes langen Sommers entfaltete sich von innen wie ein psychedelischer Traum in pornografischen Details. Meine Gliedmaßen wurden schwer, meine Knie gaben nach, und das lüsterne, sinnliche Mädchen, an das ich mich nur noch schwach erinnere, schien zu erwachen. Ich rieb mich am Sessel, als das Feuer sich von meiner Muschi aus durch meinen ganzen Körper ausbreitete. Irgendwie war ich wieder jung und frisch geworden, meine Lippen röter, meine Brüste voller und praller. Ich fühlte mich wieder jung und lebendig.

Mittlerweile begannen meine Kleider mich zu stören, und ich hätte mich am liebsten ausgezogen und im Song gebadet. Ich wollte nackt sein und mich vom Klang durchdringen lassen, er sollte sich in meine Ohren und meine Möse ergießen. Ich hörte, dass du tief Luft holtest, bevor du eine Zeile sangst, und ich schwöre, ich spürte einen kalten Luftzug am Nacken, als das geschah. Mit dem Finger zog ich eine Linie von meiner Kehle zu meinen Brüsten hinunter und ließ ihn um meine aufgerichteten Nippel kreisen, die danach schrien, berührt zu werden.

So wie man an einer Gitarrensaite zupft, so zupfte ich an ihnen, und kleine Luststöße gingen von den harten Spitzen aus. Ich stellte mir vor, du würdest es tun, würdest mich anschauen mit deinem schiefen Grinsen und dieser einen schwarzen Haarsträhne, die dir immer in die Augen fiel. Als du das geschrieben hast, dachte ich, hast du dagestanden, ein Bein halb gebeugt, um die Gitarre zu halten. Die Hüften hattest du vorgeschoben, und jeder Ton fuhr direkt in deinen Schwanz. Ob du damals wohl ein bisschen steif, ein bisschen geil warst? Als ich mir vorstellte, wie dein Schwanz sich aufrichtete, spreizte ich die Beine noch ein bisschen weiter, als ob du mich an den Knöcheln gepackt hättest und sie sanft auseinanderziehen würdest.

War das deine Absicht gewesen? Hattest du dir bei diesem Song vorgestellt, dass ich mich auf den Rücken legen und die Hand in mein Höschen schieben würde? Vielleicht wusstest du ja, dass dieses Lied mich verführen würde, vielleicht hast du es ja mit dem Schwanz in der Hand geschrieben, während du dir vorstelltest, mich über den Ozean hinweg zu ficken. Du wusstest, dass diese Töne mich zerfließen ließen und auf eine erotische Reise schickten.

Es funktionierte. Ich machte es mir selbst. Eine Hand

glitt über meinen Bauch auf meine Möse zu, meine Hüften bewegten sich im Takt des Basses. Ich biss mir auf die Lippen, um mir Schmerzen zuzufügen, wenn ich schon nicht deine warme Haut spüren konnte.

Mir wurde klar, dass alle Exzesse dieses Sommers durch deine unschuldig klingende Stimme erregt worden waren – dein sexuelles Begehren hat mich in diese dunklen Kellerclubs getrieben, jede Woche in die Arme eines anderen Mannes. Und dabei hatte ich die ganze Zeit wahnsinnige Sehnsucht nach dir, nach einer Nacht mit dir, nach all den schmutzigen Worten, die du mir ins Ohr flüstertest. Auf der Suche nach deiner flüchtigen Gegenwart arbeitete ich mich durch ein Heer von Schwänzen.

Als ich daran dachte, bewegte ich meine Hand in meiner Hose heftiger. Ich wusste, ich musste mich selbst zum Orgasmus bringen, sonst würde ich bei dieser herzzerreißenden Musik wahnsinnig werden.

Ein Dreiminutensong konnte mir natürlich nicht den ausgiebigen Mindfuck geben, den ich wirklich ersehnte, und als mir das klar wurde, schob ich meine Hand tief in die Möse, um doch noch zum Orgasmus zu kommen, während du die Melodie dieses Songs in meine Ohren hauchtest. Es war himmlisch, Finger an meiner Klitoris zu spüren, die so heiß wie Lava war. Zugleich kam ich mir merkwürdig vor, als ob du da wärst, mich beobachten und mit deinem Lied anfeuern würdest. Eine Vorstellung, die so intim und schockierend war, wie in der Öffentlichkeit zu masturbieren. Meine Wangen brannten, als säße ich auf der Bühne, zur Schau gestellt wie eine Nutte, und doch nicht in der Lage aufzuhören.

Ich rieb meine hungrige Muschi, als ob ich Akkorde anschlagen würde, liebte das Gefühl, wollte aber immer noch mehr. Und als ich die Muskeln anspannte, spürte ich, dass dein Schwanz nicht in mir war. Keuchend rollte ich hin und her auf dem Sessel, in dem verzweifelten Versuch, festeren Gegendruck, Reibung, Hitze, das Pochen der Befriedigung zu spüren, als der Song sich seinem Höhepunkt näherte. Mit Hilfe deiner Stimme rieb und stieß ich mich meiner Hand entgegen, und als du die letzten Zeilen schriest, stöhnte ich und schluchzte zum Klang der Gitarren auf. Der Orgasmus überkam mich mit solcher Wucht, dass ich einen Moment lang keine Luft bekam und mich keuchend im Crescendo des Songs zusammenkrümmte.

Und dann verebbte er. Ich drückte eine Hand auf meine Muschi, als die letzten Akkorde ertönten und schließlich nur noch wie ein leises Echo waren.

Ich lag da wie angeschwemmtes Strandgut, erhitzt und ein wenig beschämt. Wie sollte ich so etwas erklären? Ich war gerade von einer Gitarre, einem Bass und einem Klavier gefickt worden. Natürlich war der Auslöser meiner lustvollen Fantasie deine Honigstimme gewesen, aber in gewisser Weise hatte ich das Gefühl, gerade drei fremden Musikern einen runtergeholt zu haben, während sie spielten. Ich hatte eine schmutzige kleine Affäre mit einem eingebildeten Liebhaber. War das eine normale Perversion? Ich kam mir vor wie ein obszönes Groupie, als ich meine Kleidung richtete und mein Herzschlag sich langsam beruhigte. Ich hatte dieser alten Lust nachgegeben, diesem unersättlichen Appetit, der mich früher immer auf die Jagd nach einer Eroberung getrieben hatte. Nach so langer Zeit war es immer noch da: das Verlangen nach reinem Sex. Der schnelle Motor meiner Libido war kalt gestartet worden, und ich war geschockt von meinen eigenen Gefühlen. Wie eine aufgedrehte kleine Nymphe, nicht eine nüchterne Erwachsene, die ihren Sonntagshaushalt erledigte.

Der nachmittägliche Sex machte meine Bewegungen unsicher, und schwankend erhob ich mich, die Kopfhörer immer noch auf den Ohren, wie ein angebundenes Tier, desorientiert, aus einem Tagtraum erwacht.

Als ich die Stereoanlage ausschaltete, merkte ich, dass ich beobachtet worden war. Aus den Augenwinkeln heraus sah ich einen Schatten.

Mein Mann lehnte, die Hände in den Hosentaschen, am Heizkörper. Seine Augen glitten über mich, meine zerknitterten Kleider und mein gerötetes Gesicht.

Peinliche Momente zwischen einem verheirateten Paar muss man würdigen. Wenn man so lange tief im Leben des anderen verbracht hat, ist es beinahe ein Geschenk, vor Scham aufzuschreien und sich so gründlich und schockierend gedemütigt zu fühlen. Was hatte er gesehen? Mich, wie ich mich im Sessel wand, die Hände an der Muschi, das Gesicht in schmerzlicher Ekstase verzogen, die Lippen geschwollen. Fieberhaft suchte ich nach einer Entschuldigung, nach einem Grund, wie ich erklären konnte, warum ich eine so verzückte Vereinigung mit den Kopfhörern eingegangen war. Ich kam mir vor wie ein auf frischer Tat ertappter Dieb. Ich hatte mir einen Fick aus der fernen Vergangenheit gestohlen, hatte mit meiner eigenen Erinnerung Ehebruch betrieben. Ich fühlte mich schuldig wie die Sünde.

Er hätte mich schmoren lassen können in meiner qualvollen Verlegenheit, aber es sind solche Zeitpunkte, die mir zumindest einen der Gründe klarmachen, warum ich mit diesem Mann vor den Altar getreten bin. Einer der Gründe, warum ich mit ihm zusammen bin. An diesem Sonntagnachmittag schenkte er mir sein schiefes Grinsen und schob sich die schwarze Haarsträhne, die ihm in die Augen gefallen war, aus der Stirn.

Er durchquerte den riesigen Raum zwischen uns, als wäre es lediglich ein kleines Zimmer. Er zupfte an meiner zerknitterten Kleidung und lachte mit mir. Legte seinen Mund an mein Ohr und sang mir etwas vor, mit seiner Stimme wie Seide, wie Schokolade. Es hat mir immer den Atem geraubt, wie er mir meine Exzesse mit einem Schulterzucken und einer neckenden Bemerkung verzieh. Wie er mich erregt, indem er einfach nur mit mir spricht, aber vor allem, wenn er singt. Diese Songs der Everly Brothers. Wenn du »All I have to do is Dream« singst, werden mir immer noch die Knie weich.

## Duett

## Maya Hess

*Northdean Manor, 25. Juni 1815*
Meine liebste Kusine Charlotte,
die Hitze in diesem luftlosen Tal lässt meine Tinte trocknen, noch bevor sie das Papier erreicht, was
diesen Brief umso frustrierender macht. Und dabei
habe ich so aufregende Neuigkeiten! Wie ich mir
wünsche, du wärest zu Besuch und wir säßen auf
dem Rasen im Schatten der rauschenden Weiden
und tränken Tee. Mein Verlangen, dir all die Ereignisse hier auf Northdean Manor zu berichten, quält
mich in unerträglicher Weise. Lass mich dir alles
von Anfang an erzählen, liebe Kusine, damit du
nicht so verwirrt wirst wie deine ältere Verwandte.
Als ich im März in London war – erinnerst du dich
an die endlosen Besuche, zu denen unsere Mütter
uns zwangen, an all die trüben Nachmittage, die
wir im Gespräch mit dicken, alten Herren von fast
vierzig Jahren verbrachten? –, nun, da gab es einen
Nachmittag, der mir jetzt süße Träumereien be-
schert, obwohl auch Mr. Leighton dabei war, der
größte Langweiler der Stadt.

Es nieselte, und durch das Fenster von Mr. Leightons Salon konnte man vor lauter Nebel kaum die Straße erkennen. Meine Finger waren steif vor Kälte, als ich Muff und Umhang ablegte. Um warm zu werden, schlang ich in unziemlicher Weise meine Arme um meinen Oberkörper. Sofort war ich erstaunt darüber, wie groß (sei nicht schockiert, meine liebe Kusine) mein Busen dadurch wurde, der durch das Mieder in meinem neuen Frühlingskleid hochgeschnürt war. Die Freude und das Entzücken darüber wärmte sofort mein kaltes Blut. Und Mr. Leighton, bei dem sich wohl auch Körperteile erwärmten, die eine junge Dame besser nicht erwähnt, konnte den Blick nicht von mir wenden. Aber seine lüsternen Blicke (und das, obwohl Mama direkt neben mir stand) war nur die geringste aller Überraschungen während meines Besuchs. Zwar stimmt es, dass er wiederholt hinblickte, um noch mehr von meinem rosigen Fleisch zu sehen, und es stimmt auch, dass ich mich ein wenig zur Schau stellte, bis Mama mich mit einem strengen Blick zurechtwies, so dass mein Busen wieder schrumpfte.

Unsere Unterhaltung bewegte sich im üblichen Rahmen, und anschließend bestand Mama darauf, ich solle Klavier spielen (um unseren Gastgeber zu beeindrucken). Kurz drehte sich daraufhin das Gespräch um meinen kläglichen Versuch mit einer Sonate in g-Moll auf dem hochglänzend polierten Instrument. Dann war die Rede von Mr. Leightons

Landsitz, der sich, wie es der Zufall will, nur etwa sechs Meilen von unserem Northdean Manor entfernt befindet. Er gestand, sich schon nach Ende Juni zu sehnen, wenn er sich dort von den Anstrengungen der Stadt erholen wird. Wer, fragte ich, kann schon der reinen, frischen Luft und dem Duft von Rosen auf einem Morgenspaziergang widerstehen? Ja, Mr. Leighton freute sich auch schon sehr auf den Sommer, vor allem wegen seines hochgeschätzten Gastes, der von Ende Juni bis Mitte August auf seinem Anwesen residieren würde.

»Oh, erzählen Sie uns von Ihrem Gast!«, rief ich. Um seine Antwort zu beschleunigen, schlang ich erneut die Arme um mich und drückte meine Brüste hoch. Er verschlang mich mit seinen Blicken, tadelte aber zugleich seine Dienstboten, weil es an diesem Nachmittag im Salon nicht wärmer war.

»Machen Sie sich meinetwegen keine Mühe, Mr. Leighton«, erwiderte ich. Zum Glück war Mutter gerade im Gespräch mit einer älteren Dame, die ich nicht kannte. Sie sprachen über etwas, was nicht annähernd so aufregend sein konnte wie das, was Mr. Leighton mir enthüllen würde. »Ich bin der Auffassung, dass es der Gesundheit dient, wenn man gelegentlich ein wenig friert.« Und wieder schlang ich die Arme um mich, und der arme Mr. Leighton rang nach Luft. Als er die Fassung wiedergewonnen hatte, verkündete er, was ich hören wollte.

»Zweifeln Sie nicht daran, Eliza, dass ich zahlreiche

Einladungen an Sie und Ihre Familie aussprechen werde, um Sie mit Mr. Henry Barrington bekannt zu machen, dem begabtesten und bekanntesten Komponisten in ganz Europa und meinem persönlichen Musiker für den Sommer.« Er strahlte vor Stolz.

»Oh, Mr. Leighton, wir werden Ihre Einladungen dankbar annehmen, da bin ich sicher.« Ich legte so viel Begeisterung in meine Stimme, wie ich vermochte, zumal der Nachmittag einer hinsichtlich Temperatur und Unterhaltung der trübsten aller Zeiten war, und wenn nicht meine vorwitzige Brust gewesen wäre, wäre ich wohl eingeschlafen. Außerdem klang Leightons Musiker tatsächlich interessant, und ich wollte alles über Mr. Barrington erfahren. Vielleicht besaß er ja Vermögen und war *nicht* in den Fängen einer Frau – oder zumindest bereit, diejenige, die er zurzeit besaß, zu vergessen. (Du lieber Himmel, irgendetwas muss im Wasser auf dem Land gewesen sein, dass meine Sinne so angeregt waren. Aber zwischen Kusinen darf man so sprechen, oder? Zeig meine Ergüsse bloß niemandem, und versteck den Brief gut in deinem Zimmer, meine Lottie. Solange wir beide ein bisschen aufpassen, können wir ohne Weiteres unsere privaten Gedanken miteinander teilen.)

Nun zurück zu dem langweiligen Nachmittag vor drei Monaten. »Mr. Leighton, wollen Sie mich bis zum Sommer warten lassen, bis Sie mir in allen Einzelheiten von Ihrem Gast erzählen?« Dieses Mal presste ich meine Brüste nicht zusammen, sondern tat etwas, worüber Mutter bestimmt in Ohnmacht gefallen wäre, wenn sie es bemerkt hätte. Ich berührte meinen Busen mit den Fingern und ließ sie dort einen Atemzug lang liegen. Und dann wagte ich es, Mr. Leighton anzublicken, der mich fassungslos anstarrte. Ursprünglich hatte er es wohl für eine zufällige Geste gehalten, aber ich öffnete leicht die Lippen, um keinen Zweifel an meiner Handlung zu lassen. Dann jedoch bekam ich Mitleid mit ihm, weil sein Gesicht rot angelaufen war. »Möchten Sie ein Glas Wasser, Mr. Leighton? Sie sind ja plötzlich ganz rot im Gesicht.« Ich war ein rechter Kobold an diesem Nachmittag, aber wenn der gute Mann eher von dem geheimnisvollen Mr. Barrington erzählt hätte, hätten wir den Besuch viel früher beenden können.

Er beruhigte sich und erzählte von seinen Plänen. »Mr. Barrington studiert zurzeit in Wien bei Mr. van Beethoven. Leider ist der große Komponist, der eigentlich mit den britischen Philharmonikern in London auftreten und meinen Gast auf seiner Rückreise begleiten sollte, bei schlechter Gesundheit, und daher wird Mr. Barrington alleine reisen.« Wäre dies nicht die ideale Gelegenheit für uns, meine liebe Lottie, unsere musikalischen Fähigkeiten zu verbessern, vor allem, da ich gehört habe, dass Mr. Barrington so unbeschreiblich gut aussieht, dass die Frauen überall in Europa bei seinen Vorführungen in Ohnmacht fallen?

Und willst du jetzt wissen, was ich für ein Glück gehabt habe? Verzeih mir, wenn ich so hart klinge, aber in den letzten Tagen ging es Mr. Leighton gar nicht gut, so dass er für einen Monat an die Südküste fahren musste, um seine Krankheit in der Seeluft auszukurieren, und sich nicht auf seinen Landsitz begeben konnte. Kannst du dir vorstellen, wie ich mich gefreut habe, als Vater verkündete, wir würden den musikalisch so begabten Henry Barrington den ganzen Sommer über als Gast aufnehmen?

Ich muss mich beeilen, Charlotte, um alles für seine Ankunft morgen vorzubereiten. Komm rasch nach Northdean, liebe Kusine, damit du auf mich aufpassen und selbst ein Auge auf diesen interessanten Gentleman werfen kannst.

Mit Liebe und freudiger Erwartung

Deine Eliza.


*Northdean Manor, 27. Juni 1815*

Liebste Charlotte,

wenn dieser Brief dich erreicht, werde ich traurig sein, denn das bedeutet, dass du immer noch die Sommersaison in London verbringst. Und wenn du meinen früheren Brief bekommen hast, so kreuzen sich unsere Briefe bestimmt. Aber ich kann kaum schnell genug schreiben, um dir die jüngsten Ereignisse auf Northdean zu berichten, und obwohl du diesen Brief vielleicht erst in Wochen nach deiner Rückkehr nach Hause bekommst (ich bete jeden

Tag, dass deine Kutsche unterwegs ist), muss ich dir meine innersten Gedanken mitteilen, sonst werde ich noch so wahnsinnig wie der König!

Mr. Henry Barrington hat sich einen guten Zeitpunkt für seine Ankunft auf Northdean ausgesucht, denn es war gerade niemand vorhanden, der als sein Kammerdiener hätte fungieren können. Mitten in der Nacht nämlich ertönten laute Geräusche, und ich eilte, nur mit meinem Nachthemd bekleidet, an die Treppe. Papa schwang einen Schürhaken gegen einen überraschten, aber äußerst gut aussehenden jungen Mann, der auf der Schwelle stand. Die Hunde zerrten an seinen Breeches, die unter ihren Zähnen bald schon zerrissen waren, und mir wurde ganz schwindlig, als ich Mr. Barringtons nackte Haut sah. Sie war so cremeweiß wie meine eigene! Erst als ich die Treppe herunterkam, ließen die Hunde von ihm ab, und mein Vater senkte den Schürhaken. Er fragte ihn, wer er sei, und es stellte sich heraus, dass der angegriffene Gentleman niemand anderer war als unser Hausgast, Mr. Henry Barrington. Sofort schaute ich auf seine Finger und stellte fest, dass sie tatsächlich, wie ich es gehört hatte, lang und elegant waren, wie man es sich beim besten Pianisten Europas vorstellt. Sie wirkten so weich und gepflegt wie Frauenhände. Sein Gesicht war eingerahmt von rabenschwarzen, zerzausten Haaren, die er länger trug, als es der Mode entsprach, aber das hatte an seinem lässigen Charme nur noch mehr Anteil. Ständig schob er sich die Haare aus den blauesten Augen, die ich jemals gesehen habe.

Obwohl ich fand, dass es nicht gerade höflich von ihm war, mitten in der Nacht anzukommen, hätte ich ihn am liebsten auf sein Zimmer begleitet und sein zerkratztes Bein in Rosenwasser gebadet! Aber während ich noch bewegungslos dastand, trat er auf mich zu, und es stellte sich heraus, dass wir in etwa gleich groß waren, so dass wir uns Auge in Auge gegenüberstanden. Er ergriff meine Hand, Lottie, und drückte einen Kuss darauf. Bis zum Morgengrauen atmete ich seinen Duft ein, denn ich konnte in dieser schwülen Nacht einfach nicht schlafen. Ich bin überzeugt, dass Dämonen in mich gefahren sind, und jetzt habe ich einen anderen Schock für dich, liebe Lottie, deshalb solltest du dich besser setzen, damit du nicht in Ohnmacht fällst.

Meine frisch parfümierte Hand entwickelte in den nächsten Stunden ein Eigenleben, als ob mir alle Sinne entschwunden wären. Zu meiner Scham muss ich gestehen, dass ich mich dort unten berührte, um festzustellen, ob ich nicht an einem seltsamen weiblichen Fieber litt, so sehr brannte es zwischen meinen geschwächten Beinen. Je weiter ich das seidige Fleisch erforschte, desto stärker wurde mein Leiden, bis ich mich schließlich in Krämpfen wand und meinen Schrei mit dem Kissen erstickte. Ich sehnte mich von ganzem Herzen danach, dass Mr. Barrington neben meinem keuchen-

den, fiebrigen Körper läge, obwohl mir nicht klar
war, was er für mich tun konnte.

Eine seltsame Leidenschaft wütet in mir, aber während ich diese Worte schreibe und in den Morgen-
stunden eines weiteren schönen Sommertages über
den Rasen blicke, kann ich nur hoffen, dass Mr.
Barringtons Musik so süß sein wird wie seine ungewöhnliche Ankunft.

Bis bald.

Deine Eliza.


*Stanthorpe Mews, London, 2. Juli 1815*

Liebe Eliza,

ich würde auch lieber Tee mit dir auf den wei-
ten Rasenflächen von Northdean Manor trinken,
und ich träume jetzt schon seit vielen Wochen von
meinem Besuch, vor allem seit deinem letzten Brief.
Leider verzögert sich unsere Reise in den Nor-
den noch um ein paar Tage, weil Vater sich um ge-
schäftliche Angelegenheiten kümmern muss, so dass
deine Kusine ein noch ruhigeres Leben als sonst
führt, weil die Londoner Gesellschaft mit Bällen
und Dinners beschäftigt ist, zu denen ich meiner ge-
planten Abwesenheit wegen nicht eingeladen bin.
Du kannst versichert sein, dass niemand etwas von
mir erfährt, und ich kann meine eigenen Worte, in
denen ich von ähnlichem Verlangen schreibe, kaum
lesen. Wie ich dich bewundere, weil du so mit Mr.
Leighton gespielt hast an jenem Nachmittag im
März. Hättest du es mir doch nur früher erzählt,

dann hätte ich wenigstens an etwas Skandalöses denken können, statt mich ständig mit Mutters Wunsch zu beschäftigen, einen Ehemann für mich zu finden.

Heute schreibe ich nur kurz, und vielleicht bin ich ja schon in Northdean Manor, bevor deine Antwort eintrifft. Deine verführerischen Gedanken heben meine Laune.

Deine erwartungsvolle
Lottie

*Northdean Manor, 6. Juli 1815*

Liebste Charlotte,

unser Mr. Barrington ist nun beinahe schon eine Woche hier. Vielleicht kann ich jetzt sogar Henry schreiben, denn wir stehen auf sehr vertrautem Fuß (die köstlichen Details werde ich dir gleich berichten). Und deine Ankunft in Northdean ist ebenfalls schon seit einer Woche überfällig. Mein Leben ist in der letzten Zeit so aufregend geworden, dass es äußerst frustrierend ist, es dir nur auf dem Papier mitteilen zu können. Aber hier sind meine Neuigkeiten.

Den ersten Morgen von Henrys Besuch werde ich nie vergessen. Ich erwartete kaum, ihn zum Frühstück zu sehen, da er ja erst spät in der Nacht angekommen war und Mutter und Vater wegen der nächtlichen Ruhestörung lange schliefen. Also frühstückte ich allein in unserem Esszimmer, wo Sarah mich wie immer bediente. Gerade als ich mein

Ei aß, ging die Tür auf, und mein Herz machte einen Satz, als unser neuer Gast sich mir gegenüber setzte.

»Guten Morgen, Miss Lawrence.«

»Mr. Barrington«, erwiderte ich züchtig. Ich legte das Besteck nieder und schlang kurz die Arme um meinen Oberkörper.

»Sitzen Sie in Zugluft, Miss Lawrence?«, fragte er und entfaltete seine Serviette.

Ich erwiderte, nein, mir sei warm genug, aber er blickte nicht einmal auf meine Brust. Ich frühstückte weiter, und unsere Unterhaltung beschränkte sich auf Bemerkungen über das Wetter und die Krankheit des armen Mr. Leighton.

»Erlauben Sie mir, für Sie zu spielen?« Henry beugte sich über den Tisch herüber (zu mir!) und sagte im Flüsterton, damit Sarah ihn nicht hören konnte: »Ihre Schönheit inspiriert meine Finger zur Musik, und sie brennen darauf, Sie unterhalten zu dürfen, süße Miss Lawrence.«

Liebe Lottie, kannst du dir meine Überraschung vorstellen? Ich fiel beinahe in Ohnmacht bei seiner Direktheit. Sofort ergriff mich wieder das Fieber in meinem Kleid, und als ich hin und her rutschte, um das seltsame Unbehagen zu vertreiben, begann unser Hausgast zu lachen. Dabei zeigte er die weißesten Zähne zwischen den rötesten Lippen, die ich jemals bei einem Mann gesehen habe, und das alles in einem glatt rasierten Gesicht.

»Was amüsiert Sie so?«, fragte ich.

»Führen Sie mich doch in Ihr Musikzimmer. Was für ein Klavier besitzt Ihre Familie?« Henry Barrington erhob sich und ergriff meine Hand. Mir blieb nichts anderes übrig, als ihm zu folgen.

Im Musikzimmer duftete es betörend nach Sommerjasmin, und durch die geöffneten französischen Türen drang eine leichte Brise. Henry Barrington setzte sich an unser Pianoforte und ich mich (auf sein Drängen hin) direkt neben ihn. Zum Glück störte uns niemand an jenem duftenden Morgen, denn wenn jemand herausgefunden hätte, dass ich alleine mit einem Gentleman war, so wäre das mein Verderben gewesen.

Auf jeden Fall, liebe Lottie, kann ich dir versichern, dass die Süße des Sommers sich in nichts auflöste, als Henry den ersten Ton anschlug, denn nichts war so süß und so rein wie diese Töne. Ich schwöre, dass ich Achtelnoten durchs Zimmer fliegen sah und dass die Musik in seinen perfekt azurblauen Augen vibrierte. Mein Zustand war mittlerweile so intolerabel geworden, dass ich mich am liebsten unter einem Vorwand entfernt hätte, um mich wieder zu fassen, aber Henry bemerkte sofort, dass es mir nicht gut ging.

»Bereitet meine Musik Ihnen Unbehagen?«, fragte er. Seine Stimme war weich und liebkosend wie sein Klavierspiel.

»O nein«, erwiderte ich und sah ihm dabei direkt in die Augen, die nur eine Hand breit von meinen entfernt waren. »Es liegt nicht an Ihrer Musik.«

»Was ist es dann?« Seine melodische Stimme sang die Worte beinahe. Ich senkte den Kopf und blickte auf meine Hände.

»Ihre Reputation, Sir, bereitet mir Unbehagen, weil ich Ihnen im Moment so nahe bin.« Noch nie zuvor war ich so direkt gewesen.

»Und was für eine Reputation habe ich, Miss Lawrence?« Seine Finger stolperten kurz auf den Tasten, während sie ein seidiges *arpeggio* spielten. Sein Atem war wie eine leichte Morgenbrise auf meinen Wangen.

»Sie sind nicht nur für Ihre Kompositionen bekannt.« Ich schluckte und spürte, wie ich errötete. »Sie haben in ganz Europa auch eine Spur gefallener Damen hinterlassen.« Und dann stockte ich, Lottie, und Henry warf mir einen Blick zu.

»Und Sie glauben das?« Er spielte ein paar heftige Akkorde, um seine Worte zu unterstreichen, und rückte noch näher, so dass unsere Schultern einander berührten. Trotz der Basstöne, die er hämmerte, blieb seine Stimme ungewöhnlich leicht und frei von männlichem Zorn. »Und was ist mit der jungen Dame neben mir? Ist sie gefallen?« Kurz hielt er mir den Zeigefinger unters Kinn, und wenn Mama das gesehen hätte ...

Schockierenderweise fuhr Henry mit dem Zeigefinger über meinen Hals zu meiner Brust und tippte kurz darauf. Ich kann jetzt verstehen, warum junge Damen in Ohnmacht fallen, denn wenn ich mich nicht gegen den Gentleman gelehnt hätte (doch, so kann ich ihn bezeichnen), wäre ich von der Bank gefallen.

»Ich gebe zu, dass es mich viel Kraft kostet, nur sitzen zu bleiben, Mr. Barrington, und natürlich fürchte ich um mein Wohlergehen ...«

»Ich bestehe darauf, dass Sie mich Henry nennen«, unterbrach er mich. Und dann, liebe Kusine, spielte er weiter und liebkoste mit seinen schlanken, langen Fingern die Tasten.

Mein unerklärliches Unbehagen wuchs. Mittlerweile wurde ich immer feuchter (oh, Lottie, sag niemandem etwas, aber es hat an meiner Hand und ihrem unzüchtigen Benehmen in der vergangenen Nacht gelegen, da bin ich sicher!), und als der Wind über meinen Ausschnitt glitt, träumte ich davon, dass Mr. Barrington meine bloße Haut streichelte.

Schließlich bekam ich Angst, dass Vater oder Mutter ins Zimmer kommen könnten, und zog mich in mein Zimmer zurück, um mich sofort meines Kleides zu entledigen. Verzweifelt legte ich mich ins Bett, aber ständig sah ich Henrys regelmäßige, klare Gesichtszüge vor mir. Ich entledigte mich meiner Unterhose und meines Hemdchens und ließ Unterrock und Pantalons herunter, wobei ich natürlich darauf achtete, mir die Decke bis zum Hals zu ziehen, falls Mama nach ihrer leidenden Tochter schauen sollte.

Erleichterung erlangte ich nur durch heftige Massage oben zwischen meinen Beinen (ein Bereich, den ich zuvor noch nie berührt hatte, liebe Lottie) und indem ich meinen schmerzenden Busen streichelte. Ich sollte allerdings nicht unerwähnt lassen, dass die Erleichterung, auch nachdem ich mich in heftigen Zuckungen gewunden hatte, nur von kurzer Dauer war.

Ich fürchte einfach, liebe Kusine, dass ich aus dem Gleichgewicht geraten bin und Mr. Barrington die einzige Person ist, die mir helfen kann. Auch jetzt muss ich mich wieder zu Bett begeben, um meine Weiblichkeit zu streicheln, damit ich mich zum Tee wieder wohl befinde. Wir haben Gäste, um Henrys großes Talent vorzuführen. Allerdings fürchte ich, dass er in anderer Hinsicht viel gefährlicher ist als mit seiner Musik.

Deine bettlägerige Eliza.


*Stanthorpe Mews, London, 6. Juli 1815*

Liebe Kusine,

ich habe dein Schreiben vom 27. Juni heute erhalten und kann dir nur brieflich darauf antworten, da wir immer noch in der Stadt aufgehalten werden. Papa ist immer noch mit seinen Angelegenheiten beschäftigt, und mir scheint, liebe Eliza, du kämpfst mit deinen eigenen Angelegenheiten. Und zwar allein, wo doch eigentlich deine Kusine an deiner Seite sein sollte.

Nun, eine Warnung von mir. Ich habe ein wenig nachgeforscht, und mir scheint, du bist nicht die einzige Dame, die von Mr. Barringtons Gegenwart krank geworden ist. Vielleicht weißt du das bereits, aber der Ruf des Gentlemans als Casanova übersteigt sogar seine Reputation als hervorragender Musiker. Pass also bitte auf, liebe Eliza, dass deine Krankheit nicht zu deinem Untergang wird, wenn du dich in Gesellschaft dieses faszinierenden Charakters aufhältst.

Ich kann nur beten, dass ich bald persönlich mit dir sprechen kann.

Deine treue Lottie.

*Northdean Manor, 6. Juli 1815*

Es ist schon spät und das Licht recht trübe, aber ich muss dir einfach schreiben! Früher an diesem Tag habe ich dir von meiner Krankheit geschrieben, die meiner Meinung nach nur von unserem Hausgast geheilt werden kann. Henry hat mir sogar bestätigt, dass er bereit ist, mich wieder gesund zu machen!

Den Tee heute Nachmittag haben wir in der Gesellschaft von Jane, der Tochter des Pfarrers, und ihrem Bruder Edward eingenommen, der wegen Mamas Abwesenheit und der Indifferenz der Frau des Pfarrers schließlich die Rolle der Anstandsdame übernommen hat. Nach dem Tee kamen wir überein, einen kleinen Spaziergang zu machen, allerdings war Janes Mutter dazu nicht in der Lage und beschloss deshalb, am Teetisch zurückzubleiben. Also spazierten Edward, Jane, Henry (der während des Tees nachdenklich und still gewesen war) und

ich zwischen blühenden Rosenbüschen und Buchs-
bäumen umher. Aber egal. In Kürze, liebe Lottie
(setz dich besser): Henry meinte, um vollständig geheilt zu werden, müsse ich mich nachts in seine Gesellschaft begeben und solle mich deshalb mit ihm
im Musikzimmer treffen, wenn die Uhr zwei schlü-
ge. Und auf diesem süßen Spaziergang durch den
Garten versprach er mir, dass er mich dann durch
die Magie der Musik heilen würde.
Wie dankbar ich für die Großzügigkeit unseres
Gastes bin. Sollte ich im Morgengrauen vollständig
geheilt sein, werde ich dir sofort berichten.
    Deine aufgeregte Eliza.

*Von Hand, 6. Juli*

Liebste Eliza,
verzeihen Sie mir, dass ich diesen Brief einfach unter Ihrer Tür hindurchschiebe, aber ich sah, dass
noch Licht brannte, und hielt diese Art der Kommunikation für sicherer, als wenn ich mich durch
Ihre Tür schleichen würde vor unserem vereinbarten Zeitpunkt heute Nacht.
Ihre Gesellschaft heute Nachmittag war so bezaubernd, dass mein Herz jetzt in Erwartung unseres
heimlichen Treffens heftig schlägt. Schon formt sich
eine Melodie in meinem Kopf, mit der ich zumindest einen Schimmer Ihrer einzigartigen Schönheit
einzufangen hoffe. Ich werde die Noten zu Papier
bringen, damit Sie die Musik meines Herzens für
immer hören können.

Liebste Eliza, haben Sie keine Angst wegen der Geschichten, die über mein Leben in Europa kursieren. Ich kann Ihnen versichern, dass niemand auch nur die kleinste wahre Einzelheit über mich weiß. Wie schockiert sie alle wären, würden sie meine wahren Gedanken kennen!

In erster Linie bin ich Musiker, und mein Streben richtet sich danach, ein ebenso großer Komponist wie Mr. van Beethoven zu werden. Und in zweiter Linie muss ich zugeben, dass ich Gefallen an einer gewissen jungen Dame gefunden habe, deren eigene Reputation auf dem Spiel stünde, wenn mein Verlangen entdeckt würde.

Lieber Himmel, es ist so viel im Verborgenen, dass ich meine Seele verpfänden müsste, sollte ich entdeckt werden.

Bitte, seien Sie versichert, dass ich mein Bestes tun werde, um Ihr Leiden zu lindern, das ich Ihnen zugefügt habe.

Mit äußerstem Respekt und in großer Erwartung,
   Henry.


     *In aller Heimlichkeit, elf Uhr dreißig*

Lieber Henry,

ich fürchte, die knarrenden Dielen in diesem Haus werden unser Schäferstündchen aufdecken, aber ich bete, dass sie dieses Mal still halten, wenn wir den vereinbarten Ort aufsuchen. Das Klavier wird unser Anker sein, wenn Sie mein Unbehagen lindern, und wenn Sie auch die Schuld mindern könnten, weil ich diesen Brief unter Ihrer Tür hindurchschiebe, dann wird der Herr sicher gnädig auf unsere Verbindung schauen.

Was ist es denn, das Sie Ihre Seele bis in alle Ewigkeit verpfänden lässt? Sie haben meine Neugier in mehr als nur einer Hinsicht geweckt, lieber Henry. Bis die Uhr zwei schlägt.

Eliza.

*Mitternacht*

Eliza,

ich verströme mich nach Ihnen, mehr, als Sie jemals erfahren werden. Es gibt Geheimnisse um mich, die zu entdecken süße Dekadenz für Sie wäre, und doch fürchte ich, sie bleiben im Verborgenen. Verzeihen Sie mir diese gekritzelte Nachricht. Jede Kommunikation mit Ihnen ist wie eine Sucht.

Ihr Henry.

*Northdean Manor, 10. Juli 1815*

Liebe Kusine Lottie,

ich weiß nicht, ob ich nicht mehr zur Gesellschaft gehöre oder ob ich zu neuen Höhen aufgestiegen bin und von allen jungen Damen in England beneidet würde, wenn die Wahrheit bekannt wäre. Es ist ein verwirrendes Rätsel, weil die Etikette das eine bestimmt, während mein Herz etwas anderes sagt. Folgende Neuigkeiten habe ich für dich:

Diese mondhelle Nacht, in der ich auf meine geheime Verabredung mit Henry Barrington wartete, scheint eine Ewigkeit her zu sein, aber ich weiß natürlich, dass es nur drei Tage sind seit unserer Zusammenkunft. Und was für eine Zusammenkunft! Henry hielt Wort und spielte leise Klavier (wie sanft seine Finger wurden), und ich stand von Mondlicht umhüllt an seiner Seite. Vorher hatten wir natürlich die Tür zum Musikzimmer verschlossen. Henry lächelte ermutigend, und ich spürte, wie die Töne mein Unbehagen linderten. Ich setzte mich neben ihn auf die Klavierbank, unsere Körper berührten einander. Zwar nur durch die Kleidung hindurch (unter der meine Haut tanzte), und eine Weile lauschte ich aufmerksam der Musik.

Henrys Musik enthielt den Duft des Sommers, eingehüllt in das Geheimnis des Winters, verbunden in einem träumerischen, verführerischen Stück, das er später mir widmete. Beim Refrain bat er mich, mit einer Hand mitzuspielen, und versprach mir, ein Duett würde unvorstellbare Lust bedeuten. Nach kurzem Zögern senkte ich meine Hand über die Tasten und schlug eine geeignete Harmonie an. Ich merkte sofort, dass Henry erfreut war.

So spielten wir einige Zeit lang, aber dann kam unsere Musik (von der ich nur hoffen konnte, dass sie nicht den gesamten Haushalt aufweckte) zu einem Ende. Henry wandte sein Gesicht mir zu. Du bist ja mittlerweile sicher schon an meine Geständnisse gewöhnt, aber wirst du mir auch glauben, Lottie, dass Henry mich dann mitten auf den Mund küsste? Seine Lippen waren meinen nicht unähnlich, und sie

berührten mich mit einer Zartheit, die ich nur mit
Morgentau vergleichen kann.

»Liebe Lizzie«, sagte er. (Du bemerkst wohl, wie
vertraut seine Anrede plötzlich war. Solche Leidenschaft!) »Seit ich dich zum ersten Mal gesehen
habe, noch als die Hunde an meiner Hose gezerrt
haben, habe ich deine zärtlichen Augen geliebt und
die Art und Weise, wie deine Brust sich hob und
senkte wie das Wasser bei Ebbe und Flut.«

Ich errötete und dankte dem Himmel, dass ich die
Kunst der Brustbetonung entdeckt hatte.

»Oh, Henry«, erwiderte ich. »Deine cremeweiße
Haut hat schon von dem Moment an, als die
Hunde deine Breeches zerrissen, mein Verlangen in
einer Weise entzündet, die sich für eine junge Dame
nicht schickt. Seitdem leide ich unter schrecklichem
Unbehagen.«

»Wo ist denn dieses Unbehagen, liebe Lizzie?«
Nun, Lottie, wenn du die Aufrichtigkeit auf Henrys
Gesicht gesehen hättest, hättest auch du keinen Augenblick gezögert. Ich hob meine Röcke, wobei
ich mit dem Ellbogen die Tasten streifte und einen
schrecklichen Lärm verursachte.

»Hier ist mein Leiden, Henry. Genau hier.« Ich
zog meine Pantalons herunter und wartete mit an-
gehaltenem Atem darauf, dass Henry mich untersuchte.

»Ach, du meine Güte«, sagte er schließlich. »Wenn
ich dich gründlicher untersuchen könnte … steh
doch bitte auf und heb deine Röcke höher.« Sein

Schweigen, das auf diese Worte folgte, war süße Qual.

Kannst du dir vorstellen, Lottie, wie ich dagestanden habe mit meinem hochgezogenen Kleid, während der fürsorgliche Mr. Barrington, der bekannte Musiker, nachdenklich auf die Stelle blickte, die jüngst so viel Aufmerksamkeit durch meine Hände erfahren hat? Mein Unterleib spielte unhörbar eine Melodie auf den Tasten. Ich schwöre dir, das ist die ungewöhnliche Wahrheit!

»Wie lange bist du schon in diesem Zustand?«

»Seit deiner Ankunft«, erklärte ich. »Und ich kann gegen meine Beschwerden nichts tun. Kannst du mir bitte helfen?«

»Natürlich, wenn du mir die Intimität erlaubst, diese Stellen zu berühren, damit ich untersuchen kann, wie tief das Leiden geht.«

Ich ermutigte Henry nicht, sondern spreizte nur meine nackten Beine, so dass er leichter an die Stelle gelangte. Es war mir nicht klar, dass der liebe Mann versuchte, meinen leidenden Körper zu küssen. In dem Bereich war es ohnehin so feucht, dass ich nicht sofort merkte, wie Henry seinen Mund auf mein Fleisch drückte.

Oh, Lottie, was für ein kluger Gentleman er doch ist! Seine geschickte Zunge und seine Lippen schenkten mir bald schon pures Entzücken, und ich spürte, wie ich selbst wünschte, ihm ebenfalls jedes Unbehagen zu nehmen. Er leckte so gierig an meinem Körper wie ein durstiger Hund nach der

Jagd, und ich musste mich sehr konzentrieren, um nicht über den Klaviertasten zusammenzubrechen.
»Du bewirkst Wunder!«, rief ich aus, und dann hatte er die gute Idee, seine Aufmerksamkeiten auch auf meinen Busen und meinen Hals zu richten. »Was bist du doch für ein begabter Mann!«
Es müssen meine ermutigenden Worte gewesen sein, die Henry bewogen, sein Jackett auszuziehen und seine Breeches zu öffnen. Wahrscheinlich litt er mittlerweile an dem gleichen Leiden wie ich und sehnte sich nach meiner Medizin.
»Bitte, glaube nicht, dass du den Anstand verletzt, indem du mich ebenfalls berührst, liebe Lizzie.«
»Wie das?« Ich kämpfte tatsächlich mit solchen Gedanken, allerdings hatte mein Körper bereits gewonnen, da ich eine Hand auf Henrys Schulter gelegt hatte. Jede weitere Frage jedoch erstickte in meiner Kehle, weil Henry in diesem Moment zwei Finger in die enge Öffnung zwischen meinen Beinen einführte (weißt du noch, dass ich erwähnt habe, wie sanft er ist?). Ich stützte mich schwer auf das Klavier und machte dabei einen Heidenlärm.
»Es ist unüblich für eine junge Frau, außerhalb der Ehe Beziehungen zu einem Gentleman zu unterhalten«, keuchte er, während er mich innen streichelte.
»Ein lächerlicher Gedanke!«, erwiderte ich lachend.
Es war zu spät für mich, und ich wusste es, liebe Lottie. Ohne Sorge um die Konsequenzen hatte ich mich Henry hingegeben.
»Aber du wirst keine Konsequenzen tragen müssen,

denn ich …« Henry presste seine Lippen auf meine, und dann ergriff er meine Hand und drückte sie an seine Brust, als wollte er mir ewige Treue schwören. Rückblickend denke ich jedoch, dass das nicht seine Absicht war. Er wollte mir etwas ganz anderes mitteilen, liebe Kusine, und ich war nur zu naiv, es sofort zu bemerken.

»Oh, Henry«, keuchte ich und ließ meine Hände über seinen schlanken Körper gleiten, bis ich auch auf seine intimen Stellen stieß. Und was es für intime Stellen waren! Zuerst machte ich mir Sorgen wegen der Anatomie meines lieben Henry, aber als er sich seiner Kleidung entledigte und einen sanft gerundeten, cremeweißen Körper – der meinem so ähnlich war – enthüllte, begann ich vor Entzücken zu lachen.

»Wie schön du bist!«, rief ich aus und steckte sofort mein Gesicht zwischen seine kleinen Brüste. Seine Nippel richteten sich auf wie polierte Kiesel im Bach, und unter seiner schlanken Taille, verborgen in den Falten seiner braunen Breeches, war eine Tasche mit süßem Nektar, meiner so ähnlich, dass ich das Gefühl hatte, mich selbst aufzuschlecken, als ich in die Knie ging.

»Und du bist nicht überrascht?« Henrys Stimme schien höher zu werden, als ob ihn vorher ein großes Gewicht niedergedrückt hätte.

»Nein, ich bin entzückt, lieber Henry, dass ich jetzt ein reines Gewissen haben kann. Niemand kann mir einen Vorwurf machen.«

»Dann nenn mich Henrietta, meine liebste Lizzie, damit wir unsere schwesterlichen Spiele ohne Geheimnis voreinander fortsetzen können.«

Das Klavier bebte, als sie sich, nun völlig unbekleidet, auf die Tasten setzte und ihre schlanken Beine spreizte, so dass ich mir in aller Ruhe den Bereich anschauen konnte, der wohl so aussah wie bei mir. Als ich meine Lippen darauflegte, war das genauso aufregend wie damals vor vielen Jahren meine erste Klavierstunde. Und später war ich überhaupt nicht vorbereitet auf das laute Crescendo, als sie mir sanft das Hinterteil leckte, wobei ich mich am Klavier abstützte, das sich als äußerst nützliches Instrument erwiesen hatte. Unsere Musik bekam jedoch keinen Applaus, als wir eng umschlungen den Sonnenaufgang beobachteten.

Kusine, ich darf dir berichten, dass wir einander in jener Nacht und in jeder weiteren Nacht, die folgte, vollkommen wiederherstellten. Am Tag spielt Henrietta für mich, und in der Dunkelheit der Nacht spielen wir miteinander.

Und jetzt eile nach Northdean, damit ich weitere Geschichten meiner süßen Henrietta mit dir teilen kann – oder vielleicht sogar den Musiker selbst.

Deine Eliza.


*Stanthorpe Mews, London, 10. Juli 1815*

Eliza!

Mit großer Sorge und Warnung schreibe ich dir. Ich habe aus zuverlässiger Quelle erfahren, dass Mr.

Henry Barrington ein Scharlatan ist. Setz dich, du arme, verliebte Kusine, denn ich werde dir jetzt berichten, dass dein lieber Musiker niemand anderer ist als eine Miss Henrietta Wells. Eine Frau, ist das zu glauben!

Ich kann selbst hier deinen Schmerz und deine Enttäuschung spüren und breche heute noch nach Northdean auf, um dich zu trösten. Sei tapfer, arme Kusine, bis ich bei dir bin, um dein gequältes Herz zu beruhigen.

Deine dich liebende Lottie.

# Ich stehe auf Blues

## Carmel Lockyer

Ich war immer schon ein Wham-Fan – George Michael fand ich gut, bevor, während oder nachdem wir alle herausfanden, dass er Jungs mag. Nun, ich mag Jungs auch. Aber eines Tages wachte ich auf und stellte fest, dass aus den Jungs Männer geworden waren. Und »Wake me up before you go-go« bedeutete nicht mehr so viel, wenn man neunundzwanzig war, aufstehen und das Bett machen, zur Arbeit gehen und die Miete bezahlen, nach Hause kommen und sich zurechtmachen musste, um auszugehen und jemand anderen zu finden, der das Bett wieder unordentlich machte.

Ich redete mit Jason darüber. Jason war vermutlich ein ebenso großer Fan von Wham wie ich – obwohl er auch Duran Duran, Boy George und Steve Strange unterstützte. Als wir noch zur Schule gingen, trug er Rüschenhemden und hatte getuschte Wimpern, bevor es den Begriff Transe überhaupt gab. Aber selbst Jason hatte einen festen Liebhaber – er hieß Cedric –, während ich immer noch so tat, als wäre Freiheit das große Ding für mich.

»Chrissy, Liebes«, sagte Jason, »du musst mit der

Zeit gehen. Sei einfach ein bisschen cooler und geh langsamer ran.« Ich blinzelte ihn an, dann schenkte ich mir Margarita nach und wandte mich an Cedric. »Weißt du, was er meint, Ceddie?«

»Ich glaube, der Mann wollte sagen, dass du daher-kommst wie Material Girl. Und darauf reagieren die Männer, aber du suchst ja jemanden, auf den du dich verlassen kannst.«

»Cedric, du bist betrunken.« Jason nahm Cedric den Plastikkrug aus der Hand und schob ihn in Richtung Küche. »Mach uns ein bisschen was zum Knabbern, während ich Chrissy in die Welt des Blues einführe ...«

Cedric verschwand in einer Alkoholwolke, und Jason beugte sich zu mir.

»Chrissy, Liebling, ich kenne dich, seitdem du acht bist vertrau mir. Solange du in Discos tanzt, bleiben die Männer nicht länger als ein Sommerhit. Wenn du willst, dass einer bei dir bleibt, musst du dir überlegen, was auf dem Langspielmarkt so läuft.«

Also fuhr ich mit einem halben Dutzend CDs von Jason nach Hause und erwachte am nächsten Morgen mit rasenden Kopfschmerzen. Gott sei Dank war Samstag, daher putzte ich mir die Zähne und setzte mich mit einem Kissen vor dem Bauch auf die Couch.

Erste CD: Billie Holiday. Ich hörte mir drei Songs an, ging in die Küche und machte mir einen großen Becher Kaffee, goss einen Schuss Brandy hinein und ging dann ins Schlafzimmer. Ich zog meine alte schwarze Jacke mit dem falschen Pelzkragen an, einen schwarzen Spitzen-Body und ein Paar hochhackige rote Wildleder-Stilettos. Dann setzte ich mich wieder aufs Sofa und schlug die Beine übereinander, so dass jede Menge nackte Haut am Oberschenkel hervorblitzte. Billie sang »Ain't Nobody's Business If I Do«, und ich sang mit und betrachtete mich dabei im Spiegel über dem Kamin. Das war cool, das war langsam, das war … sexy!

Vor etwa sechs Monaten hatte ich in einer Bar einen Typen kennen gelernt, der einen kleinen Lederkoffer im Auto hatte, voll mit der Art von Spielzeug, das Männer lieben. Bei der ersten Verabredung bekam kein Mann bei mir die Chance, sich technologisch auszutoben, weil man nie weiß, ob ein unbekannter Liebhaber sich nicht plötzlich als Massenmörder entpuppt, aber bei dieser speziellen Gelegenheit hatte ich einfach nicht widerstehen können und mit einem Glasdildo herumgespielt, weil er so hübsch war. Jason und ich hatten als Kinder immer Murmeln gespielt, und dieser Glasschaft war wie eine Erwachsenenfantasie: Murmeln für Liebhaber. Innen wirbelten bernsteinfarbene und goldene Muster wie Federn eines Phönix, und als der Typ mir zeigte, wie warm er wurde, wenn man ihn in eine Schüssel mit heißem Wasser tauchte – nun, in diesem Moment verliebte ich mich ein bisschen in den Glasdildo, mehr auf jeden Fall als in seinen Besitzer, der allerdings Gentleman genug war, ihn mir am nächsten Morgen dazulassen.

Glas war nicht wie Plastik – ich brauchte mir keine Gedanken darüber zu machen, welche Keime wohl daran kleben mochten. Stattdessen konnte ich mir vorstellen, wie ein feuriger ungarischer Glasbläser ihn mit dem Mund geblasen hatte, ihn gedreht und gewendet hatte, bis er schließlich die richtige Form besaß und der perfekte Phallus für mich war. Das war eine meiner Fantasien. Heute jedoch ölte ich meinen gläsernen Liebesstab mit reinem Mandelöl ein und schob nur die Spitze in mich. Ich lag so auf dem Sofa, dass mein Kopf von dem falschen Pelz eingerahmt war und meine Beine über die Rückenlehne hingen. Ich sah rosig und erhitzt aus, dachte ich, als ich mich im Spiegel betrachtete. Ein Bein winkelte ich an, um den Dildo noch tiefer hineinzuschieben, und dann gab ich mich der Musik hin, während ich den Dildo ganz langsam in mich hineindrehte. Ich spürte, wie er sich langsam erwärmte. Langsam, Blues war langsam. Ich zog auch das andere Bein an, so dass sich der Stiletto-Absatz ins Sofa bohrte, und glitt mit einer Hand unter meine Jacke. Ich schob den Träger meines Teddys über die Schulter hinunter, meine Brust glitt heraus, und der Nippel lugte aus dem falschen Pelzkragen hervor. Ich leckte meinen Finger an und ließ ihn um die Aureole gleiten, die sich sofort zusammenzog. Ich kam mir extrem dekadent vor. Noch tiefer glitt der Dildo in mich hinein, und ich genoss seine glatte Oberfläche. Mit einer Hand kniff und zupfte ich am Nippel, während ich mit der anderen Hand den Schaft zu stoßen begann. Dann wanderte meine linke Hand von meinem Nippel zu meiner Klitoris. Billie sang, und ich kam – langsam.

Es war ein guter Start in den Tag, jetzt konnte alles nur noch besser werden.

Ich packte alle meine rosafarbenen Glitzerfummel in

einen Karton und schob ihn unters Bett. Den Selbst-
bräuner und die Knöchelkettchen warf ich in den Ab-
falleimer, kramte meinen alten Strumpfgürtel und
schwarze Strümpfe hervor. Ich scheitelte meine Haare
nach einer Seite und glättete sie mit Gel. Dann blickte ich in den Spiegel: langsam, cool und wunderschön,
dachte ich.

An jenem Abend ging ich in den Blues Garden in
Camden. Dort spielte eine Jazz-/Bluesband namens
Symposium. Ich kam mir absolut fehl am Platz vor,
selbst in meiner neuen coolen, aber sexy Verkleidung.
Ich wusste noch nicht einmal, was ich mir zu trinken
bestellen sollte. Normalerweise trank ich alles, was
blau oder pink war oder von dem es zwei für den Preis
von einem gab, aber das kam mir plötzlich nicht cool
genug vor.

»Bourbon«, sagte ich schließlich zu dem Barkeeper.
Billie hatte davon gesungen, also würde ich ihn trinken.
Der Barkeeper zog eine Augenbraue hoch, schenkte mir
aber ein Glas ein. Ehrlich gesagt schmeckte es wie Katzenpisse.

Ich drehte mich nach der Band um und stützte dabei
meinen Fuß in dem hochhackigen Schuh an der The-
kenwand ab. Ich zeigte weniger Ausschnitt als sonst,
aber ein aufmerksamer Mann konnte an meinem Oberschenkel die Ausbuchtung des Strumpfgürtels unter
dem schlichten schwarzen Kleid erkennen. Wenn es
hier irgendwo aufmerksame Männer gab – ich stellte fest, dass die Leute hier zwar besser angezogen waren als bei meinen üblichen Veranstaltungen am Sams-

tagabend, aber es waren hauptsächlich Paare, und die wenigen Männer, die allein da waren, blickten eher interessiert zu den Musikern statt zu mir. Dann sah ich ihn: den Blues Brother meiner Träume. Stellen Sie sich Robert Redford gekleidet wie Jools Holland vor, mit einem Lächeln wie George Clooney und einer Ausdrucksweise wie Michael Caine – aber damit sind Sie noch nicht einmal in der Nähe von Paul Gilcoyne. Er spielte das Saxofon und trat bei jedem Song vor, um ihn anzukündigen. Warum wimmelte es in dieser Bar nicht von Frauen, die scharf auf ihn waren?, fragte ich mich, allerdings nur kurz. Ich rannte zur Damentoilette, um mir die Lippen nachzuziehen, meine Brüste besser zur Geltung zu bringen und den Rock höher zu ziehen, damit ein bisschen nackte Haut über den Strümpfen zu sehen war. Aber dann fiel mir ein, was Jason gesagt hatte: »ein bisschen cooler, ein bisschen langsamer«. Also ließ ich den Lippenstift stecken und zog den Rock wieder auf seine normale Länge herunter. Langsam, sehr langsam ging ich zu meinem Platz an der Theke zurück und stellte mich mit dem Rücken zur Band. Innerhalb einer Minute stellte Paul Blickkontakt mit mir her, was ich im Spiegel hinter der Theke sah, und ich drehte mich langsam, sehr langsam um und hob mein Glas, während er sein Saxofon hob.

Ein Mann, der Saxofon spielt, ist unglaublich sexy. Denken Sie zum Beispiel nur mal an Bill Clinton. Ein Mann, der so viel Zeit damit verbringt, seine Lippen und seine Zunge in genau die richtige Position zu bringen ... nun, das weiß jede Frau zu würdigen. Und als

Paul mir mit seinem goldenen Horn einen vorspielte, stand ich an der Theke, trank meine Katzenpisse und rief mir ins Gedächtnis, dass ich nicht zuzupacken brauchte, sondern einfach nur abwarten musste, was geschah.

Eine Stunde später standen wir in einer Gasse neben der Bar. Ich fühlte die kalten Backsteine an meinem Rücken, und Pauls Atem glitt warm über mein Ohr, als er flüsterte: »Chrissy, was für ein schöner Name.«

Ich hätte am liebsten meinen Rock gehoben, damit er seine Finger in mich hineinstecken konnte, aber selbst wenn uns das gelingen würde, würden wir nicht viel weiter kommen, weil er einen langen Mantel, Hemd und Hose trug ... verdammt noch mal, das ganze Cool-und-Langsam-Getue hatte aber auch seine Nachteile. Ich merkte jedoch, dass es sich bei ihm zu warten lohnte – er war so konzentriert und entschlossen, und wenn er mich zum Keuchen oder Seufzen brachte, zog er lächelnd einen Mundwinkel hoch. Und er hatte lange, warme Finger, die rasch ihren Weg in meinen Ausschnitt gefunden hatten und dort jetzt meinen Nacken streichelten. Dann glitten sie langsam, aber selbstbewusst zu meinen Brüsten hinunter. Langsam zog er seine Fingernägel über meinen Rippenbogen, und ich erschauderte vor Verlangen. Er zog mich an sich. Ich drückte meine Schultern an die Mauer und schob die Hüften vor. Ein Bein schlang ich um seinen Hintern, so dass ich mich an ihm reiben konnte. Als ich fühlte, wie hart er war, rieb ich mich an einem seiner Oberschenkel, bis ich beinahe kam ...

»Chrissy, Entschuldigung, Liebling, aber der zweite Auftritt fängt an.« Er trat einen Schritt zurück, richtete sein Jackett und fuhr sich mit den Fingern durch die dunklen, lockigen Haare. Dann griff er nach meiner Hand und führte mich an die Theke zurück. Zweiter Auftritt? Wir waren doch kaum über die ersten Schritte hinausgekommen!

Musiker. Das ist einfach ein anderer Menschenschlag. Hier ist übrigens ein Blues-Witz: Was passiert, wenn du eine Blues-Platte rückwärts spielst? Deine Frau kommt zurück, dein Chef sagt dir, es sei ein Irrtum gewesen, dass du entlassen worden bist, und dein Hund stirbt nicht. Lachen Sie? Soll ich Ihnen sagen, was an Blues-Witzen wirklich komisch ist? Diese Blues-Musiker erzählen sie sich gegenseitig – und lachen. Die Band stand also nach der Pause wieder auf der Bühne, aber dieses Mal war noch eine Sängerin dabei, eine Schwarze namens Maryze. Ich versuchte, sie nicht mit meinen Blicken zu erdolchen in ihrem glitzernden roten Kleid, aber es fiel mir schwer. Sie stand mit meinem Mann auf der Bühne, und ich freute mich nicht gerade darüber. Allerdings konnte sie singen, das musste ich ihr lassen.

Als der zweite Auftritt vorbei war, kam Paul direkt zu mir. »Chrissy, ich muss der Band beim Abbauen helfen. Gib mir deine Nummer, ich rufe dich an. Oder nein, besser noch, komm morgen vorbei. Wir haben einen Auftritt am Mittag im Third Tun in Greenwich – hinterher lad ich dich zum Abendessen ein.« Er lächelte sein hinreißendes Lächeln, und ich erwiderte es, aber innerlich weinte ich. Ich würde allein nach Hause gehen. Er half der Band beim Abbauen, und ich musste ganz allein nach Hause gehen.

In jener Nacht saß ich auf dem Sofa, trank Southern Comfort und hörte Janis Joplin. »Oh Lord, Won't You Buy Me a Mercedes Benz?«, sang sie. Es gibt eine Zeile in dem Song, da singt sie davon, dass Gott ihr eine Nacht in der Stadt kauft – ich lächelte bitter, als ich das hörte. Ich hatte meine Nacht gehabt und freute mich gar nicht darüber, wie sie geendet hatte.

In Gedanken sah ich ständig Paul vor mir, wie er mit aufgekrempelten Ärmeln Lautsprecher anhob und aus der Bar trug, während Maryze graue Kabel zusammenrollte und in eine Kiste packte. Immer wenn sie sich bückte, zeigte der Schlitz in ihrem Kleid alles vom Südpol bis zum Äquator – und sie hatte beunruhigend schöne Beine.

Janis hatte Recht, dachte ich: Ihre Freunde halfen ihr nicht und meine mir auch nicht. Noch vor einer Woche war ich ein glückliches, wenn auch ein bisschen einsames Partygirl gewesen. Heute war ich, dank Jason, eine total unglückliche Frau, zerfressen von Eifersucht und ohne einen zweiten Kopf auf dem Kissen. Ich holte den Glasdildo aus der Schublade, aber selbst er konnte mich nicht reizen. Ich hatte einfach den Blues.

Am nächsten Morgen jedoch ging die Sonne auf, ich hatte immer noch einen Job (soweit ich wusste), keine Frau, die mich verlassen musste, und auch keinen Hund zum Sterben. Ich enthaarte meine Beine, damit ich mit Maryze mithalten konnte. Während ich mit O-Beinen herumwanderte, um zu warten, bis die Creme wirkte, suchte ich mir eine weitere CD von Jason aus. Ich wählte Aretha Franklins »Respect«. Es war Wohlfühlmusik, deshalb drehte ich den Verstärker auf höchste Lautstärke, machte mir eine Ölpackung auf die Haare und inspizierte meine Kleider. Ich brauchte RESPEKT, das war klar, und ich würde ihn mir holen!

Eine Stunde später saß ich im Taxi auf dem Weg zum Third Tun. Ich hatte den Pelzkragen vom Mantel abgetrennt und auf ein altes Chanel-Kostüm getackert. Es würde zwar nicht lange halten, aber das brauchte es auch nicht. Der Rock war kurz und eng, und dieses Mal hatte ich den Strumpfgürtel weggelassen, mich für eine dünne schwarze Strumpfhose und glänzende schwarze Stiefel entschieden. Meine Bluse war strahlend weiß und makellos gebügelt – ich hatte sie mit so viel Stärke eingesprüht, dass man damit Butter hätte zerschneiden können. Ich hatte einen tiefroten Lippenstift gefunden und ein blasses Make-up und sah aus wie ein Stummfilmstar. Ich sah scharf und cool aus, und ich war bereit, den Blues zu singen.

Als ich den Pub betrat, drehten alle Köpfe im Raum sich nach mir um. Männer musterten mich, und mir wurde warm ums Herz und noch ein bisschen wärmer zwischen den Beinen. So viel Bewunderung war besser als jedes Aphrodisiakum. Ich mochte ja cool sein, aber für diese Männer war ich heiß! Ich bestellte einen Gin Tonic – keinen Katzenpisse-Alkohol mehr! – und setzte mich an einen Tisch in der Nähe der Bühne. Als ich die Beine übereinanderschlug, keuchte ein halbes Dutzend Männer auf.

Einer von Symposium erschien auf der Bühne, steckte irgendwelche Kabel zusammen und verschwand wieder. Ein paar Sekunden später steckte Paul den Kopf zwischen den Bühnenvorhängen hervor, aber ich tat so, als hätte ich ihn nicht bemerkt. Cool und langsam, cool und langsam. Einer der Männer, die an der Theke saßen, kam zu mir an den Tisch. »Ist hier frei?«, fragte er und wies auf den Stuhl neben mir. Ich musterte ihn langsam: An jedem anderen Tag wäre er ein guter Fang gewesen, aber heute sollte Paul sich so fühlen, wie ich mich gestern Abend gefühlt hatte. Aber ich lächelte ihn an und sagte: »Sieht so aus.« Dabei beobachtete ich Paul aus den Augenwinkeln heraus und sah, dass er die Lippen zusammenpresste, als der Typ sich hinsetzte.

Bis Paul es zu mir an den Tisch geschafft hatte, war der Typ schon mutig genug geworden, um mich zu fragen, ob ich »äh … ein großer Blues-Fan wäre«, und ich erwiderte ihm, ich sei eigentlich nur ein blutiger Anfänger, aber immer bereit zu lernen. Ich konnte förmlich sehen, wie ihm der Dampf aus den Ohren kam. Paul trat hinter mich, sein Saxofon über die Schulter geschlungen. »Chrissy«, sagte er und küsste mich auf den Nacken. »Wie wundervoll, dich zu sehen, und wie wundervoll du aussiehst.«

Ich ließ mich von ihm hinter die Bühne ziehen und winkte meinem Tischnachbarn zum Abschied freundlich zu. Bevor wir jedoch seine Garderobe erreichten, drängte Paul mich in eine dunkle Ecke, in der nur ein verstaubter Feuerlöscher hing. Er begann mich zu küssen, und ich machte begeistert mit. Ich hatte schon gemerkt, dass er ein Experte war, keiner von diesen Mandel-Würgern, sondern ein Mann, der gründlich und langsam ans Werk ging, als ob es in erster Linie ums Küssen ginge und es nicht nur eine Etappe der Reise wäre. Ich ließ mich gegen den Feuerlöscher sinken, weil mir die Knie weich wurden und ich nicht einsah, warum ich Energie aufs Stehen verschwenden sollte, wenn ich mich doch Pauls Händen und Lippen überlassen konnte. Er hatte bereits meine Bluse aufgeknöpft und meine Brüste befreit. Sein Mund glitt an meinem Hals hinunter bis zu einem Nippel, und plötzlich biss er sanft zu. Ich war mehr als bereit, hatte schon meinen Rock hochgeschoben und griff gerade nach Pauls Reißverschluss, als mir die Strumpfhose einfiel. Elegant konnte ich mich ihrer hier im Flur nicht entledigen, und ich hatte keine Lust, in der halben Öffentlichkeit herumzuhüpfen, um sie auszuziehen, also tat ich etwas, was ich seit Jahren nicht mehr getan hatte: Ich stieß Paul weg. Seine Augen waren dunkel vor Lust, und mein roter Lippenstift war um seinen Mund herum verschmiert, als ob er Kirschen gegessen hätte; es sah ehrlich gesagt verdammt sexy aus. Aber ich holte tief Luft, schob meinen BH wieder an die richtige Stelle und wischte ihm lächelnd den Lippenstift vom Kinn.

»Hattest du mir nicht ein Abendessen versprochen?«, fragte ich.

Sein Lächeln war hungrig. »Natürlich, bei mir zu Hause, nach dem Auftritt.« Er strich mir mit den Fingern über die Wange und eilte in seine Garderobe, wo die anderen Bandmitglieder schon herumzankten. Ich drehte mich um und schlich mich in die Damentoilette, um mein Gesicht und meine Kleidung wieder in Ordnung zu bringen. Als ich in der Kabine war, erlaubte ich mir zum ersten Mal, über das Geschehene nachzudenken. Pauls sanftes Drängen, seine köstlichen Küsse, wie seine Finger auf meiner Haut lagen … es war alles ein bisschen viel, und ich schob die schreckliche Strumpfhose hinunter, um die kalte Luft an meinen Beinen zu spüren, während ich an der Kabinentür lehnte. Ich beugte mich vor, schloss den Toilettendeckel und stellte meine Handtasche darauf, damit sie nicht von irgendeinem Kriminellen vom Boden der Kabine gestohlen würde. Dann ließ ich beide Hände über meine Oberschenkel gleiten und spürte, wie meine Muskeln in Erwartung dessen, was jetzt käme, zuckten.

Es gab einen Trick, den ich gerne anwendete. Ich muss zugeben, das ist nicht der übliche Weg, aber jedes Mädchen hat da so seine eigene Methode. Und gerade jetzt brauchte ich etwas Schnelles, Heftiges und vor allem komplett Befriedigendes. Also zog ich die Strumpfhose wieder hoch, schloss die Kabine auf und eilte zum Waschbecken, wo ich mir so lange kaltes Wasser über die rechte Hand laufen ließ, bis sie rot vor Kälte war. Dann ging ich wieder in die Kabine, verschloss die Tür, lehnte mich dagegen, zog mit der linken Hand die Strumpfhose erneut hinunter und – zack! Drei eisige Finger, wie Väterchen Frost – wundervoll! Es fühlt sich so an wie die Hand eines anderen in dir, das ist das eine, und das andere ist, es brennt – ich weiß nicht, warum, aber es brennt wie Feuer, obwohl es eiskalt ist. Es ist ein tolles Gefühl, aber du musst schnell sein, damit du kommst, bevor deine Finger warm werden. Das war jedoch für mich kein Problem. Schwierig war nur, so lange dabeizubleiben, bis ich wirklich all die Lust herausgequetscht hatte, die ich brauchte. Ich streichelte ein bisschen mit meiner linken Hand über meinen Schritt, als wüsste ich noch nicht, wohin es gehen sollte, dann stieß ich meinen Zeigefinger hinein und zog ihn wieder heraus, so dass er über meiner Klitoris schwebte. Meine rechte Hand pochte, weil sie warm zu werden begann, was nicht verwunderlich war, wenn man bedenkt, wie heiß ich war. Jetzt brauchte ich mich nur noch ganz, ganz leicht zu berühren, und ich würde kommen.

In diesem Moment hörte ich, wie die Tür zu den Toiletten aufging. Ich biss mir auf die Lippe. Jemand kam herein. Meine Finger wurden immer wärmer, und ich wollte jetzt wirklich kommen – wer immer dort draußen sein mochte, konnte sich unter Umständen zehn Minuten lang die Haare kämmen oder die Lippen nachziehen. Das hatte ich selbst oft genug getan, und so lange konnte und wollte ich nicht mehr warten. Ich zog meine Unterlippe tief zwischen die Zähne und ließ meinen linken Finger um meine Klitoris kreisen. Ich hätte am liebsten gestöhnt, aber stattdessen warf ich den Kopf zurück und unterdrückte meine Reaktion. Die Frau draußen begann leise zu singen. Es war Maryze, unverkennbar nicht nur wegen ihrer schönen Blues-Stimme, sondern auch, weil sie den alten Etta-James-Song sang – wahrscheinlich den einzigen Song, den ich vor dieser Woche hätte nennen können –, »I Just Wanna to Make Love to You«.

Maryze sollte mich nicht meiner Lust berauben. Ich wartete, bis sie bei »Love to You …« angekommen war, dann schob ich meine rechte Hand tief hinein, ließ die Finger meiner linken Hand kreisen und unterdrückte tapfer jeden Laut, der mich hätte verraten können. Danach blieb ich stehen, bis meine Beine nicht mehr zitterten und meine Atmung wieder normal war, zog mein Höschen und meine Strumpfhose hoch und trat aus der Kabine. Maryze war schon wieder gegangen. Ich wusch mir die Hände, restaurierte mein Gesicht und eilte wieder in die Bar.

Ich setzte mich wieder an den Tisch und sah Paul bei seinem Auftritt zu. Obwohl ich eben erst gekommen war, verspürte ich keine Erleichterung, und wenn ich schon wieder geil war, dann musste er halb wahnsinnig sein vor Lust. Als die Band »Blueberry Hill« spielte und er mit einem Saxofon-Solo nach vorn trat, war ich froh, dass ich saß. Er fixierte mich, und als er sich hinkniete und beim Spielen den Kopf zurückwarf, war es, als ob er vor mir knien würde. Beinahe konnte ich seine Zunge in mir spüren, und ich konnte nicht still sitzen.

Ich konnte es kaum erwarten, dass der Auftritt vorbei war. Selbst als Maryze auf die Bühne kam und zu singen begann, bemerkte ich es kaum – ich konnte nur noch daran denken, dass wir gleich zu Pauls Wohnung fahren würden.

Anscheinend konnte Paul es auch nicht erwarten.

Dieses Mal half er nicht mehr beim Abbauen. Er reichte dem Bassisten sein Saxofon, kam von der Bühne und dirigierte mich am Ellbogen aus dem Lokal, noch bevor der Applaus verklungen war.

Er fuhr einen kanariengelben MG. Na ja, was sonst? Es war ein lustiges, sexy Auto für einen lustigen, sexy Typ. Auf dem Weg zu seiner Wohnung erzählte er mir Musikerwitze. Ich lächelte, fragte mich aber eigentlich, wie lange es wohl noch dauern würde, bis wir bei ihm waren, und ob ich ihm die Hand auf den Oberschenkel legen sollte, aber er fuhr so schnell, dass ich ihn nicht ablenken wollte, und obwohl er die ganze Zeit redete, wandte er den Blick nicht einmal von der Straße ab.

Er wohnte in West Kensington – eine kleine Mews-Wohnung mit einem winzigen Gärtchen, den ich durch das Fenster sah, bevor er mich an den Schultern packte. Ich blickte ihm in die Augen, als ich die Chanel-Jacke mit dem Pelzkragen ablegte und die Manschetten an meiner Bluse aufknöpfte. Dann senkte ich den Blick und begann, die weiße Bluse aufzuknöpfen. Er gab ein leises Grollen von sich und drückte mich auf das weiche Sofa. Es war weder eine coole noch eine langsame Bewegung, aber das war mir mittlerweile egal. Ich zog ihn einfach auf mich herunter.

Ein paar Sekunden herrschte Verwirrung, weil ich weiter meine Bluse auszog und er versuchte, mir zu helfen, schließlich kapierte er es und zog sich selbst aus, wobei er mit einer Hand an meinem Rock zerrte. Ich beugte mich vor, um den Reißverschluss an meinen Stiefeln zu öffnen, und er schob mir die Bluse von den

Schultern. Dann senkten sich seine Lippen über meine Brüste. Ich lehnte mich zurück, hob mein Bein in die Luft, um irgendwie weiter den Stiefel auszuziehen. Gleichzeitig bekam ich aber kaum Luft, weil sein Mund auf meinem Nippel sich ganz großartig anfühlte.

Schließlich jedoch hatte ich mich beider Stiefel und der Strumpfhose entledigt, und auch er hatte Jackett und Hemd ausgezogen. Er nahm mich in die Arme und trug mich in sein Schlafzimmer. Zuerst war ich ein bisschen angesäuert, weil ich lieber im Wohnraum geblieben wäre, aber als er mich auf sein großes, weißes Bett ablegte und anfing, mit Fingern und Zunge an mir zu arbeiten, vergaß ich alles. Ich war nur noch nass und voller Lust.

Paul ging alles langsam an. Im Schneckentempo kroch seine Hand nach unten und hielt immer wieder inne, um jeden Millimeter meines Körpers zu erforschen. Ich spürte, wie ich unter seinen Händen buchstäblich zerfloss – dieser Begriff war mir vorher noch nie in solcher Deutlichkeit klar gewesen. Wenn das Gebäude jetzt in Flammen gestanden hätte, hätten die Feuerwehrleute mich in einer Wanne heraustragen müssen: Ich war viel zu flüssig, um mich auch nur einen Schritt bewegen zu können.

Den ersten Orgasmus hatte ich schon, bevor ich noch den Reißverschluss an Pauls Hose heruntergezogen hatte. Einen kurzen Moment lang erinnerte ich mich daran, dass ich ihm auch ein bisschen von der Lust zurückgeben sollte, die er mir bereitete, und dann traf seine Zunge genau die richtige Stelle, und ich schwebte auf

Wolken. Aber selbst das geschah langsam. Paul zögerte den Augenblick, in dem ich kam, so lange heraus, dass ich glaubte, schreien zu müssen, und ließ mich langsam, ganz langsam über den Rand kippen. Geschrien habe ich trotzdem. Glaube ich zumindest, aber ich kann mich nicht wirklich erinnern, weil mich das, was ich empfand, viel zu sehr überwältigte.

An den nächsten Orgasmus erinnerte ich mich deutlicher. Ich kniete über Paul, und er hatte sich ein Kondom übergezogen – darin war er äußerst geschickt, der Mann hatte wirklich Finger aus reinem Gold – und war in mich eingedrungen. Ich lächelte ihn an, und er grinste. »Ist das unser Abendessen?«, fragte ich.

»Nein, nur der Appetizer«, erwiderte er. Ich begann zu kichern, und als er merkte, dass das in mir etwas bewirkte, begann er mich fester zu stoßen und führte meine Hand zwischen meine Beine. Ich beugte mich so weit vor, dass meine Brüste über seinen Oberkörper rieben, und streichelte meine Klitoris. Gerade als ich kommen wollte, zog er seinen Schwanz heraus. Das machte er ein paar Mal, und als ich dachte, ich würde es nicht mehr aushalten, rollte er mich zur Seite, so dass wir uns anschauten. Er schob meine Hand weg, ersetzte meine Finger durch seine und brachte mich dann zum Orgasmus. Dabei sah er mir die ganze Zeit über tief in die Augen.

Beim dritten Orgasmus war er auf mir und biss mich in den Nacken, während ich mich aufbäumte, um jedem seiner Stöße zu begegnen, beim vierten Mal lagen wir unter der Bettdecke und bewegten uns langsam und träumerisch in der zunehmenden Dunkelheit des frühen Abends. Ich schlief ein zu Blues-Tönen, die er mir ins Ohr summte.

Als ich aufwachte, fragte ich ihn, was für ein Stück das gewesen sei.

»›Things, Bout Coming My Way‹, von James Young-blood Hart«, erwiderte er.

»Ich habe übrigens tatsächlich was zu essen da«, fuhr er fort. »Tapas aus dem Deli und Eiscreme zum Nachtisch. Ich dachte, du siehst aus wie eine Frau, die gerne Eiscreme isst.«

Ich nickte.

»Ich tue die Tapas auf ein Tablett. Wir können ja im Bett essen, oder? Äh … ich wollte noch fragen, ob du Lust hast, nächstes Wochenende mit nach Dublin zu kommen? Wir haben dort einen Auftritt.«

Ich nickte wieder.

Während er in der Küche war, ließ ich die letzten Stunden Revue passieren. Der Sex war fantastisch gewesen. Er wäre sogar noch fantastischer, wenn ich ihn dazu überreden könnte, die Zeit zwischen den einzelnen Auftritten zu einer kleinen, schmutzigen Nummer zu nutzen. Aber das hatte keine Eile – wir konnten es cool und langsam angehen.

*Sonate*

## A. D. R. Forte

Über dem Rauschen des Regens hört man die klagenden Klänge eines Klaviers. Ich stelle die Musik ein wenig leiser, gerade so, dass ich sie noch hören kann, ohne die Melodie des Regens zu unterdrücken. Dann setze ich mich aufs Sofa und ziehe die Füße unter meinen warmen Samtrock. Ich blicke durchs Fenster, aber durch den Regen kann man nichts sehen. Die Welt draußen ist wie weggewaschen. Klavier und Regen.

Mit den Fingern fahre ich am Fensterrahmen entlang, verfolge die Spur der Regentropfen. Ich lehne meinen Kopf ans Glas und schließe die Augen, um in eine halb süße Erinnerung hineinzugleiten.

Damals goss es auch; ein Sommergewitter mit Blitz und Donner, die Luft roch nach Regen. Ich hatte Schutz in einem Hauseingang gesucht und drückte mich an die schmutzige Ziegelwand, um trocken zu bleiben. Der Wind trieb den Regen bis in den letzten Winkel meines Zufluchtsortes, aber eigentlich machte mir die Nässe nicht viel aus. Gleich würde ich durch den Regen zu meinem Auto rennen und total durchnässt einsteigen. Beim Fahren konnte ich dann das Gebläse auf die höchste Stufe stellen, damit mein Schal und meine Jacke wieder trocken wurden. Im Moment jedoch war ich zufrieden damit, im Trockenen zu stehen, bis das Schlimmste vorüber war.

Und dann hörte ich Mendelssohn. Trio Nr. 1, gedämpft durch die Hauswand und nur teilweise zu hören. Ich erstarrte und lauschte.

Irgendwo im Gebäude schlugen Türen. Stimmen murmelten. Und immer noch drang die Musik durch die Ziegelmauern. Unermüdlich und flüssig mit der Leichtigkeit, die von wahrer Leidenschaft herrührt. Erst als mein Kopf zu schmerzen anfing, merkte ich, wie angestrengt ich Ohr und Wange an die Mauer gedrückt hatte.

Ich dürstete nach diesem Klang.


Der Flur sah so aus wie bei jedem Gebäude auf dem Campus. Neonröhren erhellten die schmutzig grauen Betonwände. Knarrende Holzdielen und graubraunes Linoleum. Der muffige Geruch alter Teppiche und Aktenschränke.

Aber der Klang des Klaviers zog mich magisch an, vorbei an Büros und Räumen mit verstaubten Geräten, vollgekritzelten Tafeln. Graue, farblose Menschen saßen darin, tippten oder redeten, ohne die Emotion, die mit jeder Note durch die grauen Flure blutete, wahrzunehmen.

Ich ging an ihnen vorbei. Wieso hörten sie es nicht? Wie konnten sie nur so unsensibel sein und so durch das Leben gehen? Wie Pferde mit Scheuklappen, die nicht wussten, was ihnen entging, und niemals darüber nachdachten, was sein könnte.

Das Klavier antwortete mir. Es kannte nur seine eigene Freude und seine eigene wilde Lust. *Appassionato.*

Vor der Tür des Raums blieb ich stehen. Ich wollte die Musik und was sie versprach: das sorglose Sehnen, die Sinnlichkeit. Plötzlich wollte ich den Pianisten gar nicht mehr sehen. Also blieb ich vor der Tür stehen und lauschte.

Ich ließ mich von der Musik verzaubern. Sie flüsterte von goldenen Damastlaken, von rebenumrankten Säulen, von rotem Samt und weinsüßen Küssen. Von diesen schmerzlichen Momenten voller Gefühl, die viel zu selten in einem gewöhnlichen Leben vorkommen. Ein Lächeln nach dem Sex. Eine unerwartete Berührung. Ein Augenblick des wortlosen Verstehens.

Dort, in diesem muffigen kleinen Gebäude, habe ich Verlangen erfahren. Und dann war es vorbei. Es verließ mich wie ein Liebhaber, der eilig wegmuss. Bekümmert biss ich mir auf die Lippe und schaute zur Decke.

Ich sagte mir, ich sollte mich zumindest bei dem Klavierspieler bedanken. Das wäre doch nur eine kleine Geste der Freundlichkeit. Also wandte ich mich zur Tür und wollte sie öffnen. Aber jemand versperrte mir den Weg.

Er blickte auf mich herunter, und zuerst sagten wir nichts, denn es gab nichts zu sagen. Ich hatte sein Gesicht schon einmal gesehen, in irgendeinem Vorlesungssaal. Jemand, der nicht zu meiner Welt gehörte, aber trotzdem jemand, den ich immer wieder anschauen musste: lange, stolze Nase und voller Mund. Dunkle, rebellische Locken. Augen so grün wie Efeu.

Und dann sprach ich doch. »Ich habe Sie spielen gehört.« Ich fügte nicht hinzu, dass es schön und mitreißend gewesen war. Aber er verstand mich trotzdem.

Lächelnd hob er die Fransen meines Schals an und ließ die seidigen Wollsträhnen durch seine Finger gleiten. Hände wie blasses Elfenbein, aber nicht zerbrechlich. Schon in diesem Moment hatte er mich völlig in seinen Bann gezogen, und ich hätte wissen müssen, dass es kein Entrinnen mehr gab.

»Das freut mich«, sagte er und ließ den Schal los.

Solche Intimität und solche Arroganz, beinahe unverschämt. Aber da er aus heiterem Himmel einfach so vor mir aufgetaucht war und mir bedeutete, ihm zu folgen, tat ich es. Ich ergriff seinen Arm, als wären wir alte Freunde. Wir verließen das Gebäude und achteten nicht auf den Regen und die kalten Windstöße. Jetzt gab es keinen Grund zur Eile mehr. Ich wollte jede Minute im kalten Regen und seiner Wärme an meiner Seite genießen.

Wir fanden ein Café und redeten stundenlang über alles Mögliche. Es gab nur Kaffee und Sandwiches, aber das spielte keine Rolle. Wichtig war nur, wie er meine Handgelenke rieb und mit seinen Daumen über die Linien in meinen Handflächen fuhr. Sein Puls lag warm an meinem. Seine grünen Augen und sein Lächeln.

Aber an jenem ersten Abend hat er mich nicht geküsst.

Wir umkreisten einander lange und verschwendeten Zeit. Unsere Interaktionen blieben keusch, weil wir uns über tierisches Verlangen erhoben. Wir wollten nur einen verwandten Geist spüren. Wir wollten nichts als lange Gespräche und friedliches Schweigen.

Wir teilten Vertraulichkeiten, Gedanken und Bücher miteinander. Tauschten Rezepte für gefüllte Pilze und Hühnerpastete aus. Er brachte mir bei, wie man eine englische Trifle-Creme macht, und als meine Creme nicht fest wurde und ich mich darüber ärgerte, lachte er und fütterte mich mit Erdbeeren. Wir tranken den ganzen Sherry, aßen die ganze Tüte Walnüsse und blieben auf bis zum Morgen.

Ich lauschte seinen Ängsten und er meinen Frustrationen. Er spielte für mich, während ich neben ihm saß und zuhörte, mit dem Kopf an seiner Schulter und mit geschlossenen Augen. Wir versprachen einander, dass es immer so zwischen uns bleiben würde. Niemals würden wir in die Falle tappen, zu viel zu wollen.

Wir hatten anderen Versprechen gegeben: Erwartungen und Pläne, die wir nicht einfach in den Wind schlagen konnten.

»Niemals«, sagten wir.

Wir waren so dumm.

Aber er kam zuerst zu mir, nach einem Abend mit zu viel Wein und zu viel Poesie. Nach Stunden voll mit bedeutungslosem Smalltalk, Lächeln und Höflichkeiten. Die Gastgeberin las Neruda, während wir so taten, als bemerkten wir einander nicht. Als wir zu dicht beieinanderstanden, ignorierten wir die Hitze. Ich sagte mir, es sei der Alkohol, der Raum voller Menschen. Sagte mir, es sei alles Mögliche, aber nicht seine Blicke, die mir ständig folgten, nicht die Art, wie er mich ansah und ohne jeden Grund lächelte.

Er brachte mich nach Hause und blieb da, zog sein Jackett aus und hängte es an den Schrank, als ob es dahin gehören würde. Er ließ den Hund hinaus und kam dann zu mir, wo ich stand, neben den dunklen Fenstern zum Garten, mit verschränkten Armen. So war es immer. Rückblickend kann ich sehen, dass ich immer diejenige war, die als Erste weglief.

Doch in jener Nacht, als er seinen Kopf auf meine Schulter legte, die Träger meines Abendkleides herunterschob und mich aufs Schulterblatt küsste, gab ich mich ihm einfach hin.

»Ich habe dich den ganzen Abend angesehen. Ich wollte dich«, sagte er.

Ich nickte stumm, und er küsste den Puls an meinem Hals. Er umfasste meine Brüste und streichelte sie durch den dunkelroten Satinstoff hindurch. Meine Nippel reagierten sofort auf seine Berührung. Ich war sein Instrument und seine Kunst und sehnte mich nach seiner Berührung. Sehnte mich nach ihm.

Ich drehte mich zu ihm um und zog ihn an mich, um ihn zu küssen. Aber dann hörte ich verwirrt auf. Er war nicht fordernd, und ich spürte keine Kraft. Stattdessen überließ er mir die Kontrolle und gab sich mir hin in jener Nacht.

Harter Schwanz. Feste Muskeln in seinen Beinen.

Weiche Hände. Weiche Haut auf seinen Schenkeln, seinem Bauch, seinem Rippenbogen: überall, wo ich ihn berührte und leckte und saugte. Er bot sich mir nackt dar.

Ich ließ ihn an meinen Fingern saugen und fuhr damit über seine Eichel. Streichelte ihn. Leckte die salzigen Tropfen seiner Erregung von meiner Haut, bevor ich meine Finger in ihn hineinschob, und dann streichelte ich ihn innen, während ich seinen Schwanz mit meiner Zunge und meinen Lippen neckte. Er schrie vor Lust auf und bog seine Hüften nach oben.

»Ich will deine nasse Muschi«, sagte er. »Ich möchte in dir sein.«

»Das wirst du, Liebster«, sagte ich. »Sei geduldig. Das wirst du.«

Ich fickte seinen Arsch mit meinen Fingern und saugte seinen süßen Schwanz, bis er kam, heiß und dick auf meine Zunge abspritzte, und dann leckte ich ihm überall den Schweiß ab, bis sich sein Schwanz erneut für mich aufrichtete. Dann bekam er seinen Willen, durfte in mich eindringen und streichelte meine Brüste, meinen Hals, meine Schultern, während ich über ihm kniete und meine Hüften in seinem Rhythmus bewegte. Und in einem Rausch von Orgasmus und Freude fragte ich mich, wie ich jemals auf den Gedanken gekommen war, ihn so nicht zu brauchen.

Jene erste Nacht. Solche Magie. Jede Nacht war magisch, jeden Morgen, jeden Nachmittag, jeden Augenblick lag ich in seinen Armen. Schwierig waren die

Zeiten dazwischen, wenn wir besorgt darüber nachdachten, wer etwas gemerkt haben könnte und was sie dachten. Missbilligende Blicke. Neugierige, missgünstige Blicke von denen, die sich als Kollegen oder Bekannte oder, schlimmer noch, als Freunde bezeichneten.

Ich glühte, wenn er mich berührte, aber ich zuckte zusammen, wenn andere es sahen, wenn sie verächtlich oder spöttisch die Lippen kräuselten. Ihren Neid verstand ich nicht; ich schämte mich zu sehr meiner eigenen Schwäche. Uns beiden ging es so.

Nur die Musik riss alle Grenzen nieder. Wenn ich ihm zuhörte, schloss ich die Augen und vergaß die Außenwelt. Ich vergaß unseren Ruf und die überflüssigen romantischen Bindungen, die wir immer noch hatten und uns Schuldgefühle machten. Ich dachte nicht nach über die vergeudeten Erwartungen und den Klatsch, der unweigerlich folgte.

Wenn er spielte, befand ich mich in der Musik. Die einfachen Noten machten mich müde, aber wenn er spielte, versank ich darin. Sein Spiel. Und seine Fingerspitzen auf meiner Haut.


Bis zum letzten Tag. An jenem Tag hätte es eigentlich regnen müssen. Eigentlich hätte ein eisiger Wind wehen müssen, oder etwas Poetisches, wie Herbstblätter, hätte zu Boden sinken müssen. Stattdessen war die Luft feucht, und es roch nach Smog. Viel Betrieb und lange Schlangen auf dem Flughafen. Geschmackloser Kaffee in grünbraunen Plastikbechern mit weißen Deckeln.

Er saß ruhig da, trank seinen Kaffee und beobachtete

durch das Fenster die Flugzeuge, die starteten und landeten. Er berührte meine Schulter, seine Augen auf die Spitze an meinem Kragen gerichtet, als ob er ein unvertrautes Instrument betrachtete.

»Du wirst mir fehlen.«

Eine schlichte Aussage. Nur eine Tatsache.

Ich blickte auf, versuchte tapfer und sachlich zu wirken und jede verräterische Emotion zurückzuhalten. »Ja. Du mir auch. Aber ...«

Er legte mir den Finger auf die Lippen. »Du brauchst mir nicht mehr zu erklären, Liebste. Ich weiß es bereits.« Er lächelte traurig. »Ich hoffe, du hast Recht. Ich hoffe, es wird besser mit der Entfernung.«

Der letzte Aufruf zu seinem Flug drang aus dem Lautsprecher.

»Ja, das wird es bestimmt.«


Aber selbst jetzt, hier in diesem Haus, das mir immer noch fremd vorkommt, stelle ich fest, dass weder Zeit noch Entfernung die Wunden geheilt haben. Ich habe mich geirrt. Ich habe nichts gewusst.

Kurz ist es still, als die CD wechselt. Ein Klicken, und dann ertönt erneut Musik. Mendelssohn. Ich lege den Kopf auf meine verschränkten Arme. Ich will den Regen nicht sehen. Ich will mich nicht erinnern. Ich will diese Akkorde nicht hören, die die Schmerzen von Neuem wecken, das vergebliche Sehnen nach Küssen und wissenden Händen. Ich bin zu stark, um zu weinen, und zu stolz, um zum Telefon zu greifen. Also sitze ich hier und lausche dem Klavier und dem Regen.

Und dann höre, wie die Haustür leise geöffnet und geschlossen wird. Ich habe sie nicht verschlossen. Hier in dieser Kleinstadt in einem fernen Land braucht man die Türen nicht zu verschließen. Erstaunlich, denke ich, dass es so einen Ort immer noch gibt. Ich blicke auf und erwarte, einen Nachbarn zu sehen oder vielleicht die junge Tierärztin mit dem Rezept für die Woche. Aber stattdessen macht mein Herz einen Satz. Einen anderen Muskel kann ich jedoch nicht bewegen.

Er steht in der Tür, Regentropfen im Haar und auf seinen Kleidern. Wir blicken einander an, sagen nichts. Ich nicht, weil ich glaube, er kann nur eine Ausgeburt meiner Fantasie sein. Er müsste eigentlich eine ganze Welt entfernt sein, jedenfalls habe ich ihn dort zurückgelassen.

Er tritt auf mich zu und blickt mich mit solcher Intensität an, dass ich nicht weiß, ob ich lieber wegrennen und mich verstecken oder mich in den Sturm seiner eisgrünen Augen hineinziehen lassen möchte. Er sinkt neben mir zu Boden, legt seine Wange auf meinen Oberschenkel und schließt die Augen.

Seine Hand legt sich auf mein vom Samtrock bedecktes Knie, und ich erschauere, als hätte ich nichts an. Als ob seine schlanken Musikerfinger meine nackte Haut berührten. Eine Berührung wie ein Stromstoß, zugleich aber voller Sinnlichkeit, wie kalter Weißwein, zu hastig und in zu großen Mengen getrunken.

»Du bist den ganzen Weg hierhergekommen. Warum?«

Er blickt auf, entschuldigend und brennend zugleich,

und ich bedaure meinen scharfen Tonfall, den Vorwurf, weil ich so lange ohne ihn war, ohne den Trost seiner Worte oder seiner Stimme. Dabei spielt es keine Rolle, dass es meine eigene Schuld war, mein eigener Wunsch. Der Bruch sollte sauber und endgültig sein.

»Ich habe es versucht, Liebste. Es tut mir leid. Aber ich kann nicht vergessen, wie es sich anfühlt.« Er seufzte. »Ich muss mit dir reden. Ich muss dich ficken. Ich kann das nicht.«

Ich blicke hinaus in den Regen, versuche meinen Impuls zu ignorieren, ihm die Tropfen aus den feuchten Haaren zu streichen.

»Wir haben die Regeln doch schon einmal gebrochen. Wir haben sie gebrochen, und es war uns egal«, sagt er und runzelt die Stirn.

»Und ich bin gegangen, weil ich aufhören wollte ...«

»Aber es tut uns weh. Du hast doch gesagt, es sei eine Sucht. Warum sollten wir uns also Gedanken darüber machen, was das Richtige ist? Warum?« Frustriert und voller Schmerz erhebt er die Stimme.

»Gute Frage.«

Ich wende den Blick ab und suche Sicherheit in den Wasserbächen, die über die Fensterscheibe rinnen. Ich bekämpfe immer noch die Sehnsucht, bekämpfe ihn. Und weiß noch nicht einmal, warum.

»Wie kannst du nur so kalt sein?«

Ich schüttle den Kopf. Eine Harfe begleitet jetzt das Klavier, dessen Klänge aus den Stereolautsprechern dringen. Ich glaube, ich zerbreche noch vor Sehnsucht und Schuldgefühl.

Ich spüre, wie er näher kommt, und schließe die Augen. Ich weiß, was passieren wird; es spielt keine Rolle, wie kalt oder grausam ich zu sein versuche. Ja. Ja, Liebe ist eine Sucht.

Er zieht mein Gesicht zu sich heran, und meine Arme umschlingen ihn wie von selbst. Seine Lippen sind regenkalt und süß; seine Kleidung feucht und kalt. Aber er strahlt trotzdem Hitze aus.

Er öffnet mich. Seine Hände gleiten unter meinen Rock, finden den seidigen Saum meines Höschens. Immer noch kniend zieht er es mir herunter, erst über den einen und dann über den anderen Knöchel und hält meine Füße in seinem Schoß fest. Sein Bauch unter seiner Jacke und seinem Hemd ist warm, und ich reibe meine Zehen über diesen intimen, verletzlichen Ort. Er schließt die Augen, umfasst meine Waden und massiert sie langsam.

Es tut mir weh, ausgeschlossen zu sein, auch wenn es nur für einen Augenblick ist, und so flüstere ich ihm zu, er solle mich anschauen. Ich habe mich selbst schon viel zu lange ausgeschlossen. Lächelnd gehorcht er und küsst meine Knie, die zarte Haut zwischen Kniekehle und Wade. Dann legt er eine Spur winziger, nasser Liebkosungen über die Innenseiten meiner Oberschenkel und zieht mich näher zu sich heran. Mit geübtem Griff befreit er mich von meinem Rock und wendet sich meinem Bauch zu. Wasser tropft aus seinen Haaren, als er kleine Küsse von meinem Nabel bis zu meinem Rippenbogen setzt.

Dieses Mal kann ich nicht widerstehen und vergrabe

die Hände in seinen Haaren. Ich bäume mich unter ihm auf und schreie leise, als er mit diesen einfachen, kleinen Küssen Liebe mit mir macht. Aber nein, wir machen nicht Liebe; dies hier geht weit über die einfache Fleischeslust hinaus, vor der ich früher einmal solche Angst hatte. Dies ist Gebet und heiliges Lied. Fast ist es Magie.

Seine Küsse wandern tiefer, und die Töne werden zu einer machtvollen Melodie. Seine Zunge dringt zwischen die Falten meines Geschlechts, tanzt über meine Klitoris, sucht den Eingang zu meiner Muschi. Sie bewegt sich in mir wie ein Flammenlied.

Ich hebe seinen Kopf und küsse ihn auf den Mund, der von meinen Säften glänzt. Ich schmecke mich auf ihm, hole mich wieder von seinen Lippen. Er fährt mit den Fingern durch meine Haare und über meinen Nacken. Er greift nach dem Kragen meiner Leinenbluse, und ich höre, wie der Stoff reißt, spüre den kühlen Luftzug, als er das zerstörte Kleidungsstück über meine Arme herunterschiebt. Er küsst mich auf die Schulter, als wollte er sich für seine ungestüme Leidenschaft entschuldigen.

Und ich weiß nicht, womit ich das verdient habe. Ob ich ihn verdient habe.

Ich liege nackt auf dem Sofa, beobachte, wie er sich auszieht, und ich denke, dass er hierhergehört; seine Gestalt vor dem altmodischen Fenster, eingerahmt von Bücherschränken und handgeschnitzten Stühlen. Er sieht aus wie der Held in einem Regency-Liebesroman. Muskulöser Körper, lange, lockige Haare. Ernst-haft, sensibel und melodramatisch. Alles, was ich je ge-wollt habe.

Meine Finger gleiten zwischen meine Beine, um das von der Fantasie und der Sehnsucht beflügelte Verlan-gen zu befriedigen. Er ist jetzt auch nackt, aber er steht nur da und schaut zu, sein erigierter Schwanz zuckt leicht, als er meine gespreizten Beine sieht und mei-ne Finger, die sich über die Falten bewegen wie die eines Meisterpianisten über die Tastatur. Er beobach-tet mich und streichelt sich ebenfalls. Sein Blick gleitet über mein Gesicht. Ich spüre, dass es gerötet ist, aber in seinen Augen bin ich eine Schönheit.

»Hör nicht auf«, sagt er und kommt zu mir. Er kniet sich hin und umfasst eine meiner Brüste mit der Hand.

Mit der Zungenspitze fährt er über den Nippel, und wie zur Antwort pocht es zwischen meinen Beinen. Noch einmal leckt er ganz sanft, und ich zerfließe in Seufzen und Stöhnen. Immer schneller bewegen sich meine Finger auf meiner Klitoris, während seine Zun-ge dazu die Begleitmusik spielt.

Er setzt sich auf mich. Wie ein Priester in einem ar-chaischen Ritual wartet er darauf, seinen Samen und seine Macht der Priesterin unter ihm zu gewähren. Er reibt seinen Schaft an meinem Geschlecht, und ich könnte explodieren. Es ist aber mehr der Gedanke an das, was er tut – wie er es tut, intensiv und entschlos-sen –, als die Aktion selbst, die mich zum Orgasmus bringt.

Und während ich noch komme und meine Lust laut herausschreie, dringt er in mich ein. Sein harter Schwanz gleitet in meine Muschi und lässt mich noch mehr fühlen. Ich vergesse den Mann und kann nur noch an die köstliche Härte in mir denken.

Aber dann beugt er sich vor und sagt meinen Namen. Seine Stimme ist ganz rau vor Erregung, und der Mann fällt mir wieder ein. Ich erinnere mich, warum ich ihn gewollt habe. All die Sehnsucht, die Erinnerung an die verbotene Affäre. All das weiß ich jetzt. Der Aufruhr der Gefühle mischt sich auch ins Lied, intensiviert es, ich bin hilflos darin gefangen, während unsere Körper sich bewegen.

Aus dem Regen ist ein Sturzbach geworden, der wild ans Fenster schlägt. Frei und nicht frei; gefesselt von unsichtbaren Banden.

Wir flüstern uns kurze, atemlose Fragmente zu. Dinge, die wir nie sagen sollten: verzweifelt, schmutzig, liebend. Wir hinterlassen blaue Flecken und Bissspuren. Etwas, das anhält, um zu verlängern, was allzu schnell vorbei ist. Und dann presse ich ihn an meinen schweißgebadeten Körper, er zerdrückt meine Brüste mit seinem Gewicht. Ich schlinge meine Beine fest um ihn, drücke mein Gesicht an seine Schulter und atme seinen Duft ein. Ich bin von ihm erfüllt, innen und außen. In Sicherheit.

Das Klavier klingt traurig und süß über dem gedämpften Rauschen des Regens. Musik ist immer frei und ungebunden von Angst. Musik wird immer siegen. Ich verspreche mir, nicht mehr wegzulaufen.

»Wie lange hast du Zeit?«, frage ich, *pianissimo*.

»Ein paar Tage«, murmelt er an meiner Halsbeuge. Er hebt seinen zerzausten Kopf. »Es sei denn, du machst mehr daraus.«

Sein Tonfall ist ruhig. Er bittet um nichts, nur seine Augen flehen. Ich wende den Blick ab; ich kann ihm noch keine Antwort geben. Ich weiß jetzt, dass ich alles für ihn tun würde, aber alte Gewohnheiten und alte Ängste legt man nur schwer ab.

»Liebste …«

Ich schüttle den Kopf und ziehe ihn am Rücken wieder zu mir hinunter, wo ich seinen sehnsüchtigen Blick nicht zu sehen brauche. Ich gebe ja nach; es ist nur eine Frage der Zeit. Die Musik spinnt ihren Zauber, und bald kann ich mich nicht mehr wehren. Aber noch ist es nicht so weit. Seufzend sinkt er in meine Arme, aber er weiß es auch. Das Klavier und der Regen lullen uns ein. Wenn wir aufwachen, wird er mich wieder lieben, und ich werde ja sagen.

# *Immer mittwochs*

## Siondalin O'Chnoc

Eileen McCafferty rutschte mit dem Stuhl nach rechts, um Platz zu machen für Conlin und seine Gitarre. Sie spürte, wie das raue Holzstuhlbein an ihrer Strumpfhose hängen blieb, und murmelte einen leisen Fluch auf Gälisch. Die Tatsache, dass sie jetzt vor Arbeitsbeginn morgen früh auch noch eine neue Strumpfhose kaufen musste, war das i-Tüpfelchen auf einem irritierenden Tag. Und warum baute Conlin überhaupt hier auf? Er stand doch immer auf der anderen Seite des Raums, direkt ihr gegenüber, die Kappe tief in die Stirn gezogen.

Sie kreuzte die Knöchel und hoffte, niemandem würde die Laufmasche in ihren Nylonstrümpfen auffallen. Auf einmal merkte sie, dass die ganze Gruppe sie anstarrte und wartete. Das Blut stieg ihr in die Wangen, und ihr wurde ganz heiß trotz der kalten Winterluft.

»Entschuldigung«, murmelte sie.

Jemand stupste sie an, und als sie aufblickte, stand Conlin O'Doherty vor ihr. Er schob ihren wackeligen Notenständer vor sie.

»Entschuldigung«, sagte sie noch einmal. Der Bogen rutschte ihr aus der Hand.

Die Notenblätter glitten hinunter und segelten ihr vor die Füße, als sie den dreibeinigen Notenständer zwischen die Stühle zog. Sie hörte Conlin seufzen, wusste, ohne hinzugucken, dass er die Gitarre über den Kopf zog und das Instrument auf den Ständer hinter sich stellte.

»Also«, fuhr Eamon Hand, der Dirigent, fort. »Wie ich bereits sagte, heute Abend haben wir einen neuen Gitarristen bei uns. Sean Thomas ist in Slieve Bloom geboren, war aber lange in Amerika. Er hat uns erzählt, dass die amerikanischen Sessions lebendig und toll sind, aber das glauben wir natürlich erst, wenn wir es sehen. Auf jeden Fall, herzlich willkommen, Sean. Können wir dann anfangen? Zuerst ›The Maid‹, beginnend mit ›Drowsy Maggie‹, dann ›The Maid Behind the Bar‹, eins, zwei ... «

Eileen beugte sich vor, um ihre Notenblätter aufzuheben. Ihre Bluse war aus dem Bund ihres Tweedrocks gerutscht. Hoffentlich bedeckte ihre Jacke den Streifen nackte Haut. Sie versuchte, durch die Stühle vor sich an ihren Bogen zu gelangen. Conlin kniete neben ihr und schob ihr den Bogen hin. Sie drückte die Notenblätter an die Brust, als er ihn ihr reichte.

»Du hast eine Laufmasche«, flüsterte er.

Sie blickte ihn ausdruckslos an. Seine Augen schimmerten in einem weichen Kastanienbraun unter seinen dicken, schwarzen Augenbrauen; seine grauen Haare ringelten sich an den Ohren unter der Kappe hervor. Er duftete nach Zitronenseife und Wäschestärke. Mit den Fingerspitzen seiner linken Hand berührte er ihre ausgestreckte Wade, und Eileen stockte der Atem.

»Genau hier«, sagte er und blickte sie unverwandt an. Seine Hand glitt über ihre Wade und drückte sie rasch und unvermutet. Eileens Körper reagierte sofort. Sie öffnete den Mund, um etwas zu sagen, etwas Witziges, um das Gefühl zu überwinden, aber Conlin war schon aufgestanden und hatte sich seiner Gitarre zugewandt. Die Stelle an ihrem Bein, wo seine Hand sie berührt hatte, prickelte. Erneut fielen ihr die Notenblätter zu Boden, und sie bückte sich mit rotem Kopf, um sie aufzuheben.

»Wartet, wartet«, sagte Eamon, und die Gruppe brach ab. »Bist du endlich fertig, Eileen? Unterbrechen wir dich gerade?«

Sie schüttelte den Kopf und legte mit gesenktem Blick ihre Notenblätter auf den Notenständer. Verlegen räusperte sie sich. »Entschuldigung, Eamon. Entschuldigung. Ich bin noch nicht ganz so weit. Macht einfach weiter.«

Seufzend zählte Eamon wieder vor. Dieses Mal setzte Eileen ein und spielte mit. Neben ihr schlug Conlin die Akkorde auf der Gitarre. Aus den Augenwinkeln heraus sah Eileen, wie sich die Finger seiner linken Hand über das Griffbrett bewegten. Ganz leicht wandte sie den Kopf, um seine lange, schlanke Hand besser zu sehen. Sofort spürte sie sie wieder an ihrem Bein, und sie zog scharf die Luft ein. Das war doch nur Conlin, mahnte sie sich. Sie saß doch schon seit über zehn Jahren mit ihm in dieser Mittwochssession.

Nach einer Weile geriet Eileen in den vertrauten, beschwingten Rhythmus, und die Frustrationen des Tages – ihre Katze hatte am Morgen auf die saubere Wäsche gepinkelt, weil sie vergessen hatte, das Katzenklo sauberzumachen; sie hatte nichts anderes mehr als koffeinfreien Tee im Haus gehabt; ihr Irrtum an der Kasse in O'Hanleys Laden hatte ihr eine Rüge ihres Chefs eingehandelt – fielen von ihr ab. Die Fältchen um ihre blauen Augen glätteten sich; ihre dünnen Lippen verzogen sich zu so etwas wie einem Lächeln.

Sie ließ ihre linke Hand am Geigenhals in die dritte Lage gleiten. Als sie aufblickte, sah sie, dass Tom Gallagher das Gleiche getan hatte, aber Kevin MacMillan warf ihnen beiden einen missbilligenden Blick zu. »Zu meiner Zeit hat nie ein Geiger in der dritten Lage gespielt«, würde er später bei einem Glas Bier wüten. »Und jetzt braucht man gar nicht erst damit anzufangen. Es ist einfach nicht traditionell. Genau wie diese Gitarren. Die sollten auch gar nicht dabei sein.«

»Ach, scheiß auf deine Tradition«, würde Eileen in ihrem üblichen Geplänkel antworten. »Wenn es nur Tradition gäbe, würde auch die Geige nicht hierhergehören. Damit hat man in Irland erst im fünfzehnten Jahrhundert angefangen. Wenn es nach dir ginge, Kevin MacMillan, würden wir hier alle in Togen sitzen und Harfe spielen.«

Eileens Lippen verzogen sich noch mehr in Richtung eines Lächelns, als sie daran dachte, aber dann riss sie die Augen auf, als sie etwas sah, was sie noch nie gesehen hatte: Kevin MacMillans Finger hielten inne. Sie hatte Kevin noch nie auch nur eine Sekunde lang zögern sehen in den sechzig Jahren, in denen er jetzt schon die Fiedel spielte. Vor lauter Schreck zog sie den Bogen falsch durch. Rasch korrigierte sie sich. Eamon warf ihr einen fragenden Blick zu. Sie zuckte die Schultern und spielte weiter, wobei sie ihre Aufmerksamkeit wieder Kevin zuwandte.

Er saß still da, die Fiedel auf der Schulter. Dann senkte er sie ganz langsam, steckte sie unter seinen rechten Arm und verschränkte die Arme vor der Brust. Eileen sah, wie sich sein mürrisches Gesicht noch mehr als sonst zu einer finsteren Miene verzog. Er wirkte richtig böse. Sie folgte seinem Blick in die hintere Ecke des Raums und keuchte laut auf.

Es dauerte eine Minute, bis ihre Ohren hörten, was ihre Augen sahen. Der neue Gitarrist, Sean Thomas, stand auf Conlins üblichem Platz, in Blue Jeans, einer Art Turnschuhen und einem schwarzen T-Shirt, worauf das Logo einer Rockband und ein großes Marihuanablatt gedruckt waren. Er zupfte selbstvergessen an den Stahlsaiten seiner Ibanez, den blonden, nahezu kahl geschorenen blonden Kopf zurückgeworfen. Seine Finger flogen über die Saiten, und die Gitarre wippte im Rhythmus, in dem er seine Hüften schwang, hin und her. Als die Gruppe erneut den B-Teil wiederholte, spielte er eine Kontermelodie dazu.

Kevin MacMillan schien jeden Moment explodieren zu wollen, und auch Eamon wirkte ziemlich wütend. Vielleicht kriegt er sich ja bei »The Maid behind the Bar« wieder ein, dachte Eileen. Sie blickte zu Conlin und sah, dass er Sean gleichmütig zuschaute, wie ein Mann, der sich erst einmal ansieht, wohin die anderen Boote fahren, bevor er selbst entscheidet, wo er fischen will.

Erneut blickte sie zu Sean, wobei sie versuchte, genauso gleichmütig zu wirken wie Conlin. Zugleich aber war sie dankbar dafür, dass Conlin ihr den Rhythmus ins rechte Ohr spielte. Auf den zweiten Blick hatte Sean ein festes, energisches Kinn, und sein T-Shirt spannte sich über einem schlanken, muskulösen Oberkörper. Mit seinen hellen Haaren sah er so aus, als würde er viel draußen arbeiten, auf der Werft vielleicht oder als Bauarbeiter. Seine bloßen Arme wirkten verblüffend nackt zwischen all den Hemdsärmeln und Tweedjacketts der anderen Spieler. Nackt und gebräunt. Sie wandte den Blick ab, fühlte sich aber immer wieder zu der nackten Haut hingezogen. Sein rechter Arm lag über dem unteren Teil der Ibanez, und beim Spielen zuckten die Muskeln in seinem mit blonden Härchen bedeckten Unterarm.

Conlin räusperte sich laut, als sie zur dritten Wiederholung von »The Maid« ansetzten, und Eileen merkte, dass sie langsamer geworden war. Sie spürte, wie ihr die Röte ins Gesicht schoss, und sie verspielte sich. Conlin drehte sich zu ihr um, und Eileen nickte dankend, weil er ruhig und stetig den Takt hielt. Sie atmete tief ein und konzentrierte sich. Als der B-Teil von »The Maid« wieder begann, mit seinen langen, kräftigen *arpeggios* über vier Saiten, war sie wieder im Takt.

Sie beobachtete Conlins Hände, und plötzlich bemerkte sie, dass man auf seiner Gitarre den Schatten ihrer Hände sehen konnte. Ihre Finger bewegten sich auf dem Schattenhals ihrer Geige, und die dunkle Schattenlinie ihres Bogens glitt über Conlins rechte Hand, tauchte in den Klangkörper und dann wieder hoch über seinen Daumen. Fasziniert beobachtete sie sich. Sie hatte sich noch nie zuvor spielen sehen; ein Musiklehrer hatte einmal vorgeschlagen, sie sollten alle nach Hause gehen und die Bogenführung im Spiegel üben, aber ihr Badezimmer war viel zu winzig, um den Bogen von einer Wand zur Duschkabine voll durchzuziehen. Außerdem hatte sie den Vorschlag albern gefunden. Dies hier war wie ein Spiegel, und doch anders. Waren das ihre Hände, die Conlins Finger in geisterhafter Liebkosung streichelten? Wusste er es? Konnte er es überhaupt sehen?

Als sie aufblickte, sah sie, dass er ihre linke Hand fixierte, die den Geigenhals umfasste. Seine Nüstern blähten sich leicht, als ihre Hand in die erste Lage zurückglitt, und Eileen merkte auf einmal, wie der Klangkörper seiner Gitarre in ihrer Brust summte, während ihre Violine sich mit ihrem Atem hob und senkte. Ihre Nippel drückten gegen das Nylonfutter ihres billigen Büstenhalters. Unwillkürlich dachte sie daran, wie ihre Brüste wohl aussähen, wenn sie von teurer Spitze und Seide umhüllt wären, und ihr drängte sich das Bild auf, wie Conlins Finger über ihren Körper tanzen würden.

Bevor sie das Bild jedoch entschlossen verdrängen konnte, brach der anschwellende Klang im Saal auf einmal auseinander, und Eileen blickte sich erschrocken um. Kevin MacMillan hatte völlig aufgehört zu spielen. Biddie Harper spielte unbeirrt auf ihrer Bodhran weiter – sie war sowieso halb taub und merkte wahrscheinlich gar nichts. Tom Gallagher und die anderen Geiger und zwei Flötisten hatten zu den letzten Takten von »The Shy Maid« angesetzt, aber eine andere Melodie zerschnitt die Töne, und Tim O'Brien versuchte, das Gesicht verwirrt verzogen, mit seinem Akkordeon zwischen beiden zu vermitteln.

»Das Stück kenne ich«, murmelte Eileen laut, glitt mit dem Zeigefinger tief auf der A-Saite hinunter und zupfte mit dem kleinen Finger ein E. Sie verlor den Anschluss, schloss die Augen und fand sich wieder hinein. »Pretty Maid Milking Her Cow«, sagte sie zu Conlin, der mitten im Spiel innegehalten hatte.

Die anderen Geiger brachen ab, als der Ton auf der E-Saite hochglitt und dann wieder herunter. Eileen war die Einzige, die es begriffen hatte, neben Biddie Harper, die unbeirrt weiterzupfte, und Sean Thomas, der die Lippen zu einem breiten Hollywood-Grinsen verzogen hatte, während er auf seiner Gitarre improvisierte.

Eileen spürte förmlich, wie alle im Raum sie anstarrten, stellte aber zu ihrer eigenen Überraschung fest, dass es ihr egal war. Sie ließ ihren Bogen hüpfen und bewegte die Schultern im Takt der Musik. Gleichzeitig wippte sie mit den Hüften vor und zurück, und je schneller ihr Bogen sich bewegte, desto stärker stieg ihr der Duft von warmem Kolofonium in die Nase.

Ihre Laufmasche wurde immer länger, und Eileen spürte, wie sie sich über die Wade bis hinter ihr Knie zog. Aber auch das war ihr egal. Sie bewegte sich immer heftiger. Die harte Sitzfläche des Stuhls drückte sich gegen ihre Möse, und die leichten Bewegungen ihrer Hüften erregten sie. Ihr Rocksaum kroch nach oben, und der schwere Stoff drückte sich in ihre Ritze.

Sie fühlte das Ende der Improvisation kommen, wollte aber noch nicht aufhören. Ihre Hüften bewegten sich stärker, und der Rockstoff in ihrer Ritze rieb ihre Vulva, kam aber nicht bis an die Klitoris heran, obwohl sie sich vor und zurück bewegte. Sie wollte so gerne kommen, und es stand auch kurz davor, ging jedoch nicht. Vielleicht wenn wir noch mal improvisieren würden, dachte sie, aber sie wusste ja, dass es jetzt zu Ende ging.

Als der B-Teil zum letzten Crescendo kam, war es auch um ihre Strumpfhose geschehen: Die Laufmasche lief ganz nach oben zu über ihren Hintern bis zum Bündchen. Schließlich waren sie fertig, und mit drei endgültigen Strichen war alles vorbei. Sean zwinkerte ihr zu, als sie die Geige sinken ließ, und sie lächelte ihn strahlend an.

Ein paar Leute applaudierten, allgemeines Gemurmel ertönte, »Was war das denn?«, und Tommy Gallagher stand auf und erklärte, er ginge jetzt erst einmal ein Bier trinken.

»Ich glaube, ich komme mit«, sagte Conlin laut. Er warf Eileen einen betonten Blick zu. »Anscheinend werde ich hier im Moment nicht gebraucht.«

»Fünf Minuten Pause, nur fünf Minuten!«, rief Eamon in das allgemeine Stühlerücken hinein. »Und, Mr. Thomas, zu Ihrer Kenntnisnahme, am Ende dieses Sets spielen wir immer ›The Shy Maid‹. Was haben Sie da für ein seltsames Stück gespielt?«

Eileen stand auf und streckte sich. Sie schaute sich nach Sean um, aber er hatte ihr den Rücken zugewandt und unterhielt sich mit Eamon. Conlin stand an der Theke und reichte die goldbraunen Pints an die anderen Musiker weiter, die um ihn herumstanden. Jemand stieß sie an. Als sie aufblickte, drängten Sean und Eamon sich an ihr vorbei, um ebenfalls an die Theke zu gehen.

»Entschuldigung«, murmelte Sean, ohne sie anzusehen. Eileens Lächeln erstarb, und sie sank wieder auf ihren Stuhl. Aus dem Schankraum drang Gelächter, und ohne hinzuschauen wusste sie, dass Sean im Mittelpunkt stand. Auf einmal fühlte sie sich dumm und leer. Sie legte die Arme auf die Rückenlehne des Stuhls vor sich und vergrub ihr Gesicht darin. Am liebsten hätte sie ihre Geige in den Kasten gepackt, wäre aufgestanden und nach Hause gegangen. Seans Stimme drang aus dem Schankraum. Er erzählte irgendeine witzige Geschichte, und alle brachen in Rufe und Gelächter aus. Durch die offene Tür drang der Geruch von warmem Bier und Zigarettenrauch. Ein halbes Schluchzen entfuhr ihr, als sie an die Laufmasche dachte. Sie konnte sich heute Abend eine neue Strumpfhose mitnehmen, wenn sie auf dem Heimweg Katzenstreu kaufte. Aber dann müsste sie den Sack Katzenstreu zu Fuß nach Hause schleppen. Oder sie ging erst nach Hause, holte ihr Auto und fuhr dann noch mal zum Einkaufen. Plötzlich fühlte sie sich erschöpft und alleine.

»Hallo«, sagte Conlin.

Eileen zuckte zusammen und blickte auf. Er hatte

sich rittlings auf den Stuhl vor ihr gesetzt und hielt ihr ein Glas Ale hin. Dankbar lächelnd nahm sie es an, stieß mit ihm an und trank durstig einen Schluck.

»Das war ja eine bühnenreife Vorstellung«, sagte er. Er stand auf und zog seine Jacke aus. Mittendrin hielt er jedoch inne. »Macht es dir etwas aus?«, fragte er. »Es ist auf einmal so warm hier drin.«

Sie lachte über seine große Höflichkeit. Er hängte das Jackett über die Rückenlehne und setzte sich wieder rittlings auf den Stuhl.

»Nun«, sagte er und krempelte den linken Hemdsärmel auf. »Was für ein Stück hast du denn da gespielt?« Dann krempelte er auch den anderen Ärmel auf, wobei er sie nicht aus den Augen ließ.

»›Pretty Maid Milking Her Cow‹«, sagte sie, als er nach seiner Gitarre griff. »So ein Lied gibt es wirklich. Ich habe den Text schon einmal auf Gälisch gehört, aber ich weiß nicht, was die Worte bedeuten.«

Er knackte mit den Knöcheln und lehnte sich zurück. Mit dem Mittelfinger seiner rechten Hand fuhr er um die Kurven und Wölbungen seines Instruments herum. »Sing es mir vor«, sagte er.

»Oh, ich kann wirklich nicht singen, Conlin, das weißt du doch noch vom Chor, oder? Das war doch eine Katastrophe …« Sie schwieg, als er sie mit großen Augen ansah.

»Bitte«, flüsterte er heiser. »Sing es für mich.«

Sie nickte zögernd und räusperte sich. Dann begann sie, leise und unsicher. Colin zupfte zunächst einzelne Töne auf der Gitarre und folgte ihrer Stimme, die nach und nach immer sicherer wurde. Schließlich begleitete er die Melodie.

»Bereit für den B-Teil?«, fragte Eileen.

»Oh ja«, murmelte er und rutschte auf dem Stuhl hin und her. »Warte, nimm deine Geige. Zeig mir, was du damit gemacht hast. Nein, du brauchst den Bogen nicht. Halt sie nur auf der Schulter und lass mich deine Finger sehen.«

Die Sehnen auf seinem Handrücken bewegten sich, als er die Bewegungen ihrer Finger auf dem Geigenhals verfolgte. Ihre Stimme wurde fester und wärmer, und sie fand den richtigen Rhythmus. Sie glitt mit dem Finger in die dritte Lage zum hohen A, und er keuchte, als sie zurück in die erste Lage rutschte. Er hob die Gitarre leicht an und drückte sich tiefer in den Stuhl, auf sie zu. Unter seiner Hose sah sie seinen langen, harten Schwanz, der sich gegen sein Instrument drückte. Mit einem leisen Aufschrei hörte sie auf. In seinen Augen erkannte sie seinen Hunger.

»Hör nicht auf«, sagte er und fuhr sich mit der Zungenspitze über die Oberlippe.

»Conlin«, flüsterte sie und zog die Geige fest zwischen ihre Brüste. »Ich hatte ja keine Ahnung. Ich …«

Er nahm die rechte Hand von den Saiten und bewegte sie langsam auf ihr Gesicht zu. Sie hob das Kinn und drückte es in seine Handfläche. Mit dem Daumen strich er ihr über die Lippen. Sie öffnete den Mund und nahm ihn zwischen die Zähne. Mit der Zunge fuhr sie über die Spitze seines Daumens, dann drückte sie ihn heraus. Conlin zog scharf die Luft ein. Mit dem nassen

Daumen zog er eine Linie über ihr Kinn bis herunter zu ihrer Halsgrube.

»Sing es für mich«, sagte er noch einmal.

Sie begann zu summen, und sein Blick war voller Verlangen, als er das Vibrieren an seinem Daumen spürte. »Oh, Eileen«, hauchte er.

Seine Hand glitt tiefer, als sie sang. Er umfasste ihre Brust und rieb den Nippel zwischen Mittelfinger und Ringfinger. »Warum, glaubst du, komme ich seit vierzehn Jahren zu diesen gottverdammten Sessions?«, sagte er lächelnd und blickte sie dabei unverwandt an.

Eileen straffte die Schultern und drückte ihm ihre Brüste entgegen, während er den obersten Knopf ihrer Bluse öffnete. »Ich weiß nicht«, sagte sie. »Ich dachte, du magst die Musik.«

»Du bist die Musik.« Seine Hände glitten warm über ihre Haut. Er streifte den Träger ihres Büstenhalters herunter. Mit der linken Hand umfasste er ihren Nacken und zog sie zu sich heran, um sie zu küssen. Eileen klopfte das Herz bis zum Hals.

Ihre Lippen trafen sich, und sie saugte seine Zunge zwischen ihre Zähne. Sie waren einander so vertraut: Der Geruch seiner Haut, seine Stimme, die Bewegung seiner Finger auf den Saiten, all das kannte sie nur zu gut. Und jetzt erlebte sie auch seine Lippen, seine Zunge, und ihr ganzer Körper stand in Flammen. Am liebsten hätte sie jetzt mit ihm im Bett gelegen, sie musste seine nackte Haut spüren, wollte ganz von ihm eingehüllt sein.

Die Stuhlkante bohrte sich hart und schmerzhaft in

ihre nasse Möse, und auf einmal war die Lust nicht mehr so abstrakt wie eben, als sie Geige gespielt hatte. Dieses Mal wusste sie, was sie tun musste, um zu kommen, und jede Zelle ihres Körpers schrie danach, dass Conlin in sie eindrang und sie erfüllte, mit diesem langen, dicken Schwanz, den sie unter der Hose deutlich erkennen konnte. Mit Daumen und Zeigefinger der linken Hand öffnete sie den Reißverschluss seiner Hose und fühlte an den Fingerspitzen die ersten Lusttropfen, die feucht an seiner Eichel glitzerten.

Seine Hand schloss sich erneut um ihre nackte Brust, und sein schwieliger Daumen rieb über ihren Nippel, bis der sich hart und erregt aufrichtete. Er löste sich von ihren Lippen und glitt mit dem Mund zu ihrem Ausschnitt, um mit der Zunge über ihren Nippel zu fahren. In diesem Augenblick ertönten Stimmen im Raum. Conlin sprang auf und richtete seine Kleidung, als Eamon und Sean singend hereinmarschierten. Mit seiner Gitarre versuchte er, die Ausbuchtung in seiner Hose zu verbergen. Hastig setzte er sich auf seinen Stuhl.

Eileen zog den Träger ihres Büstenhalters wieder hoch und begann, ihre Bluse zuzuknöpfen.

»Nicht«, flüsterte Conlin. »Lass sie einfach so.«

Sie blickte an sich hinunter. Der Ausschnitt bedeckte zwar ihre Brüste, aber man sah den Spalt dazwischen, jedenfalls aus einer erhöhten Position wie die von Conlin. Er würde ihr also während des Spielens in den Ausschnitt blicken. Sie hob eine Hand an die Kehle und ließ sie an die Stelle heruntergleiten, wo sich eben noch

Conlins Lippen befunden hatten. Sie warf ihm einen feurigen Blick zu.

Verlegen saßen sie da, während die anderen langsam in den Raum zurückkamen. Instrumente wurden gestimmt und Tonfolgen gezupft, damit die Finger wieder warm wurden. Conlin beugte sich zu ihr.

»Darf ich dich nach Hause fahren?«, flüsterte er.

Plötzlich fiel ihr alles wieder ein: ihre kalte, unordentliche Wohnung, die Katzen ohne Katzenstreu, der Job am nächsten Morgen. »Ich … meine Wohnung …«, stammelte sie.

»Ich meinte mein Zuhause«, sagte er. Er räusperte sich. »Seit vierzehn Jahren habe ich meine Wohnung mittwochsabends makellos sauber und aufgeräumt, nur für den Fall, dass ich Besuch bekommen könnte. Wirklich peinlich.«

Sie zog die Augenbrauen hoch, aber dann merkte sie, dass es ihm absolut ernst war. »Ja«, sagte sie. »Ja und ja. Oh, aber ich muss morgen arbeiten.«

»Bei O'Hanleys«, sagte er. »Ich habe dich manchmal da gesehen. Ich rufe an und melde dich krank.«

»Wie soll das denn gehen?«

»Ich habe den Laden kürzlich gekauft. Ich hatte das Gefühl, sie bräuchten einen neuen Geschäftsführer.«

»Nein.«

»Doch.«

»Ich sage es noch einmal«, unterbrach Eamon sie. »Ruhe jetzt, Leute. Womit sollen wir anfangen?«

Zahlreiche Antworten wurden laut. Eileen riss sich von Conlin los und straffte die Schultern. »Ich habe ein

Stück«, sagte sie. Alle Köpfe drehten sich in ihre Richtung. »Ich habe ein Stück«, sagte sie noch einmal, als es still wurde. »Es ist eine Originalkomposition von mir, und ich glaube, es ist jetzt so weit, dass ich sie hier vorstellen kann.«

»Jesus, Maria und Josef«, explodierte Kevin Mac-Millan. »Bist du jetzt völlig verrückt geworden? Wir können keine neue Komposition spielen. Es ist nicht traditionell.«

»Was glaubst du denn, wie die traditionellen Weisen entstanden sind, Kevin?«, erwiderte Eileen. »Es gibt für alles ein erstes Mal. Glaubst du nicht, dass auch ›The Kesh Jig‹ irgendwann zum ersten Mal gespielt worden ist?«

Die Gruppe brach erneut in empörtes Geschnatter aus. Eileen beugte sich zu Conlin. »Keine Sorge«, flüsterte sie. »Ich singe es dir später noch einmal langsam vor. Ganz, ganz langsam.«

Er schloss die Augen und drückte seine Gitarre an sich. Dann öffnete er sie wieder und lächelte sie warm an.

»Na gut«, schrie Eamon über all dem Lärm. »Das ist die merkwürdigste Mittwochssession, die ich je erlebt habe. Na komm, Eileen, dann sing sie uns vor.«

Sie schloss die Augen und legte den Kopf zurück. Sie holte tief Luft und spürte, wie alle sie ansahen. Sie wusste, dass Conlin neben ihr sich danach sehnte, seine Lippen um ihre Nippel zu schließen und in sie hineinzustoßen. Fest und deutlich begann sie zu summen.

*Spatz*

## Primula Bond

Als ich den Applaus zum ersten Mal hörte, kam ich. Also, ich meine, ich *kam*. Süße Sänfte drangen aus meiner Muschi und liefen mir nach der sanften Explosion die Beine hinunter. Ich fühlte, wie klebrig sie waren, denn unter meiner Samthose trug ich an jenem Abend kein Höschen.

Da stand ich auf einer kleinen Bühne im Scheinwerferlicht, und unsichtbare Hände klatschten, unsichtbare Lippen pfiffen. Ich hatte es geschafft. Jake hatte Recht gehabt, ich war tatsächlich eine großartige Jazzsängerin.

Haben Sie das jemals erlebt? Der Applaus elektrisiert einen. Das Publikum wollte mehr hören, aber ich auch. Ich hatte nicht in eine Haarbürste gesungen, sondern war in einer Bar aufgetreten. Die Gäste hatten nicht mit mir gerechnet, aber jetzt liebten sie mich. Wer wollte das nicht länger genießen? Die Rufe nach Zugabe, die Hände, die klatschten, bis mir die Ohren klingelten, all das baute sich in mir auf wie ein langer, langsamer Fick.

Es war in jeder Hinsicht eine Klimax. Aber es war auch der Anfang.

Eine Woche vor jenem ersten Abend schloss Jake Fagin seinen Club ab. Die Sonne ging gerade auf, und die Vögel zwitscherten. Ich war unterwegs, um Blumen für meinen Stand zu kaufen, und er hörte mich singen. Der frühe Morgen ist schrecklich für die Stimme. Das weiß ich heute, sechs Jahre später, vor allem nach einer langen Nacht mit zu viel Alkohol und Sex. Heute stehe ich selten vor Mittag auf. Aber damals war meine Stimme kristallklar. Auf jeden Fall gefiel Jake, was er hörte. Die hohen Ziegelmauern in seiner Gasse verstärkten die Töne mit einer Akustik wie in der Kirche. Und das war perfekt, denn an jenem Morgen sang ich das »Pie Jesus«.

»Du hast die Stimme eines Engels«, sagte er und versperrte mir den Weg. In einem Hollywood-Film hätte er mit einem Vertrag gewedelt. »Mit dem Klang kannst du den Nonnen Sex verkaufen.«

Wenn du in einer Sackgasse steckst, ist es leicht, dir zu schmeicheln. Er baggerte und bedrängte mich, und schließlich bestach er mich. Ich willigte ein, solange ich nicht strippen musste.

Der Band und später auch dem Publikum stellte er mich als Cockney-Spatz vor, den er in der Gosse gefunden hatte – seine Edith Piaf. Er benannte sogar seinen Club in La Mome um (auf Französisch klingt es eben besser), aber es war natürlich alles Blödsinn. Meine Herkunft ist besser als seine. Ich bin die klassische Klosterschülerin, die mit ihrem Sopran die Gemeinde zu Tränen rührt. Ich bin nicht mehr Cockney als Julie Andrews.

Die Band stand mir zunächst feindselig gegenüber, aber sie probten mit mir den ganzen Abend. Dann kam der Samstag, und ich trank mir mit Wodka Mut an. Jake schlug mir krachend auf den Rücken und schob mich auf die Bühne.

»Diana Krall wird grün vor Neid werden.«

Pete, der Pianist, spielte die einleitenden Töne. Meine Kehle war wie zugeschnürt. Als er mit den letzten Noten immer langsamer wurde, setzte auf einmal die Wirkung des Alkohols ein. Ich schwankte wie eine echte Diva in meinem geliehenen Kleid. Das silberne Mikrofon glitzerte unter einem einzelnen Spot.

War das ein Krächzen? Ich plusterte mich auf, als wäre ich tatsächlich ein Spatz, und spürte, wie sich der Samt um meine Brüste spannte. Ich nahm das Mikro aus dem Halter und fuhr mit dem Mund über das Metallnetz. Es war mein Kumpel in diesem Abenteuer.

»Summertime«, hauchte ich in meinen Silberphallus, wobei ich die erste Silbe so lange hielt, bis das Publikum still geworden war und mir seine Aufmerksamkeit schenkte. »And the livin' is easy.«

Ich wusste nicht, dass Erfolg und Erleichterung so körperlich sein können. Ich hatte weiche Knie, als ich mein Repertoire durchgesungen hatte. Wenn ich jetzt einen Schritt tun oder knicksen würde, würde ich umfallen. Deshalb blieb ich stocksteif stehen, hielt mich an Petes Klavier fest, und als schließlich der Applaus einsetzte, hatte ich einen privaten Orgasmus vor zweihundert Leuten in einem Nightclub irgendwo in Fulham.

»Wow! Sie hat fantastische Beine und eine Stimme, die Glas zerspringen lassen kann.«

Ich fahre herum und halte meinen Kimono zu. Zu spät. Er reicht mir nur bis zur Muschi, und er hat alles gesehen. »Wer zum Teufel sind Sie?«

Er hebt die Hände. Lange Hände, sehr lange Finger. »Oh, ich bin Louis. Ihr Pianist.«

»Ich habe keinen anderen Pianisten bestellt.«

»Haben Sie die auf der Speisekarte?«

»Gute Idee, aber …« Ich drehe mich um und umklammere den Rand meines Schminktischs. »… wo ist Pete?« Das Gesicht im Spiegel ist stark gepudert und aschfahl. Woher kommen auf einmal all die Falten? Ich bin zwar älter, als alle glauben, aber so alt nun auch noch nicht. »Ich kann ohne Pete nicht singen.«

»Ah, ist der Pianist schuld, wenn Sie nicht gut sind?« Der Typ steht immer noch in der offenen Tür. Er sieht eher aus wie ein Rockstar. Irgendwie ein bisschen poetisch mit seinen zerzausten blonden Haaren, der weißen Krawatte und dem Frack, den meine Begleiter immer tragen müssen.

»Wenn man der Star einer solchen Show ist, darf man dem Pianisten die Schuld geben.«

»So spricht eine wahre Diva.« Er lacht dreckig, und auch ich muss ein Lächeln unterdrücken. Normalerweise traut sich dieser Tage niemand mehr, mich in die Schranken zu weisen.

»Und wer sind Sie? Stevie Wonder?« Ich weise auf seine dunkle Brille.

»Nein, nur affektiert.« Wieder lacht er. »Ich habe

gehört, Sie haben den armen Pete gefeuert. Jake Fagin haben Sie ja auch rausgeworfen. Wann haben Sie denn angefangen, nach den Händen zu schnappen, die Sie gefüttert haben?«

»Ich habe ihn nicht gefeuert. Wir hatten eine künstlerische Auseinandersetzung.«

»Na, dann passe ich wohl besser auf.«

»Sie fangen noch nicht einmal an.« Rote Flecken brennen auf meinen Wangen, und ich hebe das Kinn. »Pete?«, rufe ich. »Ich werde von so einem Freak belästigt. Schaff ihn raus!«

»Vor sechs Jahren wollten Sie mich nicht so schnell loswerden.«

Der Typ tritt näher. Er blickt auf meine Kleiderstange mit den identischen schwarzen Kleidern. Draußen auf der Bühne stimmt meine Vorgruppe die erste Nummer an. Ein beeindruckendes Trio, das ich vor ein paar Tagen engagiert habe, nachdem ich mit dem Süßesten ins Bett gegangen bin. Ich meine, was sollte ich denn machen, wenn sie aussehen und klingen wie Jamie Cullums kleine Brüder? So mag ich sie gerne. Permanent hart und permanent dankbar.

Ich schüttle den Kopf. »Vor sechs Jahren?«

Ich sehe an seinen Bartstoppeln, dass dieser Louis kein Junge ist, trotz seiner mädchenhaft langen Haare. Sie sind alle attraktiv in den Jazzclubs. Der Nächste auf meiner Wunschliste ist der Schlagzeuger meiner Vorgruppe und dann der Bassist. Was hat Cher noch mal über so einen jungen Hengst gesagt, den sie begehrte? Wascht ihn und bringt ihn in mein Zelt …

»Eine dunkle Gasse vor Fagins Club in London? Du warst ganz wild auf mich.« Er pfeift. »Du konntest es nicht abwarten, bis wir bei mir zu Hause waren. Du wolltest es schnell und hart, direkt gegen die Mauer.«

»Na und? Wusstest du nicht, dass Klosterschülerinnen es gerne ein bisschen rau mögen?«

»Ja, und ich war der Erste. Aber hey ...« Er setzt sich auf Petes Klavierhocker. »... dieses Mal werde ich hier meinen Job machen. Pete kommt nicht mehr zurück.«

»Unsinn.« Mein Herz macht einen Satz. Seit ich Jake gefeuert habe, hat mir niemand mehr Vorschriften gemacht. »Er würde es nicht wagen, mich zu verlassen.«

»Er hat dich im Winnebago beim Ficken mit dem Saxofonisten erwischt. Dabei solltest du eigentlich Soundchecks machen. Das ist mehr, als ein Schwuler erträgt.«

Ich wirbele herum. »Ach ja? Ich bin hier die Chefin. Ich kann tun, was ich will.« Meine Brüste prickeln bei der Erinnerung an den Jungen im Trailer, der an meinen Nippeln gesaugt hat. Ich ziehe meinen Kimono vorne zusammen. Meine steifen Nippel drücken gegen die dünne Seide. Ich werde nie wieder einem Saxofonisten beim Spielen zusehen können, ohne daran zu denken. Seine Haare waren so weich und lockig, als ich seinen Kopf an meine Brust drückte. Ein talentierter Junge, der wie ein Lämmchen an mir saugte – so etwas macht mich an. Er erdrückte mich fast mit den Armen, und sein Schwanz stieß an meine Beine. Also machte ich sie breit, um ihn hereinzulassen ...

Mein Herz hämmert, als wollte es mir aus der Brust

springen. »Und wenn du gesehen hättest, wie groß sein Schwanz war, würdest du mir keinen Vorwurf machen.«

»Ich habe es nicht so mit Schwänzen. Aber ich weiß, dass du sie gerne jung magst, Sophie. Schwänze und Männer.« Louis beißt sich auf die Unterlippe. »Ich würde gern mal zuschauen, wenn du eine Frau fickst. Denk mal darüber nach. Etwas Neues auf der Karte.«

Seine Augen kann ich nicht sehen, weil er immer noch diese verdammte Brille trägt. Er schlägt ein Notenheft auf.

Ich bin es nicht gewohnt, verspottet zu werden. Ich setze mich auf die Kante meines Schminktischs und schlage ein Bein über das andere. Der Kimono gleitet auseinander. Ich trage niemals Höschen, weil ich so meine Erregung besser genießen kann, wenn die Säfte warm über meine Schenkel laufen. Die pochende Wärme, die Nässe, die niemand sonst bemerkt.

»Du weißt gar nichts von mir«, flüstere ich mit rauchiger Stimme. Ich dränge mich an ihm vorbei und schaue aus der Tür. Hinter den hässlichen Gerüststangen, die den schönen, funkelnden Bühnenhintergrund tragen, sehe ich die spitzen Ellbogen des Schlagzeugers. Vorne steht mein Saxofonist in hautengen Jeans und bringt die Menge zum Rasen wie ein Jazz-Jagger …

Diese kreischenden jungen Mädchen könnten ihn nie so verführen wie ich. Sein Schwanz richtete sich unter meiner Zunge auf, und wir zwei verwandelten meinen einsamen Trailer für einen Nachmittag in ein Liebesnest. Als ich ihn auszog, fragte er mich, wie ich es am liebsten hätte. Ich setzte mich auf ihn, leckte meine Finger ab und kniff mir in die Nippel, bis sie dick wie Haselnüsse waren. Ich fuhr mir mit den Fingern in meine Spalte und ließ ihn dann daran probieren. Bei den jungen Kerlen war ich immer extra schmutzig und ungezogen, das Staunen in ihren Augen machte mich an. Ich zeigte es ihm, und er tat es. Perfekt.

Er und seine Jungs sind auf dieser Open-Air-Bühne total zu Hause. Sie erfüllen die warme Frühlingsluft mit den energetischen Klängen großer Saxofonstücke: Herbie Hancock, Courtney Pine – Meister, von denen diese jungen Mädchen noch nie gehört haben. Und heute Abend, Matthew, soll ich …

Aber ich kann es nicht. Jeder ihrer Töne zieht mich näher an den Moment heran, wenn ich ins Rampenlicht treten und sie daran erinnern muss, wer ich bin.

Aber ich kann es nicht.

Es gibt keine dunklen Ecken, in denen ich mich verstecken kann, keine rauchige Akustik. Keine anonymen Gassen, in denen mich ein Fremder nach dem Auftritt an die Ziegelmauer drängen kann, um mir meine Frustration zu nehmen, keine belebte Straße, die ich danach entlanglaufen kann, bis ich eine belebte Bar finde. Nur ein in Flutlicht getauchtes Schloss, ein raffiniertes Sound-System und danach die gepolsterte Einsamkeit meines Winnebagos.

»Oh doch, ich weiß viel von dir. Hast du noch nicht gehört, dass sie dich Sophia, die Unersättliche, nennen?« Leise klimpert er über die Tasten. »Und ich war in dir, Sophie. Entschuldigung, Sophia.«

»Ich frage dich noch einmal.« Kurz lenkt mich der Applaus ab, der draußen aufbrandet. »Wer zum Teufel bist du?«

»Ich war ungefähr in seinem Alter, als ich dir nachgerannt bin. Ein eifriger, süßer Welpe mit einer permanenten Erektion.«

Draußen auf der Bühne beginnen die Jungs mit ihrer vorletzten Nummer. Normalerweise würde ich jetzt hinter den Kulissen mit der Wodkaflasche in der Hand dazu tanzen, um mich für meinen Auftritt in Stimmung zu bringen. Aber heute kann ich mich kaum auf den Beinen halten.

»Das hier soll mein Comeback sein.«

Louis schlägt sich ans Bein. »Deshalb fangen wir mit den ersten Songs an, mit dem Beginn deiner Karriere.«

»Wer hat dir den Auftrag gegeben?«

»In fünf Minuten sind wir dran«, sagt er.

»Sag ihnen, jetzt noch nicht. Ich brauche noch ein bisschen Zeit.« Ich taumele herum wie eine Betrunkene und suche mir ein Kleid mit Pailletten aus.

»Ein bisschen Zeit? Was glaubst du, wo wir hier sind? Im Opernhaus?«

Ich schalte den Autopilot ein. Der Kimono fällt zu Boden. Auf meinen Wangen sind mittlerweile hektische rote Flecken, als ob ein Kind sie darauf gemalt hätte. In seinen dunklen Brillengläsern sehe ich mein nacktes Spiegelbild. Ich liebe es, wenn ein Mann mich ansieht, aber ich kann seine Augen nicht sehen. Erregung zuckt durch meinen Bauch. Er hat schöne Hände, einen sexy Mund und ist großartig unverschämt, aber jedes

Mal, wenn ich versuche, sexy zu denken, überwiegt die Angst, dass er ein Stalker ist.

Ich ziehe mir das Kleid über den Kopf, als ob es mich vor ihm schützen könnte.

»Dieses Kleid ist dir zu groß. Alles an dir ist geschrumpft. Was ist in der Reha passiert? Du hast deine Laster verloren, deine Stimme.« Er steht auf, tritt hinter mich. Seine Hände gleiten über meine Seiten, drücken meine Brüste zusammen. »Aber die hast du immer noch. Echt? Oder Silikon?«

Ich stoße ihm den Ellbogen in die Seite, aber er rührt sich nicht. »An jenem Abend waren deine Brüste genauso faszinierend wie deine Stimme. Groß und kühn sind sie fast aus diesem trägerlosen Kleid herausgefallen, in das Jake dich gezwängt hat. Es war nicht dein eigenes, oder? Aber du hast es danach immer wieder getragen.«

»Spar dir deine Hände fürs Spielen von Tonleitern.« Aber der Zauber wirkt. »Was für ein Abend?«

Er umfasst mit den Händen beide Brüste und streichelt sie, bis sie pochen. Seine Daumen gleiten über meine Nippel. »Mmm. Immer noch üppig. Unser sexy Saxofonist hatte Recht. Du hättest ihn hören sollen am Catering-Truck. Er war nicht so diskret, dass er nicht ausführlich beschreiben konnte, wie du geschmeckt hast, als du auf seinem Gesicht gesessen hast.«

»Hau endlich ab, bevor ich die Security rufe.« Ich versuche, mich aus seinen Armen zu winden, aber er zieht mich fester an sich. Er ist wesentlich stärker, als er in seinem Frack aussieht.

»Hey, das sollte ein Kompliment sein. Wen kümmert es schon, dass du deine Stimme verloren hast, wenn du immer noch den Körper einer Göttin hast?«

»Er kann aufhören, mit mir anzugeben. Ich habe den Jungen zum Frühstück verzehrt.« Erneut winde ich mich, und dieses Mal lässt er mich los. Ich ignoriere die leise Enttäuschung, die in mir aufsteigt, und beginne mir die Haare hochzustecken. »Diese ganze ungezügelte Libido. Ich liebe es, sie für all die glücklichen Frauen in ihrem Leben vorzubereiten, aber mich werden sie nie vergessen.« Ich funkle Louis wütend an. »Aber du? Dich habe ich noch nie gesehen!«

»Der Alkohol hat dir wohl das Gehirn vernebelt, was?« Er zuckt mit den Schultern. »Das erste Mal, als du im La Mome aufgetreten bist. Du hast George Gershwin gesungen. Und als alle applaudierten, hast du geguckt, als wärst du gerade aus einem feuchten Traum erwacht. Gott, du sahst aus wie eine läufige Hündin.«

»Das hätte dir jeder erzählen können. Na ja, das mit der Hündin vielleicht nicht.« Aber mir wird schwindlig von so viel Wahrheit. »Dann sag mir doch, dass ich sensationell war.« Ich beuge mich zum Spiegel vor und drücke ihm meinen Hintern gegen den Schritt. Dann ergreife ich einen Lippenstift und öffne den Mund, um ihn aufzutragen, aber meine Hände zittern zu sehr.

»Irgendein Biograf könnte Jake oder Pete oder sogar dich interviewen und eine ähnliche Version hören. Aber ich war dabei.« Er fährt mit dem Finger über meine Wirbelsäule, und die Härchen auf meinen Unterarmen richten sich auf. »Du wolltest gar nicht aus dem

Scheinwerferlicht heraus. Pete musste um dich herum-
tänzeln und eine große Show abziehen, dir die Hand
küssen, damit du knickst. Er musste dich förmlich von
der Bühne zerren.«

»Soll das heißen, ich war Scheiße?«

»Du warst sensationell, Sophie Smith. Damals war
das jedenfalls dein Name.« Er beugt sich über meine Schulter und zieht mich hoch. Der Lippenstift fällt
mir aus der Hand. »Jetzt ist es Zeit, dass du für dein
Abendessen singst.«

»Ich bin nicht hungrig. Und mein Name ist Sophia.«
Ich hole nach hinten aus und treffe ihn am Kinn. Meine Augen sind schwarz und hohl im Spiegel. »Aber ich
kann es nicht.«

»Heute Abend ist mein großer Durchbruch. Verdirb
es mir nicht!« Er wischt sich einen Tropfen Blut von
der Lippe. »Morgen kannst du tun, was du willst. Da
habe ich alle Hände voll zu tun, um die Plattenfirmen
abzuwehren. Aber heute Abend singst du.«

Was ist bloß mit mir los? Sophia hätte ihm schon
längst seine schicke Hose ausgezogen. Die Ausbuchtung an seinem Schritt ist einladend genug. Ich kann
sie zwischen meinen Arschbacken spüren. Er hat mich
wütend gemacht, was gut ist. Alles ist besser als diese
lähmende Angst. Dieses Zittern könnte sowohl Lust als
auch Entsetzen sein.

»Du hörst nicht zu.« Ich schließe die Augen. »Ich
kann nicht singen. Ich klinge wie eine alte Schachtel.«

Er greift nach einem Glas Wasser, hält mich aber mit
seinem Körper immer noch fest. »Gurgle hiermit.«

»Willst du deinen großen Augenblick des Ruhms haben, Louis? Gut. Geh da hinaus und sag ihnen, ich sei wahnsinnig. Die Reha hätte mich fertiggemacht.« Ich stoße ihn weg, aber er packt meine Handgelenke und hält sie mir hinter dem Rücken fest. »Und dann verkauf ihnen für ein paar tausend Pfund deine Story, wie du die Jazz-Königin bibbernd vor Lampenfieber in ihrer Garderobe gefunden hast.«

»Ich habe bereits meine Story. Aber es geht darin nicht um dich. Es geht um eine Blumenverkäuferin mit Klasse, die ich vor diesem Nightclub in Fulham tanzend auf der Straße getroffen habe. Sie war wie berauscht vom Erfolg, so geil, dass sie mich praktisch angebettelt hat, sie gleich auf der Stelle zu vögeln, als ich ihr sagte, wie sensationell sie gewesen wäre.«

»Ja, das hast du bereits gesagt. Um den Club haben haufenweise Kerle herumgegangen. Na und?« Aber ich höre ihm jetzt zu. Ich rieche den Regen auf dem Pflaster in jener Nacht, den Zigarettenrauch aus den Luftschlitzen. Auf der Suche nach Befriedigung war ich aus dem Club gerannt. »Mir war es egal, ob sie Musiker oder Kanalreiniger waren, solange sie nur einen harten Schwanz für mich hatten.«

»Dieser Typ war da, bevor du zur Nymphomanin wurdest. Er war dein allerster Fan, Sophie. Noch niemand hatte von dir gehört. Noch nicht einmal du.«

Es klopft an der Tür. »Noch zwei Minuten, Sophia.«

»Das warst nicht du. Er hatte einen rasierten Kopf. Er war dick. Er sagte mir, er sei Musiker, aber er sah eher aus wie ein Türsteher.«

»Leute verändern sich. Nehmen ab. Lassen sich die Haare wachsen. Aber vergessen wir es. Ich werde berühmt werden, selbst wenn du in der Gosse liegst.« Louis deutet auf den Notenstapel. »Und hier ist die Musik, die wir spielen werden. Ein paar alte Nummern, die ich auf meine Art spiele. Ein paar neue, die ich geschrieben habe. Du kannst die Noten beim Singen lesen. Und um es wirklich intim zu machen, ein paar altmodische Songs. Und jetzt gurgle, verdammt noch mal.«

»Das ist nicht das Programm, das die Leute erwarten.«

»Dann lebst du eben gefährlich.« Er setzt mir das Glas an die Lippen und träufelt kaltes Wasser in meinen Mund, über mein Kinn, meine Kehle. Es ist eine Erleichterung, und ich beginne zu schlucken. Ich war ganz ausgetrocknet. Lippen, Zunge, Zähne, alles wie Sandpapier.

»Du sollst es nicht trinken. Du sollst damit gurgeln. Und dann sei wieder Edith Piaf. Sing ›Non, je ne regrette rien‹.«

Ich singe die erste Note und verstehe, was er vorhat. Die Wasserpfütze hinten in meiner Kehle gurgelt die Töne. Ich bin berühmt dafür, meine Töne zu halten. Ich klinge wie die Französin, die sie »den Spatz von Paris« genannt haben. Früher habe ich sie immer imitiert. Ich gurgle die erste Strophe und blicke ihn an. Er setzt seine Brille ab und erwidert meinen Blick. Er hat goldene Wimpern, die durchdringende Augen einrahmen. Ich würge, und als er grinst, läuft mir das Wasser aus dem Mund. Seine Augen werden noch blauer, und ich merke, es liegt daran, dass die Tür auf ist. Die Vorgruppe hat aufgehört, und die Lichtleute schwenken für meinen Auftritt bunte Spots über die Bühne.

»Mit der Band habe ich schon geprobt. Wir hatten den ganzen Tag Zeit, während Sophia ihren Anfall hatte.« Er steht ganz dicht bei mir und hält mir das Wasser an den Mund. »Wir werden Geschichte machen. Und danach schläfst du mit mir.«

Ich spucke das Wasser aus. »Und wenn ich mich weigere?«

»Dann sage ich ihnen, dass die Prinzessin krank ist. Ich wische dich einfach von der Landkarte, indem ich alleine spiele. Und glaub mir, sie werden mich dafür feiern.« Er nimmt seine Notenblätter und wendet sich zur Tür. »Und danach bläst du mir einen. Um der alten Zeiten willen.«

»Du redest Scheiße. Niemand schubst mich herum.« Ich ergreife meine Schuhe und folge ihm. »Das ist meine Show.«

»Ja. Richtige Antwort. Wir mischen sie auf!« Er boxt in die Luft, und ich denke, er geht jetzt direkt zur Bühne. Aber stattdessen bleibt er stehen, so dass ich gegen ihn laufe. Er packt meine Arme.

Ich zittere. Wenn er mich jetzt berührt, komme ich. Ich riskiere es und presse meine Brüste an seinen Oberkörper. Er blickt auf mich herunter und lächelt leise. Seine Hände sinken zu meinen Hüften, um meinen Hintern herum. Meine nackte Muschi sehnt sich danach, sich an seinem Schwanz zu reiben.

»Deine Haut fühlt sich immer noch an wie Seide. Du hast auch damals kein Höschen getragen. Nur dieses alte Kleid. Es war warm, wie heute Abend, und der Schweiß lief dir über den Nacken.« Ich rieche seinen Atem auf meinem Gesicht, Kaffee und Pfefferminz.

»Was ist dann passiert?«

»Ich hatte eine Flasche Bier, und du hast daraus getrunken. Du warst außer Atem, hast dir den Schaum mit dem Handrücken vom Mund gewischt, und dein Mund stand offen, und du bist herumgewirbelt, bis dir schwindlig war. Und dann habe ich dich aufgefangen. So in etwa.«

Er hebt mich hoch. Gott, Hände, die sowohl Klavier spielen als auch Gewichte heben können. Ich schlinge meine Beine um seine Taille. Ich begehre ihn. Ich will seinen Mund trinken. Ich schließe die Augen. Verlangen brennt in mir. Seine Finger liegen jetzt auf meinen Schenkeln. Er zieht meine Arschbacken auseinander, um sie in die warme Ritze gleiten zu lassen. Ich dränge mich keuchend an ihn. Als er entdeckt, dass meine Muschi völlig haarlos ist, halten seine Finger inne. Sein Finger gleitet in mein Loch. Es zuckt und lässt ihn hinein.

Mein Kleid schiebt sich bis zur Taille hoch, und er packt es so, dass ich mich nicht bewegen kann. Er drängt mich an die Wand.

»Tu es mit mir wie damals«, keuche ich.

»Das hättest du wohl gerne. Keine Zeit. Später.« Ich versuche, seine Fingerspitzen tiefer einzusaugen. Ich kann spüren, wie er immer härter wird, während er an dem Stoff reißt. »Zuerst sortieren wir dieses blöde Kleid aus.«

»Ich muss es tragen.« Ich will mich aus seinen Armen winden, aber es gelingt mir nicht. Die Band stimmt bereits ihre Instrumente. »Ich habe Narben von einem Autounfall in Paris.«

Er stellt mich wieder auf die Füße. Das Kleid hängt in Fetzen an mir herunter. Ich taumele auf ihn zu. Der Dirigent kommt vorbei und lächelt. Anscheinend denkt er, ich mache ein paar Tanzschritte mit meinem neuen Pianisten.

»Lügnerin. Du hast mir gesagt, es sei deshalb, weil dich in der Schule alle wegen deiner Knie gehänselt haben.«

Ich ziehe am zerrissenen Saum meines Kleides. Ich muss zugeben, dass meine Beine in einem kürzeren Rock besser zur Geltung kommen, vor allem in High Heels. Die Frühlingsbrise spielt um meine schnurrende Muschi. »Dann soll ich also jetzt herauskommen wie ein gedemütigtes Schulmädchen?«

»Verrückter Gedanke! Nein, du sollst wie eine echte Frau dahinschreiten, wie immer. Tanz für mich, für die Zuschauer, als hättest du den besten Sex deines Lebens. Sie werden viel zu sehr damit beschäftigt sein, dir unter den Rock zu blicken, als dass sie deine knochigen Knie bemerken werden.«

Ich muss rennen, um mit ihm Schritt zu halten. Dann stehen wir im grellen Scheinwerferlicht, und vor mir ist ein Meer unsichtbarer Köpfe. Am Himmel hängt ein dicker, runder Vollmond.

Ich versuche, Louis festzuhalten. »Ich weiß, dass du nicht der Liebhaber jener ersten Nacht warst«, schreie ich, als der Veranstalter uns ankündigt. »Der hatte nämlich ein Tattoo.«

Er hört mich gar nicht. Er ist viel zu sehr damit beschäftigt, den Augenblick zu genießen. Er winkt, als ob er der Star des Abends wäre. Ich bleibe im Hintergrund, aber dann dreht er sich um, verbeugt sich und streckt die Hand nach mir aus, und es ist zu spät, weil die Zuschauer mich gesehen haben. Erstaunlicherweise stehen sie alle auf, klatschen und jubeln und pfeifen, und es ist großartig. Kurz bevor Louis mich in der Mitte stehen lässt, beugt er sich zu mir und flüstert mir ins Ohr: »Ja, einen Violinschlüssel.«

Ich erstarre. Der Aufruhr erstirbt, die Leute husten, jemand lacht kurz, dann ist es totenstill. Ich drehe mich zu Louis, aber er hat sich über sein Klavier gebeugt, und dann entsteht unter seinen Fingern diese Musik, seidig und langsam. Ich beobachte ihn. Er soll jetzt aufblicken. Natürlich erinnere ich mich. Er hat mir an jenem Abend gesagt, er sei Musiker, aber ehrlich gesagt hat er wirklich wie ein Rausschmeißer ausgesehen, untersetzt und gemein. Ich habe mich vom Publikum abgewandt. Das sollte man nie tun, es sei denn, man will sich bei seiner Band bedanken. Die Knochen an meinen Knien reiben aneinander. All diese Augen in meinem Rücken. Ich bin immer noch ganz erstarrt.

Er macht eine Handbewegung, und die Geigen im Orchester setzen ein. Meine Beine werden warm. Ich bewege mich über die Bühne, lasse die Melodie in meine Ohren, meine Venen eindringen. Wie ein Eisläufer gleite ich auf Louis zu, wobei ich meine Hüften übertrieben schwenke, damit er mich bemerkt, dann wechselt er auf einmal die Melodie, es durchfährt mich wie ein Stromstoß, und wir sind im ersten Song, den ich jemals gesungen habe, »Summertime«.

Louis bedeutet mir, ans Klavier zu treten, und ich gehorche. Wie eine Katze räkle ich mich über den Flügel, sehr theatralisch und aufreizend. Mein Kleid rutscht hoch. Louis blickt schläfrig auf, als hätte er keine Ahnung, wer ich bin, und blickt an mir vorbei ins Publikum, als würde er ihnen einen guten Witz erzählen.

Dann wird die Musik lauter. Offensichtlich will er mich schockieren, denn der sexy Saxofonist kommt herein und spielt meine Melodie, und alle erwarten von mir, dass ich sie mitsinge. Die Zuschauer jubeln, und ich ergreife die Notenblätter und werfe sie hoch in die Luft, so dass sie um mich herum zu Boden segeln. Mit den Händen in den Hüften nehme ich den Jubel entgegen. Die Lichtjungs werfen einen einzelnen Fleck vorne auf die Bühne, wie damals bei meinem ersten Auftritt. Wir könnten in diesem winzigen Nightclub sein. Als die Zuschauer ruhiger werden, beginne ich zu summen. Mein ganzer Körper vibriert, ich mache den Mund auf, und alles kommt heraus.

Und scheinbar nur Sekunden später haben wir schon das Ende erreicht. Das ist das Finale, aber ich bin nicht fertig. Ich trinke den Applaus, der sexy Triumph baut sich in mir auf wie eine Welle. Louis hat mich ans Limit geführt, hat Musik gespielt, die ich nicht kenne.

Er reißt sich die Frackjacke vom Leib, dann die weiße Krawatte, seine Haare sind schweißnass. Bei »Making Whoopee« habe ich meine Schuhe von mir geschleudert, und er hat mich auf den Flügel gehoben, das Orchester alleine weiterspielen lassen und ist mit den Händen unter mein Kleid direkt in mein warmes Geschlecht gefahren. Ich habe mein Bein über ihn gelegt und ihn hineingezogen, und die Menge ist wild geworden. Ich war so geil, ich hätte es am liebsten richtig getrieben, dort vor allen Leuten.

Aber er hat sich schon wieder an seine Tasten gesetzt, und dann war mein Saxofonist wieder da mit »The Look of Love«, und die beiden buhlten um meine Aufmerksamkeit in einer sinnlichen Harmonie, die mir Schauer über den Rücken jagte. Oh ja, wenn mich beide auf alle erdenklichen Arten nähmen in meinem Winnebago.

Die Zuschauer schreien nach Zugaben. Louis steht auf, aber mein Saxofonist ist als Erster bei mir, hebt das Saxofon wieder an seine Lippen und spielt eine John-Coltrane-Melodie, die wie dicker Sirup von einem Löffel fließt.

*Lasst ihn waschen und bringt ihn in mein Zelt.*

Ich drehe mich um ihn, fahre mit meinen Händen über meinen Körper, die Beine entlang, über die Seiten, die Brüste, wie eine Bauchtänzerin. Es ist mir egal, ob die Zuschauer mitbekommen, dass ich nass werde, das ist ein Paarungstanz, er macht mich geil und wild. Beinahe komme ich, aber da ist auf einmal Louis und schwingt mich herum. Er schreit: »Macht das Licht aus!«, und alles ist dunkel. Das Saxofon ertönt weiter. Er braucht kein Licht zum Spielen.

Vielleicht nicht, aber ich brauche das Licht zum Singen.

»Du kannst den Liebesakt jetzt vergessen«, zische ich Louis zu, als er mich zum Klavierhocker zerrt. Die Träger des Kleides rutschen mir über die Schultern. Am Himmel leuchten nur der Mond und die Sterne. »Wir hatten unsere Nacht schon.«

»Was, das soll ein Liebesakt sein? Es kann uns doch niemand sehen.« Der Ledersitz ist immer noch warm. »Und ich will mehr als eine Nacht, Sophie Smith.«

Er schiebt mein Kleid hoch. Ich knabbere an seinem Hals.

»Bist du schon jemals auf der Bühne gefickt worden?« Er zieht sein Hemd aus. Ich hatte Recht, er ist tatsächlich ein Rockstar. Ich kann die glatte Haut seines Oberkörpers spüren, als er mich auf seinen Schoß zieht.

»Nein, noch nie.«

»Sie spielen weiter, bis ich den nächsten Akkord anschlage, aber wir müssen uns beeilen.« Seine Hand gleitet über meine Beine. Er drückt meine Brüste. »Du bist absolut bereit.«

Ich kann es nicht mehr erwarten. Ich sitze breitbeinig auf ihm, und seine Finger sind in der saftigen Weichheit meines Geschlechts versunken. Ich unterdrücke ein Stöhnen, als er mit den Fingernägeln über meine Klitoris kratzt. Mein Kleid rutscht herunter. Meine Brüste recken sich ihm entgegen und brennen darauf, gebissen zu werden. Aber er küsst mich. Warm und nass dringt seine Zunge in meinen Mund, während seine Finger meine ebenso warme, ebenso nasse Muschi erforschen.

Ich ziehe an seinem Reißverschluss und winde mich ungeduldig, weniger Jazz-Diva und mehr verwöhnte Göre.

Sein Schwanz springt mir in die Hand. Ich hocke mich auf die Knie und führe das Köpfchen zwischen meine Lippen. Das Orchester spielt Funk, so langsam, als ob sie eingeschlafen wären, der Rhythmus so regelmäßig und tief wie ein Herzschlag. Mein Körper pulsiert vor Begehren.

Mittlerweile haben sich die Augen der Zuschauer sicher an die Dunkelheit gewöhnt, und sie können uns hinter dem Klavier erkennen.

»Und, was ist mit diesem Tattoo, Louis?«, flüstere ich und lecke mit meiner Zunge über seinen warmen Mund. »Bist du mein erster Liebhaber?«

Aber ich warte seine Antwort gar nicht erst ab, sondern senke mich auf seinen Schwanz. Sein lachender Atem ist heiß an meinem Hals.

»Oh ja«, haucht er. »Das Luder ist wieder da.«

Ich packe ihn mit meinen Oberschenkeln. Er gleitet weiter herein, dann hebe ich mich wieder, bis sein Schaft nass von meinen Säften ist. Und dann beginne ich ernsthaft, ihn zu stoßen, so dass ich ganz erfüllt bin von seinem prachtvollen, harten Schwanz.

Unsere Bewegungen werden immer drängender. Und ich spüre, dass ich jeden Moment kommen werde.

»Was ist mit unserer Zugabe, Sophia?«, schreit jemand.

Ich kann meine Klimax nicht mehr aufhalten. Das Orchester wird ein wenig müde und verlangsamt das Tempo. Louis murmelt etwas an meinem Hals. Sein Schwanz wird noch steifer, er stößt heftig in mich hinein, und ich reite ihn stöhnend, während mich die ersten Wellen des Orgasmus überfluten. Zufällig komme ich dabei an die Klaviertasten, und während er in mich abspritzt, flammt das Licht auf, und das Orchester beginnt mit unserer Zugabe.

Es ist eine harte, schnelle Version von »Ain't Misbehavin'«, und wir krümmen uns ins Ekstase, blinzeln ins Licht, nur notdürftig vom Flügel vor den Augen des Publikums verborgen. Aber das gesamte Orchester, der Dirigent, das Trio und alle anderen können sehen, dass der Pianist der Sängerin seinen Schwanz hineingerammt hat und sie wie verrückt fickt. Wir können nur so tun, als würden wir den Akt simulieren, bis ich mich schließlich von ihm lösen kann und die Säfte an meinen Beinen hinuntertröpfeln.

Louis zieht mit großer Geste den Reißverschluss an seiner Hose zu, ich schiebe mein Kleid herunter. Als ich mich langsam erhebe, zittern mir die Knie. Aber was soll es. Ich nehme das Mikro vom Klavier und fahre mit den Fingern über das tintenblaue Tattoo, das jetzt deutlich auf seinem Bauch zu erkennen ist. Ein Violinschlüssel neben seinem Nabel, der sich in den Hosenbund hineinwindet.

Ich marschiere nach vorne, immer noch atemlos.

Sie wollen noch eine Zugabe. Mein süßer Saxofonist taucht neben mir auf, der Junge mit dem Bass gesellt sich dazu und hinter mir der schwarzhaarige Schlagzeuger. Louis sitzt am Klavier, und gemeinsam spielen wir die Nummer, die für mich hätte geschrieben sein können.

Ich blicke meine großartigen Musiker an und frage mich, wen ich als Nächsten vernaschen soll. Ich kann es kaum erwarten. Ich lecke mir über die Lippen bei dem Gedanken an all die Lust, die ich noch empfinden werde. Und dann öffne ich den Mund und singe es.

*Non, je ne regrette rien …*

# Zeitlos

## Maddie Mackeown

Rock 'n' Roll gibt es schon lange, aber ich habe erst kürzlich seine Bekanntschaft gemacht. Vor ein paar Jahren beschloss ich, meine Zehen in das schaumige Wasser des Jive zu stecken, und von den ersten Takten an liebte ich diese Musik. Ich liebe sie immer noch. Ich liebe den Tanz, die Musik und die Leute, die sie machen.

Sie hat so viel Energie. Ungebremste Energie. Das mag ich daran.

Meine Beziehung zur Musik ist nur schwer zu definieren. Sie muss mich bewegen, entweder körperlich oder emotional. Der Stil ist egal, solange sie meine Seele anrührt oder mich zum Tanzen bringt.

Rock 'n' Roll hat mich nie so gereizt, bis ich ihn zum ersten Mal probiert habe. Aber plötzlich spürte ich, wie er mich aus der Apathie riss und machtvoll durch meinen Körper fuhr. Von da an war ich in seinem Bann, besuchte Tanzveranstaltungen und Jamborees.

Manchmal bleibe ich am Rand stehen und beobachte die Tanzenden, warte, bis der Funke auf mich überspringt, und dann beginne ich mich nach einem Tanzpartner umzusehen.

Es war an einem jener Abende, als alles begann.

Ich hatte den Saal verlassen, um mich ein wenig abzukühlen. Bei Jive wird es einem sehr warm, und man
ist schweißbedeckt.

Ich lehnte mich an eine Mauer, die die Hitze des Tages aufgesogen hatte. Die Nachtluft war weich und
frisch, es wehte ein leichter Wind, aber es war noch zu
früh, um wirklich kühl zu sein. Der Schweiß auf meiner Haut trocknete, und mir war nicht mehr so warm.
Erfrischt ging ich wieder hinein.

Im Gebäude packte mich sofort wieder die Faszination angesichts der perfekten Harmonie der herumwir-
belnden Paare. Ich wusste, wenn ich die Tür zum Saal
öffnete, würde mir die ganze aufgestaute Hitze entge-
genschlagen, deshalb sah ich erst einmal eine Zeit lang
durch die Glasscheibe zu, schlug mit dem Fuß den Takt
und tanzte ein bisschen für mich alleine.

Ich sehe es gerne, wenn die Fünfzigerjahreröcke her-
umwirbeln und man ein bisschen von dem zu sehen
bekommt, was normalerweise unter der Kleidung verborgen ist. Nicht weil ich auf andere Frauen stehe, sondern weil ich so abschätzen kann, was bei mir zu sehen
ist, wenn ich tanze. Ich habe meinen Rock gut im Griff
und kann ihn ganz hochfliegen lassen, ihn aber auch
nur mit einem Hüftschwung drehen. Der Gedanke gefällt mir. Es ist frech und lustig.

Die Tänze sind unterschiedlich. Solange der Song an-
dauert, bist du im Mittelpunkt des Universums von jemand anderem. Er kann sich zu einem Dreiminutenflirt
entwickeln, der mit den letzten Tönen endet. Die meis-

ten Männer sind nur da, um zu tanzen, aber manchmal gibt es auch welche, die versuchen, dir unter den Rock zu sehen. Der Trick liegt darin, die Hinweise richtig zu entziffern und entsprechend zu reagieren.

Ein neuer Song begann, und ich wollte gerade hineingehen, als ich am kühleren Luftzug hinter mir merkte, dass jemand zum Haupteingang hineingekommen war.

Ich drehte mich um und sah ihn.

Er musste gerade gekommen sein. Ziemlich spät. Einen Moment lang stand er ganz still, dann trat er ins Licht, und ich war sofort beeindruckt. Er war ein cooler Typ in seinem Teddyboy-Outfit: mitternachtsblauer Anzug, blaugoldene Weste, schmale Krawatte und – ja! – blaue Wildlederschuhe. Eine Haarsträhne kringelte sich auf seiner Stirn.

»Guten Abend. Ich bin Lennox.«

Lennox. Der Name klang weich und sanft.

Er streckte die Hand aus, ich ergriff sie. »Hi, Lennox.« Ich wollte den Namen laut aussprechen, um ihn auf meiner Zunge zu spüren. Auf jeden Fall war es Jive-Etikette, sich vorzustellen. Wenn man sich so nah beieinander bewegt, ist es eine Frage der Höflichkeit. »Ich bin Stella«, sagte ich.

Aus irgendeinem Grund brachen wir beide in Lachen aus. Er hielt meine Hand fest. Aus dem Saal drang eine Stimme, die uns ankündigte, dass jeder mit »Sweet Sixteen« tanzen wolle.

»Es ist fast schon vorbei«, sagte er. »Möchten Sie tanzen?«

Ich blickte mich in der kleinen Eingangshalle um. »Hier?«

Er zuckte mit den Schultern und nickte.

Nun, hier hatten wir zumindest die gesamte Tanzfläche für uns allein. Ich lächelte ihn an. »Warum nicht!«

Wir passten gut zusammen, da er ein bisschen größer war als ich. Er schlang den Arm um mich, und wir stellten uns auf, um zu warten, bis das Lied vorbei war. Ich spürte den leichten Druck seiner Hand auf meinem Schulterblatt. Meine Finger lagen locker in seinen, aber wie immer war ich bereit, mich von ihm nur durch seine Berührung führen zu lassen.

Das Intro von »Old Black Joe« begann, und wir drehten uns langsam, bis der Rhythmus immer schneller wurde und uns in seine Energie hineinzog.

Ich bin eine gute Tänzerin und liebe Herausforderungen, aber man fragt sich natürlich unwillkürlich, was auf einen zukommt, wenn ein Fremder einen auffordert. Ich fand es bald heraus. Er war gut. Sehr gut. Es freut mich immer, wenn ich an einen so guten Tänzer gerate. Wir tanzten beinahe fehlerfrei, und als der Song zu Ende ging, gelangen uns noch ein paar besonders schöne Drehungen und Posen.

Ich lachte aufgeregt. »Na, da bin ich extra hinausgegangen, um mich ein bisschen abzukühlen, und jetzt ist mir wieder ganz warm.« Ich hob meine Haare vom Nacken, um ein wenig Luft daran zu lassen.

Er hob beide Hände. »Meine Schuld«, sagte er. »Ich bitte aufrichtig um Entschuldigung.«

»Nein, das ist schon in Ordnung. Ich habe den Tanz sehr genossen. Danke.«

Er stand sehr still vor der Glasscheibe, hinter der die anderen Tanzenden herumwirbelten. Seine Augen waren direkt und stetig auf mich gerichtet. Er sah bemerkenswert kühl und frisch aus. Wie machen manche Leute das nur?

»Na ja, ich gehe jetzt besser wieder hinein. Meine Freunde fragen sich bestimmt schon, was mit mir passiert ist.« Ich öffnete die Tür, und eine kleine Hitzewelle drang heraus. »Kommen Sie auch herein?«

»Nein. Ich bleibe einfach ein bisschen hier und schaue zu.«

Es folgte eine dieser erwartungsvollen Pausen, die man nicht so richtig einschätzen kann.

»Okay. Danke noch mal für den Tanz.« Ich ließ die Tür hinter mir zufallen und wurde schon bald von der Menge verschlungen.

Den Rest des Abends schaute ich immer mal wieder nach, ob er noch da war. Ich konnte ihn durch die Scheibe sehen, aber er kam nicht herein. Neugierig fragte ich mich, ob er wohl auf jemanden wartete, aber niemand tauchte auf, um sich mit ihm zu unterhalten. Wenn ich tanzte, glitten meine Blicke immer wieder zur Tür, und ich hoffte, ich wäre es, die er beobachtete. Ich tanzte für ihn.

Und dann plötzlich war er nicht mehr da.


Und so begann die merkwürdigste, lockerste und unwiderstehlichste Beziehung meines Lebens. Wochen und

Monate vergingen, und mir wurde klar, dass die unbestimmte Natur unserer Begegnungen eine Faszination für mich geworden war.

Von Zeit zu Zeit tauchte Lennox bei irgendeinem Fest auf, hielt sich aber immer nur am Rand. Nur selten betrat er den Hauptsaal. Gelegentlich kam er überraschend und setzte sich in meine Nähe. Einmal, als ich mich zwischen zwei Tänzen erschöpft niedergelassen hatte, tippte mir jemand von hinten auf die Schulter, und ich wusste, ohne mich umzudrehen, dass er es war. Ich griff nach seiner Hand, bevor er sie wieder von meiner Schulter nahm, und spürte eine Erregung, die nichts mit dem Rhythmus der Musik zu tun hatte.

Gelegentlich tanzten wir in der Eingangshalle, als ob wir uns nur dort heimlich begegnen könnten. Mit manchen Partnern ist das Tanzen beinahe wie Sex – oder zumindest nur einen Schritt davon entfernt. Und so war es auch mit Lennox.

Ich stellte ihn meinen Freunden nicht vor. Sie sagten auch nichts zu ihm. Das war verständlich. Es herrschte ein ständiges Kommen und Gehen, und wahrscheinlich bekamen sie gar nicht mit, dass wir uns immer wieder zusammenfanden.

Wir fragten einander auch nicht nach unseren Adressen oder Telefonnummern. Das Ganze war ein Rätsel, und ich war zufrieden damit. Es faszinierte mich.

Ich ging auf viele Veranstaltungen, auf manchen tauchte er auf, auf anderen jedoch nicht, und wenn er nicht da war, lag unter meiner Freude am Abend eine leise Enttäuschung. Obwohl wir uns nur gelegentlich sahen, wusste ich, dass es eine richtige Beziehung war.

Er war mein Liebhaber geworden, und ich war besessen von ihm.

»Stella.«

Mein Name wurde aus den dunklen Tiefen des Raums geflüstert. Mein Herz machte einen Satz, und ich bekam Gänsehaut, aber nicht vor Angst, sondern weil ich seine Stimme erkannte.

Lennox war heute Abend nicht aufgetaucht. Es war eine lebhafte Veranstaltung gewesen, und wir hatten alle beschlossen, an der Bar noch einen letzten Drink zu nehmen. Als ich das Gebäude verließ, merkte ich, dass mein Schal mir von der Tasche geglitten war.

»Ich gehe noch mal zurück und hole ihn. Geh ruhig schon nach Hause«, sagte ich zu meiner Freundin.

»Bist du sicher?«

»Ja, natürlich. Es dauert nur eine Minute.« Ich küsste sie auf die Wange. »Bis Donnerstag dann.«

»Okay. Tschüss«, sagte sie und ging.

Im dunklen Raum ging ich auf die Stimme zu und versuchte, hinter dem Mondstrahl, der wie ein Spot auf die Mitte des Saals schien, etwas zu erkennen. Und da stand er: Lennox. Der Gedanke an seinen Namen schoss durch meinen Körper. Er kam heran und blieb vor mir stehen, so nahe, dass mein Atem über sein Gesicht streifte. Ein Schauer überlief mich.

»Warum kommst du nicht zu normalen Zeiten, wie alle anderen auch?«

»Weil ich anders bin«, antwortete er. »Magst du unsere geheimen Zeiten nicht?«

»Doch, das weißt du doch.«

Im Saal war es ganz still. Auch draußen hörte ich kein Geräusch. Ob wohl alle schon gegangen waren?, fragte ich mich. Von draußen drang es kalt herein, aber in meinem Körper stieg Hitze auf. Sein unorthodoxes Timing fand ich nicht bedrohlich, sondern im Gegenteil eher romantisch.

»Und, sollen wir tanzen?« Er lächelte mich an.

Ich blickte ihn verwirrt an und wies auf das dunkle Schweigen um uns herum.

»Oh ihr Kleingläubigen«, sagte er. »Vertrau mir doch.«

Er trat an den Lichtschalter und schaltete eine einzelne Lampe an, deren warmer Lichtschein sich mit dem Mondlicht in der Mitte des Saals mischte. Anscheinend hatte er vorgesorgt. Raffiniert. Wieso hatte er gewusst, dass ich noch einmal hereinkommen würde? Mmm. Wie war überhaupt mein Schal aus der Tasche gefallen?

Auf einmal erfüllte das Intro von »Old Black Joe« den Saal. Ich ließ meine Tasche fallen und schlüpfte aus meiner Jacke. Er begann sich im Takt der Musik zu wiegen, alleine, und blickte mich dabei unverwandt an. Ich gab mich der Musik hin, machte ein paar Schritte auf die Lichtfläche zu und bewegte mich um seinen Körper herum. Ich berührte ihn nicht, ließ ihn aber nicht aus den Augen.

Die ersten langsamen Takte wurden lauter und

schneller, und der Rhythmus erfüllte mich ganz. Mit seiner kühlen Kontrolle feuerte er mich an und hielt zugleich meine Wildheit in Schach.

Wir waren völlig allein, glitten voller Verlangen über die Tanzfläche. Wir gaben uns ganz der Freude hin, spiegelten die Bewegungen des anderen harmonisch wider. Keinen Ton ließen wir aus, wir folgten jeder Nuance und schufen eine elektrisierende Aura. Wenn jemand uns von draußen zugesehen hätte, hätte ihn die Hitze, die wir ausstrahlten, versengt.

Der Song ging fließend in einen anderen über, dessen Rhythmus langsamer und ergreifender war. Er zog mich an sich und küsste mich. Wir hatten die ganze Zeit über schon gewusst, dass das geschehen würde. Alles hatte zu diesem Punkt hingeführt. Es schien einfach nur richtig zu sein.

Es fühlte sich gut, sehr gut an, und Lust durchflutete meinen Körper.

Er legte seine Hand auf meine Hüfte und schob mich von sich weg, so dass ich mich mit dem Rücken eng an ihn schmiegte. Er drückte seine Lippen auf meinen Nacken und bog mich ihm entgegen.

Dann wirbelte er mich weg hinter sich. Nach und nach löste ich meine Finger aus seiner Hand und ließ sie über seinen Arm und seine Schulter gleiten, dann den Rücken wieder hinunter und um seine Taille herum, so dass meine Handfläche flach unter seinem Jackett auf seinem Bauch lag. Er legte den Kopf zurück, und seine Finger fuhren durch meine Haare. Meine Zunge leckte einen Pfad über seinen Hals bis hin zu seinem Ohr. Unsere Hüften kreisten zusammen, dann wirbelte er mich erneut herum und zog mich wieder an sich.

Wir atmeten schwer, aber nicht so sehr von der Anstrengung des Tanzens. Wir traten auf der Stelle, und seine Hand glitt unter meinen Petticoat. Mit den Fingerspitzen streichelte er mich, bis er auf nackte Haut traf und seine Finger unter den Strumpfgürtel schob.

Leise flüsterte er meinen Namen in mein Ohr. Sein Atem kitzelte mich wie Schmetterlingsflügel, und Wärme breitete sich zwischen meinen Beinen aus, wo seine Finger jetzt im Rhythmus der Musik rotierten. Ich legte meinen Kopf auf seine Schulter und wandte ihm mein Gesicht zu.

Der Song war mittlerweile in der Hälfte angelangt, und er drängte einer Klimax entgegen. Meine Erregung wuchs. Ich kreiste stärker mit den Hüften, drückte mich an seine Schenkel, während seine Finger mich langsam zu stoßen begannen. Ich kam, als das Lied sich zum Ende hin noch einmal steigerte. Zuckend hielt ich mich an ihm fest, und als der Song ausklang, wiegten wir uns leise.

Noch nie war eine solche Stille gewesen.

Noch nie hatte die Zeit so stillgestanden.

Er nahm meine Hand, drückte sie an seine Lippen und schmeckte mich auf seinen Fingern.

Ich fühlte, wie hart er war, und wandte mich zu ihm, als plötzlich Geräusche ertönten. Die Tür ging auf, und der Zauber verflog.

»Oh, ich dachte, alle wären schon weg!«, sagte eine freundliche Stimme.

Blinzelnd lösten wir uns voneinander.

»Ja, das war auch so, aber ich hatte meinen Schal hier vergessen.« Ich trat zu meinen Sachen, um sie aufzuheben. Meine Knie zitterten. »Ich habe ihn gefunden.« Ich hielt den Schal hoch und schwenkte ihn. Der Mann lächelte mich an. »Gute Nacht.« Wir verließen das Gebäude.

Lennox brachte mich zu meinem Auto. Ich überlegte, dass es noch nicht zu spät war, um weiterzumachen. Ich blickte auf meine Uhr. Anscheinend war sie wieder stehen geblieben, denn sie zeigte sieben Minuten nach Mitternacht. Im Geiste machte ich mir eine Notiz, dringend die Batterie auszutauschen. »Soll ich dich mitnehmen?«, fragte ich.

Er lächelte mich an. »Nein.« Der Mann konnte einen wütend machen.

»Lennox, das da drinnen war noch nicht zu Ende und …«

»Es ist okay.« Er knotete den Schal zu, den ich lose um den Hals gehängt hatte. »Wir sehen uns wieder.« Er legte mir einen Finger auf die Lippen. »See ya later, alligator.« Ich musste unwillkürlich lächeln.

Ich zog eine Werbekarte unter dem Scheibenwischer hervor, stieg ins Auto und fuhr langsam davon. Als ich in den Rückspiegel blickte, war er weg.

Auf der Werbekarte stand: »Fünfzigerjahrenacht im Hotel Zur aufgehenden Sonne. Zieht euch schick an. Liveband, Jive die ganze Nacht. Samstag, 19. Oktober, 20.00 Uhr bis 0.30 Uhr.« Ich beschloss hinzugehen.

Meine Freundin konnte nicht, aber es waren bestimmt Leute da, die ich kannte.

Lennox kam kurz nach mir ins Hotel. Ich war nicht überrascht. Eigentlich hatte ich ihn sogar erwartet. Seltsamerweise ignorierten wir einander beinahe den größten Teil des Abends. Nein, das stimmt nicht. Wir ignorierten uns eigentlich nicht. Wahrscheinlich hat die Luft zwischen uns geprickelt, und jeder hat die Hitze gespürt. Aber wir traten nicht so in Kontakt miteinander, dass ein Außenstehender etwas mitbekam. Wir blickten uns unverwandt an, aber wir näherten uns einander nicht. Ich tanzte viel. Er beobachtete viel. Mir wurde langsam nicht nur vom Tanzen warm, aber ich wartete geduldig. Ich wusste ganz genau, dass wir an irgendeinem Punkt zusammenkommen würden.

Schließlich kam er auf mich zu. Es war schon spät. Er nickte einmal und begann, auf mich zuzugehen. Die langsamen Eröffnungsakkorde von »Old Black Joe« ertönten, erfüllten den Raum zwischen uns und blendeten alle anderen Tänzer aus. Ich lehnte fast unhöflich eine Aufforderung zum Tanzen ab, aber es war mir egal. Das hier war unser Augenblick. Ich spürte es.

Lennox blieb direkt vor mir stehen. Er legte seine Fingerspitzen auf meine Halsgrube und ließ sie über mein verschwitztes Dekolletee bis zu meinen Brüsten heruntergleiten.

Seine Stimme war über der Musik klar und deutlich zu vernehmen. »Bist du einsam heute Nacht?«

»Jetzt nicht mehr.«

»Lass uns nach Hause gehen, Stella.« Es ergab kei-

nen Sinn, aber gleichzeitig war es absolut richtig. Er ergriff meine Hand, und wir verließen den Saal.

Der Aufzug brachte uns nach oben in den zweiten
Stock. Langsam, aber nicht langsam genug für mich,
denn als die Türen sich geschlossen hatten, zog er mich
an sich, und ich wäre am liebsten für immer dort geblieben.

Er fuhr mit den Fingern durch meine Haare und zog
meinen Kopf zurück, so dass ich ihm direkt in die Augen blicken konnte. Er rieb meine Nase mit seiner. Mir
gefiel das. Leise begann er zu singen, er wolle mein
»Teddy Bear« sein. Ich kicherte, aber Sekunden später
schon öffneten sich die Türen des Aufzugs.

Im Lift glaubte ich, Rauch zu riechen, aber ich achtete nicht darauf. Die Türen glitten auf, und er zog mich
mit sich heraus. Im Flur sang und tanzte er immer weiter, bis wir vor unserer Zimmertür standen. Das dauerte das ganze Lied über, weil wir zwischendurch immer
wieder stehen blieben und uns berühren mussten.

Schließlich gelangten wir zu Nummer sieben, am
Ende des Gangs, wo der neue Anbau begann. Ich lehnte mich gegen die Tür, und er sang die letzte Zeile über
seinen Wunsch, ein Teddybär zu sein.

»Woher weißt du, dass ich Teddybären liebe?«

Er lächelte. »Vielleicht weiß ich das gar nicht. Vielleicht liebe ich nur den Song.«

Sein Gesicht kam wieder ganz nahe, und wir rieben
unsere Nasen aneinander, während er den Schlüssel
ins Schloss steckte. Auf dem Flur war es ganz still. Die
Gäste tanzten natürlich noch, aber es war kein Laut zu

hören, weder von der Kapelle noch aus den Zimmern. Es war beinahe unheimlich still.

Ich legte meine Hand auf seine Brust. »Lennox, kannst du den Rauch riechen?«

Er blickte mich leicht erschrocken, ja sogar alarmiert an, dann öffnete sich die Tür hinter mir, und als ich mich umdrehte, blieb ich überwältigt vom Anblick des in Kerzenschein getauchten Raums stehen.

Auf jeder verfügbaren Oberfläche waren Kerzen, deren Licht sich in den Spiegeln brach. Er hatte eine unfassbare Schönheit geschaffen. Der Raum schien wie in Weichzeichner gehüllt zu sein. Wir betraten ihn leise, und die Tür schloss die Welt aus.

Der Stil war reine Fünfzigerjahre; ein geschmackvoller Retrolook mit klaren Linien, deren harte Kanten durch den Kerzenschein gemildert wurden. Das Hotel musste sich unglaubliche Mühe gegeben haben, um die Zimmer passend zur Veranstaltung zu gestalten, aber vielleicht waren ja auch alle Zimmer unterschiedlich. Mir war das egal. Seine Arme umschlangen meine Taille, sein Körper presste sich an mich. Er vergrub die Nase in meinen Haaren und begann zu summen, ein Lied, das ich erkannte – »I Want You, I Need You, I Love You« –, und ich wollte es glauben.

Ich fühlte mich großartig, aber ein winziges Unbehagen zerrte an mir. Woher hatte er gewusst, dass ich heute Abend hier sein würde? Und die Kerzen: Wann hatte er sie angezündet? Aber meine flüchtigen Gedanken wurden von seinem Atem an meinem Ohr vertrieben. »Tanz für mich«, flüsterte er.

Plötzlich durchfuhr mich der Gedanke, dass es nur darum ging. Er wollte, dass ich für ihn allein tanzte, wollte sehen, wie mein Körper sich im Kerzenlicht bewegte. Das Flackern auf meiner Haut würde verführerisch quälend sein, voller sinnlicher, gleitender Schatten. Ein warmes Zucken stieg in mir auf.

Ich drehte mich in seinen Armen, und seine Augen brannten sich in meine. Dann trat ich einen Schritt von ihm weg und machte eine langsame Drehung. Er schien tief Luft zu holen. Mein Blick bedeutete ihm, sich zu setzen, und gehorsam setzte er sich, ohne mich aus den Augen zu lassen.

Mein Rock war mit winzigen Glassplittern bestickt, in denen sich das Licht spiegelte, wenn ich mich bewegte. Erneut drehte ich mich, dann trat ich auf ihn zu und stellte einen Fuß auf seinen Oberschenkel. Er sah den Abschluss meines Strumpfes und ein bisschen bloße Haut. Er zog mir den Schuh aus, und als er sich auch nach dem zweiten bückte, schob ich meinen Fuß seinen Schenkel hinauf, bis er in seine Erektion drückte.

Ich trat an den CD-Player. Nein, es war gar kein CD-Player, eher eine Art Transistorradio oder Kassettenrekorder. Was auch immer, ich drückte einfach die Play-Taste, weil ich wusste, dass die Musik bereitlag. Ich hatte Recht. Frische Energie durchströmte den Raum.

Ich wiegte mich auf der Stelle vor ihm und öffnete dabei meinen Rockbund. Der Rock sank funkelnd zu Boden, und ich trat heraus. Dabei tanzte ich weiter. Als Nächstes folgte mein Top, und meine hellrote Unterwäsche schimmerte im Kerzenschein. Ich drehte ihm den Rücken zu, als ich meinen Büstenhalter auszog. Dieser persönliche Striptease trieb mich zu einer provokativen Sinnlichkeit.

Ich tanzte weiter und stellte mir das flackernde Spiel der Flammen auf meiner nackten Haut vor. Meine Finger versanken in den tanzenden Schatten, die über meinen Körper glitten, der weich im Kerzenschein schimmerte.

Mit kreisenden Hüften trat ich auf ihn zu und griff nach meinem Höschen. Er zog mich zu sich herunter, und ich ließ meine Hüften auf seinen Händen kreisen, die mich federleicht berührten.

Er kniete sich vor mich. Meine Hände glitten zwischen meine Beine, und ich öffnete mich für ihn. Er leckte mich genau an den richtigen Stellen, und ich streichelte seine Haare. Sein Kopf lag an meinen Oberschenkeln.

Der nächste Song – schneller und fordernder –, und ich wirbelte davon. Er setzte sich wieder, während ich tanzte, die Musik spürte, seine Augen auf mir spürte, die Nässe spürte, die an meinen Schenkeln heruntertropfte. Ich bewegte mich im Rhythmus der Musik, und die Haare fielen mir offen auf die Schultern.

Keuchend und erregt blieb ich schließlich vor ihm stehen. Ich begann, einen meiner Strümpfe auszuziehen, aber er hielt mich auf. »Lass sie an«, murmelte er und legte die Hand um meinen Nacken. Von dort aus glitt sie in einer langen Liebkosung über Schulter, Brüste, Bauch und Schenkel.

Ich schloss die Augen, während er meinen Körper erforschte, erwartete, das Prickeln einer neuen Berührung auf meiner Haut zu spüren, aber mein Körper reagierte auf eine Vertrautheit, die ich nicht verstand. Ich setzte mich rittlings auf seinen Schoß, strich mit den Daumen über die Aufschläge an seinem Samtjackett und beugte mich vor, um ihn zu küssen.

Die Musik wurde jetzt wieder sinnlicher, pulsierte mit dem langsamen Pochen eines Basses. Sie holte das Verlangen hervor, das unter der Oberfläche lauerte, wenn wir miteinander tanzten.

Lennox stand auf und hob mich mit sich hoch. Ich schlang die Beine um ihn, als er mich zum Bett trug. Er ließ mich rücklings auf die weiche Bettdecke sinken. Ich stützte mich auf die Ellbogen, zog die Knie an und spreizte die Beine für ihn. Er betrachtete mich, dann kniete er sich zwischen meine Beine.

Er hielt seine zur Faust geballte Hand über mich. Als er die Finger öffnete, funkelte ein Armband im Schein der Kerzen. Sanft ließ er es über meine Lippen, über meinen Hals, meine Schulter und meinen Arm heruntergleiten, bevor er es mir anlegte.

Er löste meine Strümpfe aus den Strumpfhaltern und rollte sie herunter wie ein Experte. Ich drehte mich um und kniete mich hin, so dass er auch den Strumpfgürtel abnehmen konnte. Dann rollte ich mich langsam herum, bog meinen Rücken, fuhr mit den Fingern über meine Haut, und auch seine Hände glitten über meinen Körper, bis alle meine Nerven zuckten.

Ich keuchte. »Mach es dir selbst«, sagte er zu mir. Er

legte seine Hände unter meine Oberschenkel und zog mir die Beine auseinander. Meine Finger fuhren durch meine Schamhaare.

Die Musik durchdrang meinen Körper, und ich begann mich im Takt dazu in den Hüften zu wiegen. Er beobachtete meine Finger und trieb mich an, indem er seinen Finger an geheime Orte drückte, die meine Erregung noch steigerten. Woher wusste er, dass er mich genau dort berühren sollte? Ich machte weiter, bis ich mich nicht mehr zurückhalten konnte. Mit der freien Hand ergriff ich seine Finger.

»Mach weiter, Baby«, flüsterte er.

Der Druck wurde größer, als ich mich schneller bewegte, die Musik hinter mir ließ und schließlich von einem Orgasmus überwältigt wurde, der völlig aus dem Takt geriet.

Er fuhr mit den Fingern über meine Haare, so fest, als wollte er ein erschrockenes Tier beruhigen. Dann sagte er: »Es tut mir so leid, Stella. Verzeih mir.« Was denn? Ich schaute ihn verwirrt an.

Ich zog ihn an mich. »Es ist okay. Alles ist okay.«

Als er meinen nackten, warmen Körper spürte, begann er mich erneut zu berühren, und ich wand mich unter ihm. Ich zog an seinem Jackett, und er legte es ab. Ich wollte ihn in mir spüren. Hektisch zerrten wir an Knöpfen und Kleidungsstücken.

»Warte!«, sagte er. »Ich muss erst noch etwas tun.«

Er stand auf und ging durchs Zimmer. Dabei zog er sich aus und ließ seine Kleidung einfach zu Boden fallen. Eine nach der anderen blies er die Kerzen aus, bis es völlig dunkel war, eine samtige Dunkelheit, die uns einhüllte wie eine Decke.

Ich spürte einen Druck neben mir, als er wieder ins Bett kam, und schlang die Arme um ihn. Meine Hüften bogen sich ihm entgegen, und er drang in mich ein. Es fühlte sich gut an. Sehr gut.

Sonnenlicht fiel durch die Vorhänge und weckte mich. Ich hörte die Stakkato-Geräusche der Wasserrohre und das Zwitschern der Vögel, das nach der Stille der Nacht meinen Ohren beinahe wehtat. Ich setzte mich auf. Aber Lennox war nicht da.

Ich kuschelte mich wieder in die Kissen und schloss die Augen in der zufriedenen Erwartung, dass er wiederkommen würde. Aber von wo? Er ließ sich einfach nicht greifen. Ich lächelte, aber auf einmal erstarrte mein Lächeln, weil ich plötzlich wusste, dass er nicht wiederkommen würde.

Ich öffnete die Augen und blickte mich um. Ein Schauer lief mir über den Rücken.

Nirgendwo waren Kerzen zu sehen. Kein nachtblauer Anzug und auch keine Wildlederschuhe. Kein Anzeichen dafür, dass Lennox hier mit mir im Zimmer gewesen war. Auch das Zimmer wirkte im gedämpften Morgenlicht völlig anders: minimalistisch und ganz klar im Stil der Neunzigerjahre. Der Retro-Chic der Nacht hatte sich mit den Schatten in nichts aufgelöst. Hatte ich mir alles nur eingebildet?

Ich empfand eine Leere wie noch nie zuvor.

Plötzlich entdeckte ich neben der Informationsmappe des Hotels auf dem Nachttisch eine Zeitung. Ich ergriff sie. Auf der ersten Seite waren Fotos von tanzenden Paaren und eins von mir, wie ich mit Lennox tanzte. Ich glättete das Papier. Wann war das aufgenommen worden? Was hatte ich da an? Und meine Haare! Ich hatte noch nie einen Pferdeschwanz gehabt. Ich betrachtete das Bild genauer. Nein, das war nicht ich, aber eine Person, die mir sehr ähnlich sah. Das Mädchen auf dem Foto sah jünger aus. Die Schlagzeile lautete: GLÜCKLICH ENTKOMMEN.

Hitze stieg in mir auf.

In dem Artikel war die Rede von Todesfällen bei einem Brand in der Nacht des 19. Oktober. Ein Schauer überlief mich.

Meine Finger zitterten leicht, als ich mich zwang, den Artikel Zeile für Zeile zu lesen. In der Liste der Personen wurden Lennox Marsden und Estelle Dubois genannt, die am Abend zuvor am Jive-Wettbewerb teilgenommen hatten. Die meisten Leute waren unverletzt entkommen, hieß es, aber das Paar war in seinem Zimmer von dem Brand überrascht worden und am Rauch erstickt.

Ich zog die Decke fester um mich, um das eisige Gefühl in meinem Körper zu vertreiben.

Nach einer Weile holte ich tief Luft und trat ans Fenster, von dem aus man auf den Parkplatz blickte. Ich zog die Vorhänge auf, erleichtert, dass er voller moderner Autos stand.

Das Datum auf der Zeitung war der 23. Oktober 1959.

Sie waren fünfzehn Jahre vor meiner Geburt hier gestorben.

Blicklos starrte ich lange Zeit aus dem Fenster. Ich wusste einfach nicht, was ich denken sollte.

Dann legte ich die Zeitung wieder zurück. Dabei rutschte mir das Armband aufs Handgelenk. Ich öffnete es, um es ebenfalls auf den Nachttisch zu legen, änderte dann aber meine Meinung. Ich steckte es in meine Tasche und begann, mich langsam anzuziehen. Dann ging ich die Treppe hinunter, stieg in mein Auto und fuhr weg, ohne noch einen Blick zurückzuwerfen.

Ich dachte, ich hätte schon alle Tränen vergossen, aber plötzlich erklangen, wie durch eine grausame Fügung des Schicksals, die Klänge von »Heartbreak Hotel« aus meinem Autoradio. Ich trat aufs Gaspedal.

# Reise nach Jerusalem

## Kay Jaybee

Musik dröhnte durch die Türen. Im Club herrschte Hochbetrieb, als Sean Jess in die Eingangshalle zog.

»Ich bin mir wirklich nicht sicher.« Mit ihrer freien Hand rieb Jess sich das Handgelenk. »Bring mich nach Hause.«

Sean blickte ihr in die Augen. »Willst du mir weismachen, du freust dich nicht auf die Chance, dich darzustellen? Oder hast du bloß solche Angst, dass du der Konkurrenz nicht gewachsen sein könntest?« Jess verzog das Gesicht zu einem schwachen Lächeln. »Ich kann dir nämlich jetzt schon sagen, Süße, du wirst sie zu Tode erschrecken. Mir jedenfalls hast du Angst gemacht.«

Jess streckte ihm spielerisch die Zunge heraus, schloss den Mund aber rasch wieder. Heute Abend standen im Club exklusive Spiele auf dem Programm, und sie waren die nächsten in der Schlange.

Sean hielt beim Anblick ihres zierlichen Körpers den Atem an, als er ihr den grauen Dufflecoat abnahm. Manchmal wirkte Jess richtig proper, aber nicht heute Abend. Ihre schulterlangen roten Haare hatte sie zu einem kleinen Pferdeschwanz zusammengebunden, der ihren zarten Nacken betonte. Nur ihre Brust und ihr rundes Hinterteil waren mit einem leichten, durchsichtigen Stoff bedeckt. Sean hielt die Leine, die an dem Armband aus schwarzem Leder befestigt war, fest in der Hand. Er hatte sie gewarnt. Es war unwahrscheinlich, dass sie den ganzen Abend zusammenbleiben würden. Das hing alles von ihrem Glück im Spiel und ihrem Gastgeber ab.

Der Raum, in den sie geführt wurden, war mit Kerzen beleuchtet. Die cremefarbenen Wände ragten hoch auf zu einer Gewölbedecke. Auf dem Holzboden hallten die High Heels von vier Paaren, die durch die Tür traten.

Es war leicht zu erkennen, wer zum ersten Mal hier war. Ein Paar saß eng aneinandergekuschelt da und schaute sich neugierig um. Die anderen Spieler waren anscheinend alte Hase bei diesen Spiele-Abenden. Sie standen stolz da und beobachteten die Konkurrenten.

Sean zeigte auf einen großen Stapel Kissen an einem Ende des Zimmers und ein Dutzend Holzstühle, die danebenstanden. Er lächelte Jess an, die sich vorsichtig umschaute. »Komm, Süße«, flüsterte er. »Du wirst es lieben.«

Jess antwortete nicht. Sie beobachtete die anderen im Raum. Zwei Frauen an der Tür warfen sich böse Blicke zu. Die erste machte ihre persönlichen Präferenzen nur zu deutlich klar. Lederstiefel bis zu den Oberschenkeln. Ein Latex-Mieder, das ihr bis knapp unter die Brüste reichte, und ein enges schwarzes Lederhalsband zeigten ihre Rolle als Domina so stereotyp, dass Jess dem Verlangen widerstehen musste, hinauszulaufen und ihr eine Peitsche zu kaufen. Im Gegensatz zu den anderen Paaren war hier der Mann der Unterwürfige. Er hockte auf allen vieren zu Füßen seiner Herrin. Er war ein bisschen übergewichtig, und sein Bauch hing über seine engen Ledershorts. Beim Anblick des schweißüberströmten Körpers hätte Jess am liebsten gewürgt.

Die andere Frau war wesentlich kleiner als ihre schwarz gekleidete Rivalin, aber dem Ausdruck in ihren Augen nach zu urteilen nicht weniger entschlossen. Ihre bernsteinfarbenen Haare hatte sie hochgesteckt. Sie trug einen kaffeebraunen Satinbody, der ihren schlanken Körper perfekt umschloss, mit passenden Strumpfhaltern und sexy Riemchenschuhen. Diese Frau war wirklich schön, und Jess ertappte sich bei dem Gedanken, wie es wohl sein mochte, von ihr gehalten zu werden.

Jess schüttelte sich leicht und wandte ihre Aufmerksamkeit dem Partner der Frau mit den Bernsteinhaaren zu. Er hielt seine Sklavin an einer Leine, die an einem Gürtel um ihre Taille befestigt war. Er war größer als Sean, und seine olivfarbene Haut glänzte, als ob er sie eingeölt hätte, um jeden einzelnen Muskel zu betonen. Er trug abgerissene Jeans-Shorts und ein offenes weißes Hemd. Jess konnte beinahe fühlen, wie seine Haut schmecken musste. Und in diesem Moment wusste sie, dass Sean Recht gehabt hatte; sie würde den Abend genießen. Sie konnte nur hoffen, dass er auch damit zurechtkam.

Das gedämpfte Murmeln der vier Paare verstummte, als der Gastgeber der Abendveranstaltung den Raum betrat. Er trug einen gut sitzenden Anzug, seine grauen Haare waren kurz geschnitten, und er verbrachte dem Anschein nach die meiste Zeit auf einer Sonnenliege.

»Ladies und Gentlemen«, verkündete er und rieb seine Hände. »Für diejenigen, die noch nie hier gewesen sind – mein Name ist Jacque. Ich rate Ihnen, mir aufmerksam zuzuhören. Ich mache die Regeln, und Sie werden die Aufgaben, die Ihnen zugewiesen werden, gewissenhaft erfüllen, falls ich es nicht anders bestimme.

Wie Sie sehen können, haben wir hinten in der Ecke einen Stapel Stühle und Kissen.« Jess und die anderen Mitspieler blickten dorthin. »Bitte, nehmen Sie jeder einen Stuhl und ein Kissen und stellen Sie sie in einer Reihe im Raum auf. Heute spielen wir Reise nach Jerusalem.«

Innerhalb weniger Minuten waren die Stühle mit dem Rücken zueinander in einer Reihe aufgestellt, und auf jedem Stuhl lag ein Seidenkissen.

Jacque stellte sich neben die Reihe, und Musik ertönte. Es war ganz bestimmt kein Kinderlied, sondern keltische Klänge, die aus verborgenen Lautsprechern drangen, und Jess wurde es kalt. Alle Augen waren auf ihren Gastgeber gerichtet. Das Spiel konnte beginnen.

Jacque bedeutete ihnen, sich um die Stühle herum aufzustellen. »Ich hoffe doch, Sie waren während Ihrer Kindheit alle beliebt genug, um zu Kindergeburtstagen eingeladen zu werden. Reise nach Jerusalem.« Er wies auf die Reihe der Stühle. »Die Regeln sind beinahe so, wie Sie sie noch kennen. Aber nur beinahe. Ich werde jedoch sanft beginnen. Wenn diejenigen von Ihnen, die einen Sklaven an der Leine haben, ihn loslassen könnten, dann kann jeder von Ihnen Platz nehmen.«

Jess beobachtete, wie die Domina ihrem Gefährten einen strengen Blick zuwarf. Er hockte sich auf die Hacken, mit bettelnd erhobenen Händen, und hechelte. Seine Herrin blickte ihn einen Moment lang verächtlich an, aber dann nickte sie und gab ihm die Erlaubnis mitzuspielen.

Sean löste Jess' Leine und legte sie wie einen Gürtel um ihre Taille, bevor er sie zu einem Stuhl begleitete. Als sie sich nebeneinander hinsetzten, wagte Jess nicht, Sean anzusehen. Sie wusste, dass sie sich mental bereits von ihm distanziert hatte. Er hatte gewollt, dass sie hieran teilnahm, also musste er auch die Konsequenzen tragen. Jess reckte ihr Kinn, zog ihren bereits flachen Bauch ein und wartete.

Die Musik hörte auf. Die Stille erschien fast so laut wie die Musik zuvor. »In ein paar Sekunden wird die Musik wieder beginnen. Sie werden alle aufstehen und gegen den Uhrzeigersinn um die Stühle herumgehen. Bei dieser Gelegenheit …« Er schwieg, und Spannung lag in der Luft. »… können Sie alle wieder zu ihren Stühlen zurückkehren.«

Die kalten Töne einer Frauenstimme erfüllten den Raum, und wie ein Rudel Wölfe umkreisten die Teilnehmer die Stühle. Jess folgte Sean, wobei sie seinen

Hintern in der engen Jeans bewunderte. Sie konzentrierte sich so sehr auf den Moment, in dem die Musik aufhören würde, dass sie fast nicht bemerkte, als es wirklich geschah. Blitzschnell eilte jeder zum nächsten Stuhl. Wenn sie nicht als Erste aus diesem Spiel ausscheiden wollte, müsste sie beim nächsten Mal viel schneller sein.

Jacque beobachtete die Mitspieler. »Dieses Mal«, sagte er, »spielen wir richtig. Jeder Stuhl wird die Zuflucht für zwei Personen sein. Die beiden, die keinen Platz gefunden haben, wenn die Musik aufhört, werden genau an der Stelle stehen bleiben, wo sie sich gerade befinden, und meine Anweisungen abwarten. Während Sie sitzen, dürfen Sie tun, was Ihnen beliebt, aber sobald die Musik wieder anfängt, stehen Sie auf, und das Spiel geht weiter. Ist das klar?«

Die Gruppe nickte schweigend.

Erst als Jacque fünf Stühle wegräumte, wurde Jess klar, wie wichtig es war, dass sie so nahe wie möglich bei Sean vor ihr oder der Bernstein-Frau hinter ihr blieb. Ihr Herz schlug schneller, und sie spürte, wie die Situation sie erregte. Schon jetzt sehnte sie sich nach einem körperlichen Kontakt, um die Spannung zu durchbrechen. Ich bin genauso schlimm wie alle anderen, dachte sie.

Jacque gab ein Zeichen, und erneut erfüllten die geisterhaften Klänge einer irischen Stimme den Raum. Jess erhob sich und begann ihren Gang um die Stühle herum. Sean war dieses Mal viel schneller, und Jess bemühte sich, ihm zu folgen. Die Musik vibrierte in ihrem

Körper. Bestimmt würde sie gleich aufhören, oder? Die Spannung wuchs. Die Mitspieler rannten jetzt beinahe, jeder hatte seine Schritte beschleunigt.

Dann hörte die Musik auf. Jess' Beine bewegten sich fast wie von selbst, und sie landete auf Sean. Sie kicherte vor Erleichterung, weil sie dieses Mal noch in Sicherheit war.

Sean schob sich eine Haarsträhne hinter die Ohren und küsste sie. Es war ein leidenschaftlicher, tiefer Kuss, der in normaler Umgebung zu weiteren Aktivitäten geführt hätte, aber Jess wollte lieber sehen, wer keinen Platz gefunden hatte, und zog hastig den Kopf weg.

Überrascht stellte sie fest, dass der Mann mit der olivfarbenen Haut immer noch stand. Er sah jedoch nicht besonders niedergeschlagen aus, im Gegenteil, und Jess fragte sich, ob er es vielleicht absichtlich getan hatte. Die Bernstein-Frau, der gerade von dem Hunde-Mann der Nacken abgeleckt wurde, blickte ihn wissend an. Weniger überrascht war Jess, als sie sah, dass auch die andere Frau, die zum ersten Mal da war, noch stand. Das schwarzhaarige Mädchen gab sich große Mühe, nicht allzu verängstigt auszusehen, und sie hielt den Kopf erhoben.

Die Aktivitäten auf den verbleibenden Stühlen waren nur halbherzig, da die Spieler viel interessierter daran waren zu sehen, welcher Herausforderung sich die beiden Ausgeschiedenen stellen mussten. Jacque trat auf sie zu. »Wie Sie sehen, sind zwei Freiwillige bereit, uns ein Schauspiel zu bieten.« Er winkte sie zu sich. »Dies ist mein Spiel, und ihr müsst tun, was mir beliebt.«

Jess lief ein Schauer über den Rücken; sie war nichts als ein Objekt seines voyeuristischen Amüsements. Trotzdem spürte sie Hitze in sich aufsteigen, und ihre Nippel richteten sich auf.

Jacque verkündete, der Mann mit der olivfarbenen Haut hieße Jake und das Mädchen Sara. Er flüsterte etwas in Jakes Ohr, woraufhin dieser lächelte und nickte. Jess spürte Seans Erektion unter sich, als Jake vortrat, die Träger von Saras Hemdchen herunterzog und vor allen ihre Brüste entblößte. Jess konnte nur sekundenlang ihre Schönheit genießen, dann stieß Jake sie grob auf die Knie, holte seinen Schwanz heraus und rieb ihn zwischen den Brüsten. Es war gerade noch Zeit, um Sara seufzen zu hören, als er mit der dicken, glänzenden Eichel ihre Nippel polierte. Schließlich ertönte wieder Musik, und die Spieler nahmen ihren Marsch auf.

Jetzt waren nur noch zwei Stühle, aber sechs Mitspieler übrig. Jess konzentrierte sich auf die Musik und auf ihr Ziel, auf einem Stuhl zu landen, aber selbst das lenkte sie von den Geräuschen im Hintergrund nicht ab. Jake stöhnte, und Sara gab frustrierte Laute von sich, während er sich zwischen ihren Brüsten befriedigte.

Die Musik brach ab. Wenn die Bernstein-Frau Jess nicht um die Taille gepackt und mit sich gezogen hätte, hätte Jess jetzt neben Sean gestanden. Er und der Hunde-Mann hatten keinen Platz abbekommen. Jess merkte, dass Sean für einen Moment lang die Fassung verlor, aber sofort war sie wieder abgelenkt, weil die

Fingernägel der Frau ihr über den Rücken glitten. Jess saß ganz still. Sie war sich nicht sicher, ob es an dieser speziellen Aufmerksamkeit lag oder ob die gesamte Atmosphäre eine Rolle spielte, dass sie so nass und bereit war.

Die Bernstein-Frau knabberte an ihrem Ohrläppchen, und Jess bekam nicht mit, welche Anweisungen Jacque den drei Männern und der Frau gab. Sie nahmen neue Positionen ein.

Der Hunde-Mann, den Jacque als Sklave anredete, lag flach auf dem Rücken. Sara hockte auf allen vieren über ihm, die Arme zu beiden Seiten seines Gesichts, so dass eine ihrer kleinen Brüste seinen Mund streifte. Sean stieß sie von hinten, während Jake Seans Hintern mit seinem Schwanz rieb. Jess fragte sich, ob Sean wohl erwartete, dass er ihn fickte, wie sie es so oft schon mit ihrem Dildo getan hatte. Trotz der Möglichkeiten, die ihre Stellungen boten, bewegten sie sich alle kaum. Vermutlich hatte Jacque ihnen verboten zu kommen.

Die Wirkung dieses erotischen Bildes in Kombination mit der sanften Liebkosung der Bernstein-Frau erregte Jess mehr, als sie sich vorgestellt hatte. Erneut versuchte sie sich auf Sean zu konzentrieren; sie versuchte Eifersucht zu empfinden, als sie beobachtete, wie sein Schwanz in die Muschi eines anderen Mädchens stieß. Aber sie verspürte nur Neid, weil sie nicht so viel Aufmerksamkeit bekam, und wusste, dass sie jetzt eigentlich geleckt werden wollte.

Jess blickte zu der Domina, als sie sich zögernd von

ihrem Stuhl erhob; sie beobachtete mit angewidertem Blick ihren Sklaven, der an den Brüsten einer anderen Frau schlabberte.

Aber sie musste sich konzentrieren. Doch wollte sie überhaupt einen Platz finden? Wollte sie nicht lieber stehen bleiben und sich zu den anderen gesellen? Es bestand natürlich immer die Gefahr, dass etwas von ihr verlangt würde, was sie nicht wollte. Allerdings gab es im Moment nicht viel, was sie nicht tun würde. Die Bernstein-Frau hielt Jess weiter fest, auch wenn sie sich jetzt wieder bewegten. Sie spürte ihren Atem an ihrem Nacken, und eine feste Hand hielt den dünnen Stoff, der mittlerweile so verschwitzt war, dass ihr Hintern sich darunter deutlich abzeichnete.

Das Lied stoppte; Jess versuchte, sich auf den einzigen Stuhl zu stürzen, aber sie wurde in die Arme der Bernstein-Frau gezogen. »Es ist besser, wenn wir jetzt aufhören«, flüsterte sie. Für einen Protest war es ohnehin zu spät. Die Frau in Latex saß bereits auf Saras Partner und biss ihm nicht gerade sanft in den Hals.

Jess richtete ihre Aufmerksamkeit auf Jacque. Er hatte die vier bereits aufgefordert innezuhalten. Sara seufzte, und Jess sah, dass sie mit den Tränen kämpfte. Vermutlich hatte sie kurz davor gestanden zu kommen. Die Qual der jungen Frau erregte Jess noch mehr. Sie fürchtete, sie würde bei der ersten Berührung kommen.

»Stellungswechsel, um unsere Neuzugänge zu integrieren«, erklärte Jacque.

Sean warf Jess einen beschämten Blick zu. Ach, jetzt

soll ich dich also beruhigen, dachte Jess. Sie nickte lächelnd, sagte aber nichts, weil sie Jacques Anweisungen lauschte.

»Meine Herren, auf die Knie bitte.« Sean, Jake und Sklave sanken auf die Knie, ihre erigierten Schwänze aufgerichtet. »Meine Damen, Sie kriechen bitte auf den Ihnen zugewiesenen Mann zu. Jess, Sie bilden ein Paar mit Jake, Sara mit Sklave und Louisa mit Sean.« Jess' Blick glitt zu der Bernstein-Frau. Der Name Louisa schien irgendwie nicht zu ihr zu passen. »Ein Wettbewerb, meine Damen«, verkündete Jacque. »Wer seinen Mann als Ersten zum Orgasmus bringen kann, gewinnt einen Preis.« Unwillkürlich fragte Jess sich, ob es wohl ein Preis wäre, den sie gewinnen wollte.

Schließlich verkündete Jacque, dass die beiden letzten Personen auf dem Stuhl jetzt das Spiel zu Ende spielen würde. Die Musik wurde nun äußerst erotisch. Jess begann, Jakes Schwanzspitze langsam und zart zu lecken. Es war ihr nicht entgangen, dass Louisa und sie die Partner getauscht hatten, und sie fragte sich, ob Jacque das absichtlich getan hatte.

Jess ließ ihre Zungenspitze weiter vorsichtig um Jakes Eichel kreisen, bis er schließlich aufstöhnte. Darauf hatte sie gewartet. Langsam umschloss sie seinen dicken Schaft mit den Lippen. Nur keine Eile, sagte sie sich. Während sie an dem Schwanz saugte, beobachtete sie die beiden letzten Mitspieler, die um den Stuhl herumgingen. Louisa hatte Recht gehabt, das hier war besser. Sie wollte nicht mit der Domina konkurrieren.

Wie mochte Sean sich wohl fühlen? Es machte Spaß,

Jakes Schwanz zu lutschen. Sie nahm ihn ganz tief auf. Plötzlich endete die Musik, aber sie konnte jetzt nicht aufhören. Jakes Atmung hatte sich verändert, und sie merkte, dass er gleich kommen würde.

Die Domina stand jetzt auf dem Stuhl. Anscheinend hatte sie gewonnen, und das war wahrscheinlich keine so gute Nachricht. Sie riskierte einen Blick nach rechts, wo Louisa eifrig Seans Eier leckte. Sie hörte sein vertrautes tiefes Stöhnen. Wenn sie gewinnen wollte, musste sie sich beeilen.

Gerade als sie dachte, Jake würde nie kommen, spritzte er sein cremiges Sperma in sie ab. Jess schluckte alles gierig herunter, aber ein paar Tropfen rannen ihr aus dem Mundwinkel.

»Wir haben einen Gewinner.« Jacques gebieterischer Tonfall erfüllte den Raum, und Sara und Louisa zogen sich frustriert von ihren Männern zurück. Sean und Sklave verzogen gequält die Gesichter. Sie waren beide so nahe am Orgasmus gewesen.

Jess blickte zu Louisa, um zu sehen, ob sie wütend war, weil sie verloren hatte, aber ihr Gesichtsausdruck war noch lustvoller als zuvor. Jess begannen die Beine zu zittern. Mein Gott, ich begehre sie, dachte sie. Es kam ihr gar nicht in den Sinn, dass sie noch nie zuvor eine Frau gehabt hatte. Im Augenblick war es genau das, was sie wollte.

Jake schwankte leicht, als er aufstand. Jess spürte, dass sein Blick anerkennend auf ihr ruhte, während sie abwarteten, was als Nächstes passieren würde. Jacque brauchte nur ein einziges Wort zu sagen, und sie würden eine Orgie veranstalten. Es war erstaunlich, wie allein seine Gegenwart sie in Schach hielt.

Sean keuchte und versuchte mühsam, sich wieder unter Kontrolle zu bekommen. Jess blickte die anderen an und stellte fest, dass alle so gespannt wie sie darauf warteten, wie es weitergehen würde. Ihr war es sogar egal, wer sie als Nächster besitzen würde, wenn nur endlich etwas passierte.

Während sie mit Jake beschäftigt gewesen war, hatte Jacque anscheinend schon an die nächste Phase des Abends gedacht. Jess stellte fest, dass die Domina, die sie insgeheim Madame nannte, das Gesicht zu einem halben Lächeln verzogen hatte. Das machte ihr mehr Angst als der verächtliche Gesichtsausdruck von vorhin. Der Grund schien die große Kiste zu sein, die Jacque jetzt vor sie auf den Boden stellte.

»Der Siegerpreis ist ein Gegenstand aus dieser Kiste. Nur einer. Sie dürfen ihn bis zu zehn Minuten lang an einer Person Ihrer Wahl benutzen.« Madame öffnete den Deckel und begann, in der Kiste zu kramen. Jess unterdrückte ein Schaudern; sie zweifelte nicht daran, dass diese Frau einem mit der richtigen Waffe Schmerzen zufügen konnte.

»Diejenigen, die am Folgenden nicht teilnehmen«, fuhr Jacque fort, »werden zusehen. Sie werden nicht berührt werden. Das wird Ihnen vermutlich schwerer fallen, als Sie annehmen.« Er lächelte. »Ich bezweifle nicht, dass Sie alle auch das Verlangen nach einer solchen Behandlung haben.«

Jess zuckte zusammen. Hatte er sie mit dieser Äußerung gemeint? Er hatte sie angeschaut, während er sprach. Sie wusste auf jeden Fall, dass er Recht hatte, und ihre Wangen wurden flammend rot.

Madame nahm Jacque auf die Seite und beschrieb, was sie brauchte. Er nickte lächelnd und trat zur Gruppe. »Sie werden alle sämtliche Kleidungsstücke ablegen.«

Jess zögerte nicht. Die dünne Gaze rieb über ihre Knospe und war so durchgeschwitzt, dass sie sowieso nichts mehr verhüllte. Als sie aufschaute, blickte sie in Seans Augen, der nackt, wunderschön und aufs Äußerste erregt vor ihr stand. Louise stand neben ihm. Er bräuchte nur noch eine einzige Berührung, dachte Jess.

Sara und Jake musterten einander mit provokativen Blicken, und selbst Sklave sah nicht mehr so übel aus, nachdem er seine enge Kleidung abgelegt hatte. Sogar mit ihm würde sie es jetzt treiben, dachte Jess.

Madame redete immer noch mit Jacque. Dann rief Jacque ihren Namen.

Madame hatte sich ebenfalls ihrer Kleidung entledigt. Groß und hoch aufgerichtet stand sie in ihren High Heels da. Und sie blickte genau auf Jess. Auch Louisa war aufgerufen worden und musste sich über einen der Stühle beugen. Mit den Händen hielt sie sich an den Stuhlbeinen fest, den Hintern hatte sie hoch aufgereckt.

Jess trat zitternd vor. Madame hielt ein schwarzes Gummipaddel in der Hand. Es würde wehtun. Sie wollte gerade ihren Körper über den Stuhl daneben beugen, als Madame gebieterisch den Arm hob. »Nein. Dein

Preis als Siegerin des Blas-Wettbewerbs ist es, mir zu helfen. Du wirst meine Anweisungen genau befolgen.« Jess zögerte, als ihr klar wurde, dass sie die Züchtigung durchführen sollte.

Musik erfüllte den stillen Raum. Die keltische Weise hatte ihren eigenen, seltsamen Rhythmus, und Jess wurde davon gefangen genommen. Sie betrachtete Louisas üppiges Hinterteil und flüsterte »Entschuldigung«, als sie den ersten Schlag ausführte.

Die Bernstein-Frau schrie unwillkürlich auf, als das Gummipaddel auf ihre zarte Haut traf. Jess schwang den Arm im Rhythmus der Musik und schlug abwechselnd auf die eine und die andere Arschbacke, so dass sich ein schönes Muster ergab. Mit einem Blick auf Madame vergewisserte sie sich, dass sie es richtig machte. Jess sah, dass ihr Gesicht vor Befriedigung über das Unbehagen ihrer Rivalin leuchtete, und auch Jess merkte, dass es ihr Lust bereitete, das Paddel zu schwingen. Sie hatte Sean bei zahlreichen Gelegenheiten gezüchtigt, aber sie war sich nicht sicher, ob er eine öffentliche Demütigung so ungerührt ertragen hätte. Die Schreie waren leise geworden und gingen beinahe in der Musik unter. Jess lauschte aufmerksam. Gleich würde der Moment kommen, in dem der Schmerz sich in eine seltsame Lust verwandelte, die bei jedem Schlag durch den Körper brannte.

Verstohlen blickte sie zu den anderen. Sie standen alle da, die Hände auf den Köpfen, die Beine weit gespreizt und die Blicke fest auf das Trio vor ihnen gerichtet.

Noch bevor Jess es mitbekam, hatte Madame gehört, wie Louisas sich Atem veränderte. Darauf hatte sie anscheinend gewartet. »Stopp!«, befahl sie. Ihren Befehlen widersetzte man sich nicht. Jess ließ sofort den Arm sinken. Lust und Rache spiegelten sich in Madames Gesicht, als sie Louisas Hintern betrachtete, und Jess fragte sich, welche alten Rechnungen hier wohl beglichen wurden.

Jess half Louisa aufzustehen. Sie stützte sie und legte ihr eine Hand auf die Striemen am Hintern. Ein hübsches Muster hatte sie geschaffen. Schweigend sahen die beiden Frauen einander an, aber Jess wusste, dass sie Louisa unbedingt wiedersehen musste, ganz gleich, was als Nächstes passierte.

Jacque trat vor. Er sah ein wenig zerzaust aus, und Jess bemerkte die große Ausbuchtung in seiner Hose. Anscheinend hatte er das Spanking sehr genossen. »Jetzt ist der Zeitpunkt für den Höhepunkt des Abends gekommen«, erklärte er doppeldeutig.

Er griff in die Kiste und zog vier Dildos zum Anschnallen heraus, die er jeder Frau gab. Danach stellte er die Gruppe im Kreis auf, immer abwechselnd Mann und Frau. Jess fühlte den heißen Atem des Sklaven im Nacken, während sie Jakes Hinterteil begutachtete. Sie musste sich zusammennehmen, um seine Hinterbacken nicht einfach zu streicheln.

»Wenn die Musik einsetzt«, sagte Jacque, dem man anmerkte, dass er um Fassung rang, »schlingen Sie die Arme um die Person vor Ihnen. Auf mein Kommando hin dringen die Männer in die Frau vor sich ein, und die Frauen penetrieren den Hintern der Jungs vor sich.« Er ging um den Kreis herum. Jess hätte vor Erleichterung beinahe laut gewimmert, als die Hände des Sklaven an ihren Nippeln spielten und ihre Brüste kneteten. Es kribbelte zwischen ihren Beinen, und es schien eine Ewigkeit zu dauern, bis die Musik einsetzte.

Endlich begann sie auf Jacques Zeichen hin – in einem harten, stoßenden Rhythmus. »Jetzt«, schrie Jacque.

Jess schrie, als der Sklave ohne Zeit zu vergeuden direkt in ihre schlüpfrige Nässe eindrang, während sie ihren falschen Schwanz zwischen Jakes Arschbacken stieß. Zwischen den beiden Männern zu stecken war ein unvergleichliches Gefühl. Ihr drehte sich der Kopf nach einem unglaublichen Abend voller Beobachten, Locken und Begehren.

Alle im Kreis, mit Arsch und Möse aneinandergeschmiedet, schrien und bebten, als die Leiber aufeinanderprallten.

Jess hatte jedes Zeitgefühl verloren. Sie wusste nicht, wie lange es gedauert hatte. Die Zeit schien stillzustehen, an ihre Stelle traten das unablässige Wummern der seltsamen Musik und das Stöhnen der übrigen Mitspieler. Vielleicht wurde sie sogar einmal ohnmächtig; sie wusste es nicht. Sie wusste auch nicht, wie der Kreis sich letztendlich voneinander gelöst hatte und wie sie auf den Stuhl gekommen war, auf dem sie jetzt saß. Louisa saß rittlings auf ihrem Schoß, ihre Hände erforschten einander, und sie küssten sich leidenschaftlich.

Jess sah, dass Jacque über dem Schoß des Sklaven lag, während Madame die Rückseiten seiner Beine peitschte. Sean nahm Sara von hinten, und Jake saugte an den Eiern von Saras Partner, dessen Namen Jess schon wieder vergessen hatte.

Das könnte noch eine Weile so weitergehen, dachte sie. Sie glitt vom Stuhl und drückte endlich ihre Lippen zwischen die gespreizten Beine der Bernstein-Frau.

# Duett für drei

## Portia Da Costa

Was zum Teufel?

Was ist das? Das hatte ich nicht erwartet. Als die Frau an der Rezeption sagte, es würde »ein bisschen gefeiert« und ich könne gerne mitmachen, da hatte ich doch nicht damit gerechnet, in ein Mittelding aus einer Fetischparty, einem Rave und einem Hochzeitsempfang zu geraten.

Zu seltsam.

Es ist ein großer Saal, ein ehemaliger Ballsaal oder so, aber heute Abend sieht es hier aus wie in einer Disco. Die Musik ist ohrenbetäubend laut, und über die Wände und die sich windenden Körper gleitet das bunte Licht von Lichtorgeln.

Gott, das ist ja der schiere Wahnsinn. Aber es gefällt mir. So angeregt habe ich mich seit Jahren nicht mehr gefühlt. Meine Ohren, meine Zehen und alles zwischendrin vibriert mit den Bässen, und ich werde immer erregter.

Auf einmal verspüre ich das intensive Verlangen nach gutem Sex.

Lächelnd trete ich an die kleine Bar. In diesem abgelegenen, diskreten Landhotel, in das ich irrtümlich geraten war, hatte ich eigentlich eher eine altmodische Tanzveranstaltung erwartet, aber um mich herum tanzt niemand Foxtrott. Alle bewegen sich wie die Irren, und man kann das Adrenalin förmlich riechen.

Ja, Jason, hier könntest du Spaß haben ... Schon wieder drängt sich mein Schwanz gegen die Hose.

An der Bar streckt Mr. Jack Daniels einladend die Arme nach mir aus, aber ich ignoriere ihn. Ich war gerade auf einer Gesundheitsfarm – einer Suchtklinik für Prominente –, und das ist auch der Grund dafür, dass ich hier an diesem gottverlassenen Ort gelandet bin. Und ich werde die Höllenscheiße, die ich dort erlebt habe, um clean zu werden, nicht zunichtemachen. Für mich gibt es heute Abend keinen Alkohol und auch keine Kippe oder einen anderen Stoff.

Aber ich werde mir eine Frau gönnen, wenn ich Glück habe.

Ich sage, *wenn* ...

Früher einmal wäre das eine Kleinigkeit für mich gewesen. Ich hätte in einer Nacht ein Dutzend flachlegen können, wenn ich gewollt hätte – und manchmal war ich so high, dass ich es auch getan habe. Aber jetzt bin ich nicht mehr Mitglied bei dieser Boy Band. Und ich glaube nicht, dass mich jemand erkennt. Ich bin nur Jason Ripley, ein durchschnittlicher Typ, der vielleicht wieder als echter Sänger anfangen möchte ...

Also, kein Jack Daniels, ich bestelle ein Mineralwasser, und als der junge Kerl hinter der Theke es mir reicht, wirft er mir einen seltsam wissenden Blick zu.

Hmm ... Nun, vielleicht erkennt man mich doch noch. Ich dachte, ich wäre auf der sicheren Seite, weil ich mir mein Markenzeichen, die langen blonden Locken, abgeschnitten habe und auch keine grünen Kontaktlinsen mehr trage. Ich bin irgendein Mann auf der Straße mit kurzen braunen Haaren und einer unauffälligen Brille. Ich trage auch keine Designerkleidung mehr, nur ein schlichtes Hemd, eine Jeans von der Stange und Laufschuhe.

Nein, der Barkeeper kann mich gar nicht erkannt haben. Er bedient jetzt auch jemand anderen und hat das Interesse an mir verloren.

Während ich mein Wasser trinke, blicke ich zur Tanzfläche. Nachdem sich meine Augen erst einmal an das Licht gewöhnt haben, gibt es einiges zu sehen.

Ich hatte Recht mit der Fetischparty. Es gibt zwar viele Leute in ganz gewöhnlichen Klamotten, aber auch viel Gummi, Leder und Latex.

Ein Mann in einer Lederhose ohne Arsch. Eine Frau in einem Gummi-Catsuit. Alle möglichen Klischees sind hier versammelt. Aber dann denke ich an die albernen Bühnenkostüme, die ich getragen habe. Damit habe ich auch auf Fetischkleidung angespielt. Ich muss irre ausgesehen habe, zumal ich am Anfang nicht wusste, was es bedeutete. Diese Leute hier sind nicht berühmt und auch nicht besonders glamourös, aber ich habe das Gefühl, dass sie genau wissen, was Perversität bedeutet. Ich habe nur herumgespielt. Diese Tänzer hier aber sind real.

Gerade habe ich eine wirklich großartige Drag

Queen auf der Tanzfläche entdeckt – die im Übrigen sogar meinen Schwanz ein bisschen zucken lässt –, als eine weibliche Stimme an mein Ohr dringt.

»Kommst du oft her?«

Mein Herz macht einen Satz. Die Stimme kenne ich, trotz der lauten Musik.

Ich drehe mich in Zeitlupentempo um. Das kann doch nicht sie sein? Warum sollte sie hier sein?

Aber sie ist es tatsächlich. Sie ist hier. Und ich fühle mich auf einmal ganz elend.

»Kommst du oft hierher?«, fragt Maria Lewis. In London bin ich früher einmal mit ihr ausgegangen. Ein hübsches Mädchen, das ich wirklich nicht gut behandelt habe.

»Maria?«

Sie lächelt schief, so ähnlich wie der Barkeeper, und bevor ich noch mehr sagen kann, legt sie mir den Finger auf die Lippen, um mich zum Schweigen zu bringen.

Ich bin ohnehin halb sprachlos, deshalb spielt es eigentlich keine Rolle. Aber als ich ihre warme Haut spüre, bleibt mir fast das Herz stehen.

Zum Teufel, sie sieht großartig aus.

Ich habe sie nicht lange gekannt, aber sie war immer hübsch.

Aber jetzt ist sie, Teufel, einfach wunderschön.

Strahlend blaue Augen. Die Haare kürzer, blonder und irgendwie sexy und wild geschnitten. Ihr herzförmiges Gesicht hat einen geheimnisvollen Schimmer. Sie strahlt Selbstvertrauen und Lebenslust aus.

Und ihr Körper?

Allmächtiger, ihr Körper ist einfach perfekt – der Stoff, aus dem die besten feuchten Träume sind.

Sie ist mit jedem Millimeter der Superstar geworden, der ich immer sein wollte und nie gewesen bin.

»Lass uns tanzen«, schnurrt sie. Sie drückt ihren Zeigefinger schwer auf meine Unterlippe und zieht ihn über mein Kinn.

Ich komme mir vor wie vom Blitz getroffen.

Und mein Schwanz ist eisenhart geworden.

Es ist ein Wunder, dass ich nicht über die tanzenden Menschen stolpere. Ich kann meinen Blick nicht von ihrem hinreißenden Arsch wenden, als sie hüftenschwingend wie eine Königin vor mir hergeht. Wie gesagt, ihr Körper ist perfekt. Und ihr Hinterteil ist mehr als perfekt, wenn das noch möglich ist. Es schwingt hin und her, als hätte sie die Musik im Körper.

War sie immer schon so schön? Wahrscheinlich, aber damals war ich viel zu sehr von mir eingenommen, um so etwas wahrzunehmen.

Nun jedoch weiß ich es zu schätzen. Ja, zum Teufel, ich weiß sie zu schätzen.

Diesen großartigen festen Arsch, diese langen, langen Beine in einem schlichten, kurzen, aber eleganten kleinen Schwarzen und ihre wundervollen Brüste, als sie sich zu mir umdreht und mir wieder dieses knappe, kryptische Lächeln schenkt. Ein Lächeln, das zu dem schweren Stakkato der Latino-Musik passt, die gerade gespielt wird und die sich um einen Schwanz windet wie eine Schlange.

Mann, ich habe Probleme.

Und dann tanzen wir, und ich komme mir vor wie ein ungelenker Landarbeiter mit sieben linken Füßen, der mit einer Göttin tanzt. Dabei habe ich mich doch immer so geschmeidig bewegt. Aber die Begegnung mit Maria hat mich hilflos wie ein Kind gemacht.

Sie bewegt sich wirklich wie eine Göttin. Ich kann mich nicht erinnern, dass wir früher einmal so miteinander getanzt hätten, aber wenn wir es getan haben, dann war sie damals noch nicht so gut.

Ihr Körper scheint die Rhythmen und verborgenen Harmonien, die geringere Sterbliche gar nicht hören, zu interpretieren. Ich kann sie schon hören, schließlich war ich ja auch einmal eine Art Musiker, bevor ich alles versaut habe, aber ich kann mit dieser Musik nicht machen, was Maria macht.

Scheiße, ich begehre sie so sehr.

Vielleicht funktionieren deshalb meine Gliedmaßen nicht richtig. Mein Schwanz ist so eisenhart, dass es beinahe schmerzt. Es ist, als wäre ich von allem Rhythmus und jeglicher Koordination abgetrennt.

Sie sieht mich nicht an, was wahrscheinlich gut so ist. Sie ist völlig in die Musik versunken, die weißen Arme zum Himmel gereckt und die Augen geschlossen.

Wenn sie allerdings von Zeit zu Zeit die Augen öffnet, dann sieht sie jemanden an.

Wir sind dicht am Rand der Tanzfläche, und als ich – unter größten Schwierigkeiten – meine Augen für ein paar Sekunden von ihr losreißen kann und ihrer Blickrichtung folge, sehe ich, dass ich nicht der Einzige bin, der sie beim Tanzen beobachtet.

Alleine an einem Tisch steht ein dicker, vierschrötiger Mann mit dunklen, graugesträhnten Haaren, einem breiten Gesicht mit Bartstoppeln und intensiven, blitzenden Augen. Für den Bruchteil einer Sekunde wandert sein Blick von Maria zu mir ... und ich empfinde fast genau den gleichen Stromschlag wie bei ihr.

Ich bin nicht schwul.

Wirklich nicht.

Okay, vielleicht einmal oder zweimal habe ich mit Christian ein bisschen herumgefummelt. Das war der Typ in der Band, der schwul war. Aber das bedeutet noch lange nicht, dass ich homosexuell oder auch nur bi bin.

Und doch packt mich etwas an der Art, wie der Typ mich ansieht. Ich möchte mich schaudernd abwenden und schaue doch wieder hin. Schon wieder gerate ich aus dem Takt und stolpere über meine eigenen Füße in einem jämmerlichen Versuch, mich Marias Bewegungen anzupassen. Hin- und hergerissen zwischen ihm und ihr entstehen merkwürdige Bilder in meinem Kopf. Wir sind irgendwo in einem Raum und tun dunkle, gefährliche Dinge. Sie und er. Und ich.

Als mein Schwanz härter wird, bekomme ich Angst, bin aber zugleich unendlich erregt. Wie von Erwartung und Vorfreude auf etwas erfüllt, was ich nicht kenne. Ich blicke mich um. Die anderen scheinen alle zu wissen, was sie wollen und warum – und ich beneide sie.

Vielleicht will ich ja auch, was sie wollen? Ich wünschte, ich wüsste es ... ich werde immer verwirrter. Wie ein Fremder in einem sehr fremden Land.

Und genau in diesem Moment, als ob sie meine Gedanken gelesen hätte, hört Maria plötzlich auf zu tanzen und blickt mich aus ihren blauen Augen an.

»Komm, lass uns hier verschwinden.«

Ohne sich nach mir umzudrehen, geht sie von der Tanzfläche, und ich folge ihr. Ich muss ihr folgen, und wenn mein Leben davon abhinge.

Wie ein eifriger, keuchender Welpe trotte ich hinter ihr her, aus dem Ballsaal, durch die Lobby und zum Aufzug. Sie schaut sich nicht einmal um, und ich muss laufen, um mit ihr Schritt zu halten. Mit einem Hechtsprung schaffe ich es gerade noch in den Aufzug, bevor die Tür mir vor der Nase zugleitet.

»Maria, was um alles in der Welt tust du hier?«, plappere ich. Sie hat mir immer noch den Rücken zugewandt. »Hör mal, es tut mir leid …«

Sie wirbelt herum wie eine Ballerina und schneidet mir das Wort ab, indem sie mich vor die Brust stößt, an die Wand drängt und mich küsst.

Und als ihre Zunge gebieterisch in meinen Mund stößt, zieht sie mir gleichzeitig den Reißverschluss auf und greift nach meinem Schwanz.

Ich bin so geschockt, ich komme beinahe über ihrer Hand.

Und doch versuche ich immer noch, mich zu entschuldigen – oder etwas in der Art. Sie lässt es einen Moment lang zu, während ihre Fingerspitzen etwas Teuflisches mit meiner Eichel anstellen, aber ihre Augen bringen mich zum Verstummen. Ich kriege keinen Ton mehr heraus.

Dann küsst sie mich wieder und reibt meinen Schwanz fast leidenschaftslos, als ob er irgendeine Kuriosität wäre, mit der sie sich ein paar Minuten lang die Zeit vertreibt. Aus dem Lautsprecher des Aufzugs sind gerade erst ein paar Takte »The Girl from Ipanema« erklungen, als die Türen schon wieder aufgleiten, sie mich wie die sprichwörtliche heiße Kartoffel fallen lässt, einfach weggeht und mich mit meiner Erektion stehen lässt.

Glücklicherweise ist sonst niemand auf dem Flur.

Ich schiebe meinen steifen Schwanz, so gut es geht, wieder in die Hose und laufe hinter Maria her. Ihr schöner Arsch wiegt sich von einer Seite zur anderen, als würde sie immer noch tanzen. Ich kann den Blick nicht von ihr abwenden und stolpere in meiner Hast, sie einzuholen, beinahe über die Teppichkante.

Als sie plötzlich vor einer der Türen stehen bleibt, laufe ich fast in sie herein.

Die Tür hat die Messingnummer »17«, und mir fallen fast die Augen aus dem Kopf, als Maria aus ihrem Ausschnitt eine Schlüsselkarte zieht, die vermutlich in ihrem Büstenhalter gesteckt hat.

Glückliche Karte.

Die lackierte Tür geht auf, und ich folge ihr in einen sanft beleuchteten Raum, wo erstaunlicherweise nicht Astrud Gilberto singt, sondern ich.

Ah, wie ich einige dieser Songs heute hasse. »You're my Fire, Baby« ist eins der besten Beispiele dafür. Ich zucke zusammen. Trotz all der unterstützenden Technik kann ich kaum einen Ton halten. Ich kann eigentlich singen, aber das war wirklich nicht einer meiner besten Momente.

Maria dreht sich zu mir um und blickt mich fast mitleidig an.

Sie findet den Song wohl auch nicht so gut.

Am meisten stört mich jedoch die Tatsache, dass überhaupt diese Musik läuft.

Was geht hier vor? Ich bin nicht blöd, und ich kann einfach nicht glauben, dass es ein Zufall ist. Ich will sie fragen, aber erneut bringt sie mich zum Schweigen, indem sie mir die Finger über die Lippen legt.

Sie riechen immer noch nach meinem Schwanz.

Eine Sekunde später küsst sie mich wieder. Dominiert mich mit ihren Lippen und ihren Händen. Ihre Zunge ist flink und beweglich, aber sie scheint meinen Mund ganz zu füllen, und ihre Finger machen sich geschickt an den Knöpfen meiner Jeans zu schaffen. Sie öffnet sie, damit sie eine Hand hineinschieben und meinen Arsch liebkosen kann.

Es fühlt sich so sensationell an, dass ich unterdrückt stöhne und mein Schwanz schon wieder hart wird. Ich versuche, sie ebenfalls zu streicheln, aber sie drückt ihren gekrümmten Finger so fest und unvermutet an mein Arschloch, dass ich wimmere und meinen eigenen Namen nicht mehr kenne.

Und dann lässt sie mich plötzlich wieder stehen und wirft sich unbekümmert und anmutig in einen breiten, tiefen Sessel, und ich stehe herum wie ein Idiot. Meine Augen gleiten zwischen dem überdekorierten Bett mit seiner Tagesdecke aus Chintz und der Vollkommenheit von Marias entspanntem Körper und ihren langen schlanken Beinen hin und her.

»Hör mal, Maria ... ich ... äh ... es tut mir leid, dass ich dich nie angerufen habe«, blubbere ich, verstumme aber sofort, als sie gebieterisch die Hand hebt.

»Halt endlich den Mund, Jason«, sagt sie mit ruhiger, ungerührter Stimme, »und zieh dein Hemd aus.«

Was?

Ich bin verwirrt und erregt, aber ich gehorche ihr. Ich habe in der letzten Zeit wieder mit dem Training angefangen, aber mir ist schmerzlich bewusst, dass ich nicht mehr so gut aussehe wie früher. Sie scheint es auch zu bemerken und kneift leicht die Augen zusammen.

Zum Teufel, ich wünschte, sie würde diese Musik ausschalten. Meine Stimme verspottet mich, während ich trotz der Wärme der Zentralheizung zitternd dastehe.

Ich warte, aber sie sagt nichts mehr, und ich komme mir total hilflos vor. Ich kann nichts tun, bevor sie sich nicht bewegt.

Langsam leckt sie sich über die Lippen.

Sie schlägt die Beine übereinander, wobei sie sorgfältig darauf achtet, dass ich nichts von dem sehen kann, was sich zwischen ihren Oberschenkeln befindet.

Fast achtlos schiebt sie die Hand in den tiefen Ausschnitt ihres Kleides und beginnt, lässig mit ihrem Nippel zu spielen.

Es ist das Erotischste, was ich je in meinem Leben gesehen habe.

Ich leide Höllenqualen. Mein Schwanz drückt gegen

meine Hose, und ich würde am liebsten masturbieren. Aber ich darf ihn erst berühren, wenn sie es mir erlaubt.

Ich habe nie so auf Domination und Unterwerfung gestanden. Und ich kenne davon eigentlich auch nur die wenigen, angedeuteten Szenen in Filmen oder Dokumentarsendungen. Aber plötzlich scheine ich zu verstehen – oder zumindest fange ich an zu verstehen.

Bis jetzt habe ich das nie gewollt.

Ich sehe ihr zu, wie sie ihre seidigen Oberschenkel aneinanderreibt und weiter ihre Brust streichelt. Immer noch stehe ich da wie zur Salzsäule erstarrt.

Schließlich keucht und seufzt sie leise und lehnt sich entspannt im Sessel zurück.

Ist sie gekommen? Ich wusste gar nicht, dass Frauen das können … einen Orgasmus bekommen, nur wenn sie ihre Nippel reiben. Aber vielleicht ist sie ja auch gar nicht gekommen … ich habe das Gefühl, sie neckt mich nur, und das Gefühl verstärkt sich, als sie ihre Augen aufschlägt und mich spöttisch anschaut.

Männer sind solche Idioten, scheint sie zu sagen.

Ich bleibe auch stumm, nur meine Stimme aus dem Lautsprecher gurgelt immer weiter. Tausend Fragen gehen mir durch den Kopf. Und die wichtigste ist: Warum habe ich diese prachtvolle Frau gehen lassen?

Ich zucke erschrocken zusammen, als sie leichtfüßig aufspringt und auf mich zukommt. Sie mustert mich von oben bis unten, als wäre ich ein Zuchthengst.

»Mach deine Jeans auf. Schieb sie auf die Knöchel herunter. Tritt aber nicht heraus«, befiehlt sie mit neutraler Stimme. Sie klingt so, als wäre es ihr eigentlich egal, ob ich ihr gehorche oder nicht.

Erneut gehorche ich. Mein Mund ist trocken. Das Herz schlägt mir bis zum Hals. Mein Schwanz springt aus der Hose und richtet sich bis zum Nabel auf. Die Spitze ist feucht und klebrig.

Sie mustert ihn, und ich habe das schreckliche Gefühl, durchgefallen zu sein. Ich komme mir vor wie ein kompletter Idiot, wie ich hier stehe, splitternackt, Jeans und Unterhose um meine Knöchel, aber irgendwie gefällt es mir auch.

Es klopft an die Tür, und ich zucke erneut zusammen. Wir blicken uns an.

»Wenn du auch nur einen Muskel bewegst, kannst du dich wieder anziehen, hier verschwinden, und ich will dich nie wiedersehen.«

Ich bin noch nie in meinem Leben ohnmächtig geworden, aber jetzt habe ich das Gefühl, gleich umzufallen.

Ich werde mich nicht bewegen. Keinen Millimeter.

»Komm herein!«, ruft sie, und als der Türgriff sich dreht, stelle ich fest, dass die Tür nie verschlossen war.

Einen Moment lang schließe ich die Augen. Schweiß tröpfelt aus meinen Achselhöhlen und von meinen Schenkeln. Wenn ich aus mir heraustreten könnte, sähe ich wahrscheinlich, dass ich am ganzen Körper puterrot bin, nur mein steifer, tropfender Schwanz nicht.

»Robert«, haucht sie, ihre Stimme ist weich, liebevoll und glücklich. Sie geht an mir vorbei, dann höre ich die Geräusche eines leidenschaftlichen Kusses.

Mein Fluchtinstinkt sagt mir, meine Kleidung zu packen und hinauszurennen, in mein Zimmer zu flüchten und so schnell wie möglich abzureisen. Aber eine andere, stärkere Kraft hält mich fest. Steife Muskeln und steifer Schwanz. Mit aufgerissenen Augen frage ich mich, was hinter meinem Rücken vor sich geht. Ich blicke in den Spiegel am Schminktisch, aber er zeigt mir die beiden frustrierenderweise nicht.

Der Kuss dauert ewig, und sowohl Maria als auch ihr mysteriöser Gefährte Robert schnurren und murmeln. Ich denke an ihren Kuss und kann es ihm nicht verdenken.

»So, meine Liebe, willst du mich deinem Freund nicht vorstellen?«, sagt er schließlich, als sie sich endlich gelöst haben. Die spöttische Erheiterung in seinem Gesichtsausdruck passt zu seiner Stimme.

Es ist natürlich der kräftige Mann, den ich auf der Veranstaltung gesehen habe. Der uns beim Tanzen beobachtet hat. Er ist sehr groß und massig und sieht ein bisschen so aus wie der jüngere Orson Welles, bevor er richtig dick wurde. Und er sieht einem Schauspieler ähnlich, den ich kürzlich in einer Fernsehserie gesehen habe, ich weiß aber nicht mehr, in welcher.

Ich kämpfe den Reflex nieder, am ganzen Leib zu zittern, und ich weiß nicht, was mir peinlicher ist – meine Nacktheit und meine Erektion oder die Tatsache, dass meine Stimme unablässig aus dem Lautsprecher schallt. Ich würde alles dafür geben, wenn sie das verdammte Ding endlich abstellen würden.

Ich kann, denke ich, alles Sexuelle, was die beiden

mit mir anstellen wollen, vertragen, aber ich wünsche bei Gott, dass jede Spur von J-Boy Jones und den Forever Boys endlich getilgt ist …

»Das ist Jason, Liebling«, erklärt Maria. »Der, von dem ich dir erzählt habe. Erkennst du ihn nicht? Er war doch ständig irgendwo abgebildet. Er hat sich natürlich ein bisschen verändert, aber letztendlich ist es leicht, ihn zu erkennen.«

Robert mustert mich eingehend. Sein Blick kehrt immer wieder zu meinem Schwanz zurück.

Teufel, dieser Typ ist eindeutig bisexuell. In seinem Blick liegt echter Hunger. Ich blicke zu Maria und sehe, dass sie zustimmend grinst.

O Gott. O Gott. O Gott. Ich dachte, ich wäre erfahren und weltläufig, nachdem ich als falscher Prominenter von Alkohol und Drogen gelebt habe. Aber ich weiß nichts. Kein bisschen. Überhaupt nichts.

Plötzlich runzelt Robert die Stirn. »Müssen wir uns das anhören?« Er verzieht das Gesicht.

»Ich weiß nicht. Müssen wir?« Maria stellt sich neben mich, berührt zuerst mein Gesicht, dann meinen Schwanz, und ich komme beinahe. Ich hole tief Luft und schüttle den Kopf.

Ihr Gefährte tritt zu einer kleinen Konsole neben dem Bett und drückt auf einen Knopf, und völlig andere Musik ertönt aus den verborgenen Lautsprechern.

Die zarte Musik eines Klavierstücks erfüllt den Raum, elegant und Balsam für meine erhitzte Seele.

»Hervorragend.« Roberts Lächeln wird breiter. »Mozart … zu seiner Zeit ein bekannter Fetischist.

Könnte nicht passender sein, was, Liebste?« Er schreitet durchs Zimmer, eine imposante, große Erscheinung, und plötzlich sind sie beide tief in meinem persönlichen Raum und nehmen ihn komplett ein.

Ich spanne jeden Muskel an und warte auf seine, auf Marias Berührung.

Aber es kommt nichts. Sanft streichelt er Marias Brust, während sie in meine Eichel kneift, damit ich noch nicht abspritze.

Das Paar wechselt einen Blick. Ich stelle fest, dass sie gerade eine Entscheidung getroffen haben. Meine Wünsche spielen dabei überhaupt keine Rolle.

Ich müsste eigentlich außer mir vor Entsetzen sein. Ich müsste Angst haben. Und doch bin ich beinahe ruhig. Ich habe das Gefühl, was hier passiert, ist richtig. Alles ist genauso, wie es sein sollte, die klassische Musik im Hintergrund, jeder Ton perfekt, präzise und virtuos.

»Sollen wir anfangen, Liebster?«, sagt Maria schließlich. Sie klingt zufrieden mit sich. Sie liebt diese Situation, aber ihre Stimme klingt nicht bösartig, stelle ich fest. Sie freut sich nur auf die Lust und die Unterhaltung.

»Warum nicht?«, entgegnet Robert und legt seine Hand um meinen Schwanz.

Die Berührung eines Mannes macht mich schwindlig, und in mir hebt sich etwas wie die hohen, tanzenden Töne um uns herum.

Aber gerade als ich es akzeptiere und genieße, ist die Berührung weg, und sie wirbeln beide davon, als tanzten sie einen geheimen Tango. Robert tritt an den Schminktisch und ergreift eine kleine Fernbedienung, und Maria öffnet eine Schublade an einer Kommode auf der anderen Seite des Zimmers und holt ein paar Gegenstände heraus. Mir treten die Augen aus dem Kopf, als ich sie erblicke, und noch fassungsloser werde ich, als Robert einen Knopf auf der Fernbedienung drückt und über Mozarts präziser Phrasierung ein Surren ertönt.

Zu meinem Erstaunen hängen auf einmal Handschellen von der Decke, herausgefallen aus kleinen Geheimfächern, die aufgeglitten sind. Robert legt den Kopf schräg und betrachtet sie, als wollte er abschätzen, ob sie mir passen.

Jetzt bekomme ich wirklich Angst, aber bevor ich eine Chance habe, etwas zu sagen, steht er neben mir, hebt meine Arme und legt mir die Handschellen um. Sie sind gepolstert und erstaunlich bequem an meinen Handgelenken.

Das heißt, bis er erneut auf die Fernbedienung drückt und ich mich auf die Zehenspitzen stellen muss, um den Zug an meinen Armen zu mildern.

Unwillkürlich wimmere ich. Ich bin völlig aus der Fassung, weil ich mich plötzlich in einer Welt befinde, die ich nicht kenne.

»Schscht, Baby«, murmelt Maria. Sie fährt mir mit den Fingern über die Stirn, dann küsst sie mich auf eine Seite meines Gesichts, während Robert zustimmend zuschaut. Ich werde wieder etwas ruhiger, obwohl mich das unerfüllte Verlangen in meinen Genitalien quält.

Maria überschüttet mein Kinn und meinen Hals mit kleinen Küssen. Ihre Finger berühren federleicht meine Brust, meine Flanken. Ich höre wieder etwas Klimpern, aber dieses Mal ist es kaum hörbar. Ich bin nicht sicher, was es ist, werde es aber sofort herausfinden.

Geschickt legt Maria mir einen kleinen Lederharnisch um mein Gemächt, der meinen Schwanz und meine Eier umschließt, so dass ich erregt bleibe, aber wahrscheinlich nicht kommen kann. Der Druck macht mich noch härter als zuvor, und mein harter Schaft wird scharlachrot. Klare Flüssigkeit tropft von der Eichel.

Ich stöhne wieder, und sie schiebt mir rasch einen Knebel in den Mund. Eine kleine Gummikugel, die sich auf meine Zunge drückt und festgebunden wird. Sofort sammelt sich Speichel darum, der mir aus den Mundwinkeln tropft. Ich tropfe oben wie unten.

Wie perfekt ist diese Unterwerfung? Habe ich das nicht immer schon gewollt, ohne es zu wissen? Maria versteht das, obwohl sie es nie getan hat, als wir in London zusammen waren.

Auch meine Augen sind nass, und ich merke, dass mir Tränen über die Wangen laufen. Ich blicke Maria flehend an, damit sie mich ein wenig herunterlässt und meinen Zustand etwas erträglicher macht. Ich werfe auch dem Mann, der wohl ihr Mentor ist, einen Blick zu. Er hat ihr all das Wissen vermittelt.

Er kommt zu mir und küsst mein Gesicht. Seine Zunge gleitet um meine Lippen, die vom Knebel auseinandergezogen sind.

»Köstlich«, murmelt er, küsst mich ein letztes Mal,

und dann beginnt er Maria leidenschaftlich zu küssen. »Danke, meine Geliebte«, flüstert er. »Du machst mir immer die schönsten Geschenke.«

»Nun, das war eigentlich eher ein spontaner Einfall, Liebling«, murmelt sie. Ihre Hände gleiten zu seiner Erektion, die sich deutlich unter der Hose abzeichnet. »Aber ich wusste, dass du dich freust. Herzlichen Glückwunsch zum Geburtstag.«

Mir fallen die Worte des Mannes am Empfang ein. »Es wird gerade ein bisschen gefeiert ... jemand hat Geburtstag ... aber Sie können gerne teilnehmen.«

»Na komm, dann lass uns mit unserem Spielzeug spielen, ja?«, sagt Maria fröhlich. Sie berührt Roberts Schwanz in einer Weise, die sie mir versagt hat.

»Du spielst mit ihm, meine Liebe«, sagt Robert, der ihre Berührungen sichtlich genießt. Seine gleichmäßigen Zähne blitzen weiß in seinem breiten Gesicht. Er lächelt verträumt. Er gibt ihr einen letzten Kuss, dann setzt er sich auf den großen Sessel, von wo aus er eine perfekte Sicht auf meinen baumelnden Körper hat.

Er spreizt seine langen, kräftigen Beine und zieht seinen Reißverschluss herunter. Ein wirklich riesiges Werkzeug springt heraus. Ich komme mir heute Abend schon größer vor als je in meinem Leben, aber neben diesem schimmernden Koloss wirkt mein Schwanz ziemlich rudimentär.

Er schenkt mir ein Macho-Lächeln nach dem Motto »Meiner ist der größte« und beginnt sich zu streicheln, um ihn noch größer zu machen.

Mein eigener Schwanz fühlt sich an wie aus Blei.

Im Hintergrund ertönt immer noch Mozart.

»So, Jason«, haucht Maria, die nun wieder vor mir steht, mit ihren prachtvollen Brüsten, ihren langen, schlanken Beinen und ihrer ganzen selbstbewussten Weiblichkeit. Ich erinnere mich daran, dass ich früher häufiger mit ihr geschlafen und diesen tollen Körper genossen habe, aber im Moment wäre ich im Himmel, wenn ich nur ihre Schuhe küssen dürfte.

»So, Jason«, wiederholt sie und neigt ihren goldenen Kopf zur Seite, als sie um mich herumgeht. »Du fragst dich sicher, wie es kommt, dass wir uns hier getroffen haben?«

Ich nicke, obwohl es mir mittlerweile eigentlich egal ist.

»Am Anfang war es reiner Zufall. Ich hätte nie damit gerechnet, dass du hier auftauchst«, gesteht sie und nimmt einen meiner Nippel zwischen ihre hübsch manikürten Finger. Sie kneift mich – fest –, und ich winde mich, als mein Nippel knallrot wird. »Aber danach war alles ... Planung, mein Lieber. Planung. Und Verlangen.« Sie kneift jetzt in beide Nippel, und ich blubbere hinter meinem Knebel vor Angst und Schmerz. Ich werfe den Kopf hin und her, und mein Schwanz versucht, seine Fesseln zu sprengen, aber es gelingt ihm nicht.

Sie lächelt, schön und grausam zugleich.

»Die Leute, die hier im Waverley arbeiten, sind unsere Freunde ...« Sie nickt ihrem Liebhaber zu, der immer noch fröhlich masturbiert. »... und sie kennen meine Geschichte. Du bist beim Einchecken erkannt worden, trotz deines ›neuen Aussehens‹, und deshalb wurdest du auf Roberts Party eingeladen.«

Als sie den Namen des Mannes ausspricht, lässt sie mich los und legt ihre Hand auf den Schritt, als ob alleine der Name »Robert« Lust bei ihr auslösen würde.

Vielleicht ist das ja auch so. Sie reibt sich, und ihre Lippen öffnen sich. Sie keucht.

»Ich bin nicht wütend auf dich, Jason. Das war ich nie.« Sie geht wieder um mich herum und steht jetzt hinter mir. Ich versuche mich umzudrehen, aber sie versetzt mir einen leichten Schlag auf den Hintern, der zwar nicht wehtut, meinen Schwanz aber trotzdem zucken lässt. »Es war egal, dass du mich nicht angerufen hast. Ich hatte sowieso schon beschlossen, London zu verlassen und dorthin zu ziehen, wo mein Herz ist ... obwohl mir das damals noch nicht klar war.«

Ich sollte eigentlich enttäuscht sein. Gebrochen. Aber irgendwie bin ich fast glücklich. Beinahe hat sie mir ihren Segen erteilt, indem sie mich demütigt, und das ist weitaus machtvoller als alles, was ich jemals geschluckt oder geraucht habe. Mir wird klar, dass es mich immer bedrückt hat, wie schlecht ich Maria behandelt habe. Aber hier, in diesem Zimmer, gefesselt und geknebelt, habe ich endlich Gelegenheit, es wiedergutzumachen.

Ich fühle mich, als ob ich schweben würde. Als Marias Hände über meinen Körper gleiten, mich kneifen, streicheln, schlagen, muss ich fast weinen, so intensiv ist die Qual.

Und ihr Liebhaber beobachtet mich aufmerksam ...

Maria arbeitet an mir wie eine Domina.

Ich hänge wie ein nasser Sack an den Ketten, während sie Klemmen an meine Nippel hängt, Gewichte an meine Eier und meinen Arsch so bearbeitet, dass er knallrot ist.

Als sie schließlich merkt, dass ich schon nicht mehr ganz bei mir bin, küsst sie mich zärtlich und begibt sich zu ihrem geliebten Robert.

Trotz meines jämmerlichen Zustands muss ich sie immer weiter anschauen. Sie setzt sich auf seinen Schoß, schiebt ihren Rock hoch, zieht ihr Höschen herunter und lässt sich langsam und zielsicher auf seinen Schwanz herunter. Ihre großen blauen Augen treten fast aus ihren Höhlen, als der mächtige Turm in sie eindringt, dann lehnt sie sich zurück, und seine Hände gleiten liebkosend über ihren Körper. Ich stöhne hinter meinem Knebel, als ich sehe, wie sein langer, beweglicher Zeigefinger sie dort streichelt, wo ich nicht mehr erwünscht bin. Die seidigen, süßen Löckchen von Marias Muschi.

Es dauert nicht lange. Nach ein paar Augenblicken schon wird ihr Körper steif, sie tritt mit den Beinen und bäumt sich auf. »Bobby! Oh, mein Bobby!«, schreit sie und kommt.

Mir stehen schon wieder die Tränen in den Augen, aber nicht vor Kummer. Ich bin ausgeschlossen, zugleich jedoch auch Teil des Ganzen. Sie wollen mich zwar nicht zum Orgasmus kommen lassen, aber ich bin trotzdem immer noch Teil ihrer Lust …

Umso mehr, als sich kurz darauf Maria wie eine lüsterne Kaiserin von Roberts Schoß erhebt und zeigt, dass er immer noch einen steifen Schwanz hat. Während sie meine Fesseln löst, dämmert mir, was meine nächste Aufgabe ist.

Ich werde vom passiven Spielzeug zum aktiven Teilnehmer. Auf allen vieren muss ich auf den großen Mann im Sessel zukriechen, mich vor ihn hocken und meinen Mund öffnen. Er packt in meine Haare und dirigiert meinen Kopf zu seinem Schritt.

Er führt meinen Kopf. Ich muss ihn tief aufnehmen und würge beinahe. Aber ich schmecke sie auf seinem Schwanz, und zu meiner größten Freude spüre ich von hinten zarte Finger an meinem Schwanz und meinen Eiern.

Irgendwo im Hintergrund spielt eine Violine eine süße, schmelzende Melodie. Eine fröhliche Weise, komponiert von Wolfgang Amadeus Mozart, dem wohlbekannten Fetischisten und brillanten musikalischen Genie.

Glücklich stöhnend komme ich, und gleichzeitig spritzt er reichlich in mich ab.

# Bist du bereit für mich?

## Sarah Dale

In zwei Wochen konnte viel passieren. Dein ganzes Leben konnte sich ändern.

Hannah betastete das laminierte Plastik des Backstage-Passes, der um ihren Hals hing, und blickte von der Seite der Bühne zum Publikum. Das Theater war bis auf den letzten Platz besetzt.

Vor neun Jahren, als linkischer Teenager, war sie die Treppe hinuntergefallen, direkt in die Arme ihres Lieblings-Rockstars, Nate Fox. Ein kurzer Kuss, dann hatte er sie losgelassen – zurück in den Teich geworfen, weil sie noch zu jung war.

Vor zwei Wochen hatten Nate und sein Manager Sam sie als Nates Pressefrau engagiert.

Vor zwei Wochen waren sie und Nate übereingekommen, ihre gegenseitige Anziehung einmal auszuleben, damit sie effektiv und professionell miteinander arbeiten konnten. Sie waren einfach nicht in der Lage gewesen, die Finger voneinander zu lassen, und das »einmalige Ausleben« war komplett außer Kontrolle geraten.

Heute würde es nicht anders werden, das war Hannah klar. Ihr Herz schlug schneller.

Die Luft pulsierte vor Erregung. Von ihrem Aussichtspunkt aus konnte sie das gesamte Publikum überblicken. Die meisten der Konzertbesucher – jedenfalls die, die ganz vorne saßen – schien es kaum auf den Stühlen zu halten. Sie standen da, plauderten miteinander oder starrten zur Bühne. Viele trugen T-Shirts aus Nates vergangenen Shows, manche sogar schon die neuen T-Shirts, die sie vorne in der Lobby gekauft hatten.

Eine goldhaarige Schönheit, die vorne links an der Bühne stand, trug ein enges rotes Spitzentop. Hannah erinnerte sich daran, wie Nate die vollbusige Schöne bei einer Autogrammstunde in Hollywood kürzlich ignoriert hatte, und grinste böse.

Sie glaubte, auch eine andere Frau von der Autogrammstunde her zu kennen. Das war nicht weiter überraschend. Hannah selbst war ihm ja auf jeder Tournee hinterhergefahren. Sie war zu so vielen Konzerten in einem gewissen Radius um Los Angeles herum gegangen, wie ihr Geldbeutel zugelassen hatte. Sie hatte sogar schon von Fans gehört, die quer durch das Land flogen und dreißig bis fünfzig Konzerte im Jahr besuchten. Wie mochten sie das zeitlich oder finanziell schaffen?

Die glatte Plastikkarte wurde warm unter ihrer Berührung, und Hannah merkte, dass sie sie langsam zwischen Daumen und Zeigefinger gerieben hatte. Es gab noch etwas anderes, was sie gerne rieb und streichelte ...

Sie zog die Unterlippe zwischen die Zähne. Entschlossen ließ sie den Pass los und warf einen letzten Blick auf die brodelnde Menge. Nate Fox war seit zwei Jahren nicht mehr auf Tournee gewesen, und in wenigen Minuten würden die Leute ihn endlich wiedersehen.

Hannahs Erregung wuchs aus einem anderen Grund. Zwischen ihren Beinen, in einem Bereich, der immer feuchter wurde, steckte Nates Geschenk an sie. Die harte Kugel des Vibrators drückte sich gegen ihre Klitoris und stimulierte sie sogar, obwohl sie gar nicht angeturnt war. Die engen Jeans, die sie trug, hielten ihn fest, und jedes Mal, wenn sie sich bewegte, spürte sie ihn.

Wo hatte Nate wohl die Fernbedienung versteckt?

Und wann, fragte sie sich zum x-ten Mal, würde er sie benutzen? Sie erschauerte.

Sam war über die Bühne gegangen, hatte die Roadies angeblafft und sich vergewissert, dass alles perfekt war. Jetzt wandte er ihr seine Aufmerksamkeit zu.

»Wenn du dir das Konzert von da unten ansehen willst, solltest du jetzt besser gehen«, sagte er.

»Läuft alles nach Plan?«, fragte sie ihn.

Er kniff die Augen zusammen und blickte sich um. »Ja«, erwiderte er zweifelnd.

Sie grinste. »Freut mich.«

Hannah ging über die am Boden festgeklebten elektrischen Leitungen, an den Gestellen mit Gitarren und Bassgitarren, den Monitoren, Verstärkern und all den Technikern vorbei, die dafür sorgen mussten, dass die Elektronik reibungslos funktionierte. Eine Frau mit

Kopfhörern stimmte gerade eine rote Gitarre. Hannah hob die Daumen, als sie vorbeikam, und die Frau grinste.

An Nates Garderobe blieb sie stehen und überlegte, ob sie ihm schnell noch viel Glück wünschen sollte. Sie blies sich eine Strähne ihres roten Haars aus der Stirn. Sie suchte doch nur nach einem Vorwand, ihn noch einmal zu sehen. Sie hob die Hand, um anzuklopfen ... und die Tür ging auf, bevor sie sich bemerkbar machen konnte.

Nate. Ein Meter fünfundachtzig feste Muskeln, rabenschwarze Haare und strahlend blaue Augen, die dunkelblau wurden, wenn er kam.

Jetzt lächelte er. »Ich habe gehofft, dich noch einmal zu sehen, bevor wir anfangen«, sagte er. Seine tiefe, rauchige Stimme hüllte sie ein und versprach ihr, dass sie alles genießen würde, was er geplant hatte.

»Ich wollte dir Glück wünschen«, sagte Hannah.

Er sah unglaublich sexy aus in seiner schwarzen Lederhose. Sie schmiegte sich eng um seine Beine und betonte die schwere Ausbuchtung seiner Lenden. Am liebsten hätte sie die Hand ausgestreckt und seinen flachen Bauch unter dem engen T-Shirt gestreichelt. Sie wusste, dass er sich das T-Shirt am Ende der Show vom Leib reißen und ins Publikum werfen würde, das beim Anblick seines Sixpacks in einen Taumel der Lust ausbrechen würde.

»Ich würde dich am liebsten küssen, bis du keine Luft mehr bekommst«, sagte Nate. Er ergriff sie am Arm und zog sie in eine dunkle Ecke, wo er sie gegen die Wand drückte. Er legte ihr die Hände auf die Schultern und rieb seinen Oberkörper ganz leicht an ihren empfindlichen Brüsten. Sein warmer Atem glitt über ihre Haut, sein Mund lag direkt an ihrem Hals. Seine dunklen Haare kitzelten sie an der Wange, als sie seinen Duft einatmete.

»Bist du bereit für mich?«, flüsterte er. Erneut schob er seine Hüften vor.

Hannah hätte nicht bereiter sein können.

Sie packte in seine Haare und zog ihn an sich. Nate knabberte an ihrer Unterlippe, und sie küssten sich leidenschaftlich.

»Trägst du ihn?«, fragte Nate und knabberte leicht an ihrem Kinn. Sein Atem glitt über ihr Ohr, und Hannah erschauerte. Ihr Mund wurde trocken, im Gegensatz zu der Nässe zwischen ihren Beinen.

»Ja«, flüsterte sie mit bebender Stimme.

»Gut.« Er ließ seine Zunge über ihren Hals gleiten. Hannah musste sich an seinen Schultern festhalten, um nicht zu Boden zu sinken. Sie roch sein Shampoo und dachte daran, dass sie heute Morgen noch gemeinsam geduscht hatten. Er schob einen Schenkel zwischen ihre Beine, aber der Druck war nicht stark genug, um sie zu befriedigen.

»Gut«, wiederholte er. »Weil ich dir nämlich gar nicht sagen kann, wie sehr ich mich auf dein Gesicht freue, wenn ...«

Hannah stöhnte.

»Ja, so wirst du dich anhören. Oder vielleicht schreist du auch. Du musst es mir hinterher sagen.« Seine Hände glitten von ihren Hüften ihre Seiten hinauf. Sie trug einen pflaumenfarbenen Satin-Büstenhalter und ein halb durchsichtiges violettes Hemdchen darüber. Seine Daumen streichelten die Unterseite ihrer Brüste.

»Der härteste Teil …«

»Ich glaube, ich habe den härtesten Teil gefunden«, sagte Hannah und legte ihre Hand um die harte Ausbuchtung an seiner Lederhose. Er zog scharf den Atem ein, und ein Schauer der Erregung überlief sie.

»Lass das, sonst muss ich das Konzert verschieben«, warnte er sie. So, wie er sie ansah, hätte sie das Konzert am liebsten abgesagt und ihn ganz für sich alleine behalten.

Sie zog ihn enger an sich und rieb sich an ihm. Sein Atem kam jetzt stoßweise, und sie wusste, sie hatte seine volle Aufmerksamkeit. »Und ich muss wohl eine Szene machen, wenn man bedenkt, was du mit der Fernbedienung vorhast.«

Er gab ein leise grollendes Geräusch von sich und führte ihre Hand zu seiner Hose. Die Fernbedienung hatte er an den Bund geklemmt. »Ich weiß nicht, wie ich es aushalten soll«, gab er zu, »wenn ich dich kommen sehe. Es wird schwer für mich werden.«

Die Tatsache, dass ihre Erregung ihn so sehr anmachte, elektrisierte Hannah. Es war, als ob sie sich gegenseitig immer mehr in die Höhe brachten.

»Du hast Strafe verdient, wenn man bedenkt, welche Folter du dir für mich ausgedacht hast«, sagte sie.

»Tatsächlich Folter?«, fragte er leise und kniff sie leicht in einen Nippel.

»Ja. Köstliche Folter«, stieß sie keuchend hervor.

»Gut.« Er löste sich von ihr, allerdings nur widerstrebend, wie sie trotz der schwachen Beleuchtung erkennen konnte. »Wir sehen uns nachher.« Er umfasste ihr Gesicht mit einer Hand. »Ich denke an dich.«

Er verschwand in seiner Garderobe, zweifellos, um seine Kleidung in Ordnung zu bringen, bevor er auf die Bühne musste. Hannah holte tief Luft und wartete, bis ihr Herz wieder langsamer schlug. Das Pochen zwischen ihren Beinen ließ allerdings nicht nach. Sie zwang sich, ein paar Schritte zu tun. Ihr Gesicht war gerötet, sie zitterte, und ihre Lippen waren von den Küssen geschwollen. Sie sah bestimmt aus wie die Inkarnation von Sex.

Hannah trat an einen Ausgang, der sie direkt zu den vorderen Plätzen brachte. Mit ihrem Backstage-Pass hatte sie keine Probleme, zu ihrem Platz in der ersten Reihe zu kommen. Die Frau im roten Spitzentop warf ihr einen finsteren Blick zu, als sie an ihr vorbeiging.

Ihr Platz war genau in der Mitte, wo Nate jede ihrer Reaktionen sehen konnte. Bevor das Licht ausging, brauchte sie sich nicht zu setzen. Die Zuschauer um sie herum jubelten, und sie stimmte in das allgemeine Geschrei ein.

Ein Bass Beat begann. Schlagzeug gab den Rhythmus vor.

Eine elektrische Gitarre jaulte die Melodie.

Eine Lichtexplosion im Hintergrund zeigte Nate, der auf einem Podest hinter dem Schlagzeug stand. Frenetischer Jubel brach aus. In ein Headset-Mikro sang er die erste Zeile von »Luck Dried Up«.

Auf der Bühne wurde es wieder dunkel, aber die Musik hämmerte weiter. Als die Scheinwerfer schließlich aufleuchteten, stand Nate vorne an der Bühne. Seine Gitarre hatte er über seine Schulter geschlungen, und er entlockte den Metallsaiten die Melodie seines Songs. Hannah hätte schwören können, dass er ihr zuzwinkerte.

Und dann wurde ihr klar, dass sie ja auch kein anonymer Zuschauer mehr war. Er hatte ihr tatsächlich zugezwinkert.

Grinsend sang sie den Refrain mit und tanzte hinter der Barriere ein paar Meter vor der Bühne. Alle waren von ihren Plätzen aufgesprungen und bewegten sich.

Über die Jahre hatte sie versucht, als Pressefrau mit ihren Gefühlen Nate gegenüber professioneller umzugehen und seine Bühnen-Performance leidenschaftslos und nüchtern zu sehen. Es war ihr nicht ganz gelungen, aber sie hatte doch ein paar Analysen machen können. Auf einigen Proben für diese Tournee hatten sich ihre Theorien bestätigt. Jede Bewegung, die er machte, war kalkuliert und geplant. Natürlich bedeutete es nicht, dass er nicht spontan sein konnte. Nicht alles von seinem Geplauder zwischen den einzelnen Songs war auswendig gelernt, und er hatte ihr Horrorstorys von Dingen erzählt, die schiefgegangen waren – Kopfhörer, die den Geist aufgaben, Gitarrensaiten, die rissen, seine Hose, die an der Naht über den Hintern aufplatzte …

Aber im Großen und Ganzen hatte er alles unter Kontrolle. Wenn er und der Bassist um das Keyboard herumrannten, dann waren ihre Bewegungen absolut synchron, weil sie es immer und immer wieder geprobt hatten. Wenn Nate über die Bühne zum Schlagzeuger lief und auf ein Becken schlug, dann sah es nicht so aus, dass er es wieder zu seinem Platz vorne an der Bühne schaffen würde – aber er schaffte es immer.

Und er hatte restlos alles unter Kontrolle. Beim dritten Song (einer herzzerreißenden, aber ansonsten unschuldigen Ballade) glitten seine langen, begabten Finger über die Fernbedienung. Hannah hatte es noch nicht einmal mitbekommen. In einer Minute sang sie noch mit und bewunderte lustvoll den Schweiß, der ihm übers Gesicht lief, und in der nächsten sprang sie fast aus der Haut, als es zwischen ihren Beinen leise zu surren begann.

Die Vibration war nicht stark genug, um sie kommen zu lassen, aber ihre Stimme bebte, und Schauer der Erregung liefen durch ihren Körper.

Hannah spürte, wie ihre Nippel hart wurden und sich gegen den Satin ihres Büstenhalters drückten. Hier saß sie zwar nicht im richtigen Winkel, dass er ihre Reaktion sehen konnte, aber ihr Gesichtsausdruck hatte sich auch verändert. Nate tanzte vorbei, ein freches Grinsen auf dem Gesicht. Sie presste ihre Hüften an das Absperrgitter. Es steigerte ihre Lust, stützte sie aber auch.

Hannah versuchte ernsthaft, sich auf das Konzert zu konzentrieren. Aber eigentlich sah sie nur noch Nate, und sie wusste ganz genau, dass seine Hand gleich wieder zur Fernbedienung gleiten würde.

Und das geschah auch. Er schaltete das Tempo des

Vibrators jedoch herunter, und sie hätte beinahe vor Frustration laut aufgeschluchzt. Die Musik pulsierte in ihr, ihre Klitoris pochte bei jedem Herzschlag.

Er baute sich vor ihr auf, die Beine weit gespreizt. Sie blickte auf. Sie wusste, dass er ihre Erregung sehen konnte. Wie hart mochte er wohl sein? Er begann, mit den Hüften zu stoßen, und Hannah stellte sich vor, sie könnte ihn in sich spüren, und jede stoßende Bewegung würde sie näher zum Orgasmus bringen.

Sie hob die Hände und packte ihre Haare, damit ein kühlender Luftzug ihren Nacken erreichte. Er verzog seinen sinnlichen Mund zu einem verschmitzten Lächeln. Seine Hand glitt zu seiner Taille, und der Vibrator summte ein wenig schneller.

Hannah stöhnte. Der Lärm der Menge verschluckte das Geräusch. Jemand schubste sie von hinten, aber sie merkte es kaum. Erneut steigerte er die Geschwindigkeit, und Hannah hielt den Atem an. Sie hatte das Gefühl, jeden Moment zum Orgasmus zu kommen.

Sie stöhnte leise, hin- und hergerissen zwischen dem verzweifelten Verlangen, unbedingt kommen zu müssen, und dem peinlichen Bewusstsein, dass es vor Tausenden von Menschen geschehen würde. Sie drückten sie nach vorne, waren ihr ganz nah und wussten doch nicht, was er mit ihr machte.

Aber in der Öffentlichkeit, umgeben von Menschen, zu kommen … Er hatte die Macht, sie jederzeit zum Orgasmus zu bringen, und sie konnte nichts dagegen tun.

Nate wirbelte davon. Das Surren zwischen ihren Beinen ließ nach, und sie stöhnte vor Frustration. Mit jeder Vibration fielen ihre Schamgrenzen. Sie hätte nie geglaubt, dass sie in aller Öffentlichkeit so nass, so erregt sein könnte, so kurz davor, jeden Moment zu kommen.

Die tobende Menge um sie herum trug zum Kick noch bei. Alle beobachteten Nate voller Begeisterung auf der Bühne, und selbst wenn sie während des Orgasmus aufschrie, würde niemand es merken.

Hannah empfand sich nicht als besonders exhibitionistisch, aber das spielte jetzt wohl auch keine Rolle. Schließlich war sie voll bekleidet, und Nate fasste sie noch nicht einmal an.

Aber das tat er natürlich doch. Mit den Augen. Mit den Fingern, die über die Gitarrensaiten strichen. Mit der Musik. Die Welt bestand nur noch aus ihnen beiden, und die übrigen Zuschauer traten in den Hintergrund.

Das Konzert ging dem Ende entgegen. Hannah wusste das, weil sie als Fan schon oft genug auf Nates Konzerten gewesen war und das Muster der Songs genau kannte. Bald würde er zur Zugabe kommen. Seitdem sie das Muster zum ersten Mal begriffen hatte, hatte es sie immer traurig gemacht, wenn sie »Dragons of Winter« live gehört hatte, weil es bedeutete, dass alles Gute irgendwann zum Ende kommen musste, dass das Konzert fast vorbei war, dass sie alleine nach Hause gehen musste, in ihr leeres Bett, wo sie von Nathaniel Fox nur träumen konnte.

Aber jetzt war es kein Traum mehr, und obwohl der Song sie immer noch traurig machte, empfand sie jetzt auch Erregung.

Das Konzert war fast vorbei. Bald würde es zum Höhepunkt kommen, und sie hoffentlich auch.

Ihm blieb nicht mehr viel Zeit, den Vibrator zu bedienen. Hannah konnte sich nicht erinnern, jemals so lange kurz vor dem Orgasmus gestanden zu haben. Oh, sie war auf seinen Konzerten immer geil gewesen, aber das hier war etwas ganz anderes. Sie spürte den harten Vibrator gegen ihre Vulva. Er drückte ihre Schamlippen auseinander, machte sie bereit und willig.

»Dragons of Winter« endete. Hannah hatte gar nicht gemerkt, dass sie mitgesungen hatte. Die Menge um sie herum jubelte und schrie, und auch sie hob die Arme, klatschte und reckte die Faust.

Kenny begann einen pulsierenden Beat auf seinem Bass. Hannah starrte ihn an, schockiert darüber, wie gut der Rhythmus zu den Vibrationen passte. O Gott, hatte Nate wirklich alles so sorgfältig geplant? Aber nein, es war einfach nur der schwere Bass, der ihr Zwerchfell pulsieren ließ, und ihr ganzer Körper gab sich dem Rhythmus hin.

Nate sprang aufs Keyboard. Seine Hüften zuckten, die Gitarre war eine Verlängerung seines Körpers. Er hatte den Kopf zurückgeworfen, der Schweiß tröpfelte über seine Brust, und sie stellte sich vor, wie sie mit ihrer Zunge die Schweißtropfen auflecken würde.

Sie hatte nicht gesehen, dass seine Hand sich bewegte, aber sie hätte schwören können, dass das vibrierende Ei schneller geworden war. Hitze stieg in ihr auf, und sie wurde immer feuchter zwischen den Beinen.

Der Song näherte sich dem Finale, und ihr Körper

ging mit. Sie wusste nicht, ob sie noch so lange durchhalten konnte. Die Klippe wartete, und sie war bereit zu springen.

Nate blickte ihr tief in die Augen und sang die letzten Worte: »Dein seltsames Verlangen.«

Er hob den Kopf und schwieg.

Seine Finger drehten den Vibrator auf Höchstgeschwindigkeit. Er sprang vom Keyboard herunter.

Die Welt um sie herum explodierte. Hannah hörte sich schreien, und ihre Hüften zuckten unkontrolliert, als die Wellen des Orgasmus sie überfluteten. Die Zuckungen wrangen den letzten Tropfen Lust aus ihrem schmerzenden Körper aus.

Als Hannah aufblickte, war Nate dicht vor ihr. Er kniete am Rand der Bühne. Seine Augen glitzerten vor dunkler Befriedigung. Der Blick galt nur ihr ganz allein. Er zog die Fernbedienung vom Hosenbund, drückte sie an die Lippen und warf sie ihr zu.

Ein Souvenir.

Ein Versprechen.

# Sirenengesang in Birchwood Gardens

## Heather Towne

Meine Mutter begann zu schniefen, als ich die letzten Bücher und CDs einpackte.

»Mom«, sagte ich, stand auf und ergriff ihre Hand. »Bitte, Mom. Du wusstest doch, dass ich irgendwann ausziehen würde.«

Aber sie war keinem logischen Argument zugänglich. Tränen strömten ihr übers Gesicht. »Aber ... du bist doch erst zwanzig«, wimmerte sie. »Mein Baby.«

Sie schlang die Arme um mich und weinte an meiner Schulter. Mein Vater verdrehte die Augen und tätschelte ihr den Rücken, wobei er tröstend murmelte, wie viel Geld sie verdienen könnten, wenn sie mein Zimmer vermieteten. Aber Moms Schluchzen ging ihm viel zu nahe, und er musste selbst die Tränen zurückdrängen.

Irgendwie wand ich mich aus den Fängen meiner Eltern, und unter Tränen sahen sie zu, wie ich die letzten Dinge in den Kofferraum packte, ihn schloss und aus meinem Zuhause fuhr. Bei all den Tränen hatte ich selbst ganz feuchte Augen bekommen.

Die Wohnanlage hieß Birchwood Gardens; sie bestand aus drei zweistöckigen Gebäuden im Tudor-Stil mit sechzehn Ein- und Zweizimmerwohnungen. Birken waren keine zu sehen, und der Garten bestand aus ein paar verwelkten Ringelblumen um das Schild ZU VER-MIETEN herum.

Meine erste eigene Wohnung war Nummer 17, Clarence Road 201, eine kleine Zweizimmerwohnung im ersten Stock mit Blick auf den Parkplatz. Sie enthielt eine Waschmaschine und einen Trockner, eine Klima-anlage am Fenster und all die anderen Einbauten, die ich mir leisten konnte. Es war zwar kein Park Avenue Penthouse, aber es gehörte mir ganz allein.

Meine Freundin Janet half mir, meine Sachen aus dem gemieteten Auto auszuladen. Es dauerte nicht lan-ge, weil ich nicht viel besaß. Ich hatte immer bei mei-nen Eltern gelebt, deshalb würde ich zuerst einmal zu einem Gebrauchtmöbelladen gehen.

»Na«, sagte Janet und legte mir den Arm um die Schultern. »Wie findest du es?«

Wir starrten auf die kahlen weißen Wände, den brau-nen Zottelteppich, auf dem Kisten herumstanden. »Ich liebe es!«, jubelte ich. »Keine Eltern in Sicht!«

Kichernd machten wir uns an die langweilige Aufga-be, alles auszupacken. Zuerst baute ich meine riesige Stereoanlage auf, damit wir bei der Arbeit Alicia Keys hören konnten. Und als wir am Abend fertig waren, gingen wir Pizza essen – auf meine Kosten.

Wieder zurück in der Wohnung, war ich ganz allein, und auf einmal war die Stille ohrenbetäubend. Mir fehlte jetzt schon das knisternde Geräusch, wenn Dad die Seiten der Zeitung umblätterte und sich über die Vorfälle im Mittleren Osten beklagte; Mom klapperte in der Küche mit dem Geschirr oder backte einen Kuchen für die Kirche. In der unheimlichen Stille schlug mir das Herz bis zum Hals.

Gott sei Dank lebten meine Eltern nur drei Blocks entfernt.

Grinsend schlang ich die Arme um mich. Dann schob ich Gwen Stefanis neueste CD in die Anlage und wollte gerade anfangen, zur Feier meiner neu gewonnenen Freiheit darauf zu tanzen, als ich es plötzlich hörte. Laut und deutlich. Es kam von oben. Musik wummerte. Die Bässe hörte man bestimmt noch meilenweit. Die Decke und mein Trommelfell vibrierten von dem Lärm.

Mein Herz hörte ich nicht mehr. Ich konnte gar nichts hören außer dem donnernden Geräusch der Musik eines anderen!

Jeden Abend gegen sechs Uhr ging der Krach los – Rap und HipHop in höchster Lautstärke – und hämmerte bis acht oder so, dröhnte durch mein Abendessen und die täglichen Nachrichten. Meine gerahmten Aquarelle rappelten an den Wohnzimmerwänden, und in den Bücherregalen in meinem Schlafzimmer sprangen meine Beanie Babys auf und ab.

Ich konnte keinen klaren Gedanken fassen, mein Kopf pochte, und ich ballte die Fäuste in ohnmächtiger Wut. Zu dem Lärm, den die Musik machte, kam das Knarren und Quietschen der dünnen Bodendielen, als ob jemand zu den hämmernden Rhythmen tanzte.

Nach drei Nächten musikalischer Folter hatte ich die Nase voll. Ich überlegte, ob ich mich beim Hausmeister beschweren sollte, aber er hatte eine Whiskyfahne, und der Ausdruck in seinen blutunterlaufenen Augen war ziemlich lüstern gewesen. Dann überlegte ich, ob ich bei der Hausverwaltung anriefe, aber ich wollte nicht so früh den Ruf bekommen, mich ständig zu beschweren; Wohnungen waren schwer zu kriegen. Ich dachte auch daran, die Polizei zu rufen, aber die hatten wahrscheinlich ganz andere Probleme als zu laute Nachbarn.

Natürlich hätte ich einfach meine eigene Anlage auf höchste Lautstärke stellen können, aber sie hatte nur magere hundert Watt und gab nicht allzu viel her. Ich war hoffnungslos im Nachteil. Und ich wollte auch nichts kaputtmachen, wenn ich gegen die Decke klopfte.

Also hörte ich auf meine innere Stimme, eine wütende, fluchende Stimme, die in meinem Kopf schrie. Sie sagte mir, ich solle einfach die Treppe hinaufsteigen und meinem Quälgeist meine volle weibliche Wut ins Gesicht schleudern. Ich sollte verlangen, dass er endlich mit diesem verdammten Krach aufhörte!

Ich riss die Tür auf, stampfte durch den Innenhof, mit zusammengebissenen Zähnen und wütend verzogenem Gesicht. Aber als ich zur Treppe kam, das kühle Metallgeländer umfasste und die frische Abendluft über mich gleiten spürte, ließ meine Wut beträchtlich nach.

Wenn nun hinter dieser Tür eine Biker-Gang lauerte, denen zu ihrem Wochenendfick gerade noch eine Blondine fehlte? Oder eine einsame Irre, die ihre Medikamente nicht genommen hatte und für ihre Sammlung von Glasmurmeln noch ein paar junge, grüne Augen brauchte?

Unschlüssig stand ich am Fuß der Treppe. Ich blickte zum Fenster der Wohnung Nummer 18 hinauf. Hinter den Vorhängen war Licht, und ich stellte mir vor, wer wohl Böses dahinter wohnen mochte.

Aber dann drang ein besonders lauter Schwall Musik durch die Tür, und ich stürmte die Treppe hinauf.

Ich zog die Fliegengittertür auf und hämmerte gegen die Wohnungstür. Es gab zwar einen Türklopfer aus Messing, aber den ignorierte ich. Ich meinte es ernst.

Die Musik stoppte. Meine Faust hielt mitten in der Bewegung inne. Die Außenlampe ging an, und ich stand im Scheinwerferlicht wie ein Reh auf der Landstraße. Der Türknopf drehte sich, und ich begann zu zittern. Die Tür ging auf.

»Hi«, sagte der Typ, der über mir wohnte.

Er war etwa so groß wie ich, mit kurzen, glänzenden braunen Haaren und einem gebräunten zarten Gesicht. Seine Augen waren blau, er lächelte strahlend, und er trug einen roten Morgenmantel, der muskulöse Waden, Knöchel und nackte Füße zeigte.

»H…hi«, stammelte ich. »Ich … äh … ich habe deine Musik gehört.«

Er zog sich den Morgenmantel fester um die schmale

Taille. Seine Hände waren klein und zart, seine Augen funkelten. »Bisschen laut, was?«

»Ja, ein bisschen«, stimmte ich zu. Meine Wut löste sich in Luft auf.

»Tut mir leid.« Er streckte die Hand aus. »Ich heiße Dave. Ich hätte mich schon längst bei dir vorstellen sollen, aber ich bin ein bisschen schüchtern.«

Ich ergriff seine warme braune Hand und schüttelte sie. »Das ist schon okay«, erwiderte ich. »Ich bin Vanessa. Ich wohne unter dir.«

Dave grinste ein jungenhaftes Lächeln und öffnete seine Tür weiter. »Willst du nicht hereinkommen und einen Kaffee mit mir trinken? Dann können wir uns besser kennen lernen – Nachbarin.«

»Äh … klar. Danke.« Ich trat ein, in die Wohnung eines fremden Mannes, und ignorierte jede Warnung, die meine Mutter mir jemals eingebläut hatte.

Halb erwartete ich, dass er jetzt den Riegel an der Tür vorschieben und den Morgenmantel zu Boden gleiten lassen würde, um mich zu vergewaltigen, aber stattdessen stand ich mitten im Zimmer und betrachtete fasziniert eine silbern glänzende Stange, die von der Decke bis zum Boden reichte.

»Meine Stange ist dir aufgefallen«, stellte er fest, und ich zuckte zusammen.

»Hä? Nein«, keuchte ich erschrocken wie ein Teenager, der mit der Hand im Höschen und einer Justin-Timberlake-MPEG auf dem Computer erwischt worden ist. »Ich meine, ja. Bist du … äh … Feuerwehrmann oder so?«

Er lachte über meinen zweiten blöden Kommentar an diesem Abend. »Nein, Ich bin exotischer Tänzer. Mein Bühnenname ist David Goliath.«

Ich zog die Augenbrauen hoch.

»Ich habe an den letzten Abenden ein paar neue Bewegungen einstudiert«, erklärte er und steckte die Hände in die Taschen seines Morgenmantels. »Mit neuer Musik. Noch mal, Entschuldigung für den Krach.«

»Exotischer Tänzer«, wiederholte ich. »David Goliath.« Der interessanteste Nachbar, den meine Eltern jemals gehabt hatten, war der Kurator eines Miniaturmuseums. »Äh … hey, das mit der Musik ist kein Problem. Ich mag Musik.«

»Ja? Und exotischen Tanz?«

Machte er sich über mich lustig? »Nun … ich hab erst einmal einen Mann so tanzen sehen. Als meine Freundin Janet achtzehn wurde, haben wir für ihre Party ein Strip-o-gram organisiert. Aber der Typ war schon alt und ziemlich dick, und er hat nicht besonders gut getanzt – er hat eigentlich Janet die ganze Zeit nur seinen Schritt ins Gesicht geschoben und …« Ich plapperte dummes Zeug.

»Wie wäre es mit einem Kaffee?«

»Wundervoll«, erwiderte ich.

Wir setzten uns auf Daves weiche schwarze Ledercouch und tranken Kaffee aus feinen Porzellantassen. Im Hintergrund sang leise Chris Isaak. Daves Surround-Sound-System bestand aus zwei riesigen Lautsprechern, einem nicht minder riesigen Subwoofer und einem Stapel von Verstärkern und Tunern, die in einem geschmackvollen Entertainment-Center aus Ahorn untergebracht waren.

Und während ich meinen Haselnusskaffee trank und staunend die Umgebung musterte – die abstrakten Drucke an der Wand, die Bücherregale aus Kirschholz, die mit ledergebundenen Bänden vollstanden, Daves Bein, das aus dem Morgenmantel baumelte –, unterhielt er mich mit Geschichten über seine Abenteuer als Balletttänzer. Er hatte die Beine übereinandergeschlagen, und sein wohlgeformter Fuß sah nicht größer aus als meiner, nur wesentlich gepflegter. Der sichtbare Teil des Beins war glatt rasiert und gebräunt.

»Ich muss mich am ganzen Körper rasieren«, erklärte Dave, als er bemerkte, wohin ich schaute. »Ich muss nett anzuschauen sein und glatt, wenn die Leute mich anfassen wollen.«

»Oh … ja«, murmelte ich und blickte in die blauen Augen des Mannes. Meine Hand, die die Kaffeetasse hielt, begann zu zittern, als ich mir diesen ruhigen Mann mit den feinen Gesichtszügen vorstellte, wie er zu animalischer Musik vor einem geilen Publikum auf der Bühne an der Stange tanzte.

»Möchtest du ein paar meiner … ein paar von David Goliaths Übungen sehen?«

Ich verschluckte mich. Dave klopfte mir auf den Rücken, aber ich bekam kaum Luft. Seine Hand fühlte sich so warm und zärtlich an. »Du meinst … jetzt?«

»Klar«, erwiderte er grinsend. »Ich verspreche, dass ich die Musik nicht so laut stelle.«

»Nun, okay, klar, dann leg mal los.« Ich stellte meine Tasse auf einen antiken Beistelltisch und rieb meine feuchten Hände an meinen Jeans. Der letzte Mann, der für mich getanzt hatte, war Shuster, der Clown, gewesen, auf der Party zu meinem siebten Geburtstag.

Dave ergriff die Fernbedienung der Stereoanlage und drückte einen Knopf. Aus den riesigen Lautsprechern drang Harry Connick Jr. Dave stand auf und glitt zu seiner Übungsstange. Langsam schwang er sich herum, so dass er mich ansah.

Ich lächelte ihn unsicher an. Meine Wangen brannten heiß. Ein Privattänzer ganz für mich allein! Das war wirklich das Letzte, was ich erwartet hatte, als ich wütend die Treppe heraufgestampft war.

Leise, langsam und sexy erfüllte Harrys Song meinen Kopf und meinen Körper, und ich zerfloss innerlich. Dave lehnte sich gegen die Stange und begann, den Gürtel seines Morgenmantels aufzuknoten. Langsam glitt der Morgenmantel auf. Ich rutschte ganz nach vorne auf die Sofakante und krallte die Fingernägel ins Leder.

Der Kerl trug nur einen rosa G-String darunter, und sein ganzer Körper schimmerte braun. Er war unglaublich heiß, mit glatten, muskulösen Schenkeln, einem Sixpack-Bauch und schwerem Gemächt. Er lächelte mich an, und ich schmolz beinahe dahin.

Als der Song jazziger wurde, wirbelte er an der Stange herum. Der Morgenmantel rutschte von seinen Schultern, und mit aufgerissenen Augen verfolgte ich das Schauspiel. Er hatte einen muskulösen Rücken, und ich musste schlucken, als er mir einen Blick über die Schulter zuwarf.

Immer schneller wirbelte er um die Stange herum, und je tiefer der Morgenmantel rutschte, desto stärker wurde das Prickeln zwischen meinen Beinen und an meinen Brustspitzen, als wäre ich an die Stereoanlage angeschlossen. Er zog die Arme aus den Ärmeln heraus. Der Morgenmantel glitt zu Boden.

Die runden Hügel seines goldenen Hinterteils, von der dünnen Schnur des G-Strings sauber getrennt, sahen aus wie zwei reife Pfirsiche. Er wackelte mit dem Hintern.

»Ja«, hauchte ich und krallte meine Nägel ins Sofa.

Harry sang voller Inbrunst, Dave sprang hoch, griff die Stange und verschränkte seine Beine über dem glänzenden Metall. Die Ausbuchtung in seinem String küsste die Stange. Dann hielt er sich mit den Knöcheln fest und ließ sich kopfüber herunterhängen. Seine Bewegungen waren so fließend, anmutig und sexy wie Harrys Stimme, und sein Päckchen war provokativ zur Schau gestellt.

Ich sank fast auf die Knie. Meine Jeans und mein Höschen pressten sich an meine nasse Möse, meine Nippel bohrten Löcher in meinen engen Pullover. Dave richtete sich wieder auf, ergriff die Stange und löste seine Beine. Seine Zehen berührten wieder den Teppich, und er streckte den rechten Arm ganz aus, so dass er mir mit der linken Hand über die Wange streicheln konnte. Seine Augen lächelten mich an.

Harrys Liebesballade steuerte auf eine stimmliche

Klimax zu, und Dave sprang ebenfalls an der Stange hinauf. Mit Händen und Beinen hielt er sich oben fest und rutschte dann ganz langsam herunter. Sein Schritt liebkoste das Metall, und sein Hintern berührte den Boden, als Harry die Melodie auf dem Klavier ausklingen ließ. Ich war am Rande einer Ohnmacht.

»Wie hat es dir gefallen?«, fragte Dave und stand auf. Sein Körper glänzte vor Schweiß.

Ich stieß die Luft aus. »Es war großartig.« Dann sprang ich auf und schlang die Arme um den exotischen erotischen Tänzer.

Dave erwiderte meine Umarmung. Wir starrten einander in die Augen, und mein Herz klopfte so laut wie die Musik. Sein Körper war heiß und pochte an meinem, und ich stand in Flammen. Bevor Schüchternheit mich überwältigte, küsste ich den fast nackten Tänzer und dankte ihm für seine Darbietung. Damit öffnete ich natürlich einer anderen Art von Darbietung, zu der man zwei Personen brauchte, Tür und Tor.

Er zog mich fest in die Arme und erwiderte meinen Kuss. Seine Lippen waren weich, warm und feucht. Wir küssten einander eine Ewigkeit. Es war himmlisch. Mir drehte sich der Kopf, und mein ganzer Körper brannte. Schließlich löste Dave sich von mir. Aber anscheinend musste er nur kurz Luft holen, denn sofort presste er seine Lippen wieder auf meine und schob mir die Zunge zwischen die Zähne.

Harry trieb uns mit einer weiteren Liebesballade an. Ich ließ meine Fingernägel über Daves Rücken gleiten, umfasste seine Hinterbacken und knetete sie.

»Mmm«, stöhnte er in meinen Mund. Sein Atem war heiß und feucht auf meinem Gesicht.

Er fing meine Zunge zwischen seinen Zähnen ein und saugte daran. Sein Schwanz drückte sich fest und verlangend an meinen Bauch und wurde so groß wie die Stange, an der er gerade getanzt hatte. Seine Hände zogen an meinem Pullover. Nur widerwillig ließ ich seinen Arsch los und hob die Arme, damit er ihn mir über den Kopf ziehen konnte.

Ich schüttelte meine langen blonden Locken und blickte in Daves schimmernde Augen, als er meinen Büstenhalter öffnete und ihn mir auszog. Als er meine nackten Brüste sah, lächelte er und küsste sie sanft. Dann umfasste er sie mit den Händen und drückte sie liebevoll.

»Ja«, stöhnte ich. Hitze stieg in mir auf, als er sie bearbeitete.

Dave senkte den Kopf und neckte einen meiner Nippel mit der Zungenspitze. Ich zuckte vor Freude zusammen. Er drückte meine Brüste zusammen und leckte erst den einen rosigen, schmerzenden Nippel, dann den anderen. Dabei ließ er seine warme, nasse Zunge immer wieder um ihn herumgleiten. Lust prickelte durch meinen Körper. Ich fuhr mit den Fingern durch seine glänzenden Haare und packte hinein, als seine Hände gröber wurden und ich seine Zähne an meinen Nippeln spürte.

Schließlich ließ er meine Brüste los. Sie glänzten von seinem Speichel. Er ließ seine Zunge zu meinem Bauchnabel hinuntergleiten. Dann öffnete er meine Jeans und schob sie mitsamt meinem klatschnassen

Höschen herunter, so dass ich, abgesehen von meinen Söckchen, noch nackter war als er.

Er küsste mich, und seine zarten Finger flatterten zwischen meinen Beinen und liebkosten meinen feuchten Venushügel. Ich erschauerte, und er hauchte: »Was hältst du von einem Lap Dance, Vanessa?«

Ich war mittlerweile zu allem bereit, das sagte ich ihm auch. Wie aus dem Nichts tauchte plötzlich ein Stuhl auf – ein bequemer, extrabreiter Stuhl mit gepolsterten Armlehnen –, und Dave setzte mich darauf nieder. Er drückte auf die Fernbedienung, bis die Stimme von Foxy Brown aus den Lautsprechern swingte, mit schweren, wummernden Bässen, aber nicht allzu laut. Ich sprang auf und riss ihm die Fernbedienung aus der Hand, um die Lautstärke so zu steigern, dass Foxy laut genug sang, um die Wände, Dave und mich zum Vibrieren zu bringen.

Nackt und erwartungsvoll setzte ich mich wieder hin, damit Dave seine Nadel auf meinen Plattenteller schieben konnte. Aber er hatte andere, verrücktere Ideen. Plötzlich stürzte er aus dem Zimmer und kam mit einem Vorschnalldildo zurück.

»Ihre Erektion, Sir!«, rief er und hielt mir einen dreißig Zentimeter langen, schwarzen Gummiknüppel mit Lederharnisch hin.

Ich nahm das außergewöhnliche Sexspielzeug und lächelte unsicher. Ich wusste nicht genau, was jetzt von mir erwartet wurde, war aber zu allem bereit. Dave half mir, ihn um Taille und Muschi zu schnallen, und drückte mich dann wieder auf den Stuhl. Dann drehte er sich um und ließ seine festen Arschbacken an der Spitze der Gummi-Erektion tanzen. Schließlich senkte er sich langsam auf meinen Schoß, und der erotische Druck auf meine Muschi ließ mich wild werden. Aber schon war er wieder aufgesprungen und drehte sich zu mir. Er drückte meine Beine zusammen und setzte sich rittlings auf mich, so dass sein erigierter Schwanz nur wenige Zentimeter von meinen geöffneten Lippen entfernt war. Nur eine dünne Seidenschicht trennte mich von dem nackten männlichen Fleisch.

Er schwenkte die Arme über dem Kopf und ließ die Hüften kreisen. Dann sprang er auf, tanzte ein bisschen und riss sich den G-String herunter. Endlich streifte sein steifer Schwanz meine Lippen.

Entzückt starrte ich auf die schwankende Männlichkeit, wobei ich dachte, wie gut der Name David Goliath zu ihm passte, weil er genauso groß war wie meine Erektion. Ich schluckte und streckte die Zunge heraus, um kühn an seinem milchkaffeebraunen Köpfchen zu lecken. Dave zuckte zusammen und blickte mich wild an. Da niemand mich zurückhielt, leckte ich erneut und ließ meine Zunge um seinen unglaublichen Schaft gleiten.

Er stöhnte – ich glaubte es zumindest, weil die Musik so laut war, dass man kaum etwas verstehen konnte – und begann mit den Hüften zu pumpen. Er stieß seine Männlichkeit in meinen Mund, und ich nahm den dicken Stab auf. Ich hielt den Kopf starr und die Lippen locker, so dass Dave hineinstoßen und wieder herausgleiten konnte. Immer schneller wurde sein Tempo.

Ich starrte zu ihm hinauf, umfasste seinen festen, rasierten Sack und drückte zu. Erneut wurde sein Stöhnen von der ohrenbetäubenden Musik übertönt. Ich befingerte seine Eier, während er meinen Mund fickte. Sein muskulöser Körper war schweißbedeckt, sein hübsches Gesicht vor Lust verzerrt.

Mir wurde schwindlig von seinem Duft und seinem Geschmack, und bei allem, was ich mit meinen Fingern und dem Mund machte, drehte sich mir der Kopf. Aber die Dinge gerieten noch mehr außer Kontrolle.

Dave zog die Hüften zurück und glitt nass und tropfend aus meinem Mund. Dann sprang er vom Stuhl, ergriff eine kleine Flasche von einem Bücherregal und sprühte den Inhalt auf meinen Dildo zum Anschnallen – Gleitmittel. Ich wurde ganz schlüpfrig, als er mit der Hand an meiner Erektion auf und ab glitt. Dann reichte er mir die Flasche und zeigte mir erneut seinen schönen Hintern.

Ich war zwar ziemlich unbedarft, konnte mir aber trotzdem vorstellen, was der Typ im Sinn hatte. Und ich drehte fast durch. Hier war ich, ein junges, beinahe unschuldiges Mädchen, das zum ersten Mal allein lebte, und sprühte Gleitmittel über den Arsch meines Nachbarn, damit ich mit meinem Vorschnalldildo in ihn eindringen konnte.

Es blieb mir jedoch keine Zeit, alles noch einmal zu überdenken, denn die pochende Musik und der Mann drängten mich zum Handeln. Also packte ich meinen schlüpfrigen Stab und führte ihn zwischen Daves bebende Arschbacken. Er stieß zurück, und die Spitze meines Kunstglieds fand eine Öffnung und rutschte hinein.

Daves gesamter Körper wurde erschüttert, aber er stieß immer weiter zurück, bis er schließlich wieder auf meinem Schoß saß, den riesigen steifen Schwanz in seinem Arsch vergraben. Mein Atem kam stoßweise, meine Brüste bebten, meine Muschi stand in Flammen, weil das Leder an meiner Klitoris rieb, während Dave sich auf meinem Schwanz auf und ab bewegte.

Ich stieß Dave meine Hüften entgegen, fickte den Hintern des Mannes, dessen Arschbacken bebten, wenn wir zusammenstießen und der Dildo tief eindrang. Die Hitze seines Körpers und die nasse Reibung meiner Muschi, der dröhnende Bass der Musik brachten mich schnell an den Rand des Orgasmus, und dann kamen wir beide gleichzeitig.

Ich biss dem Mann in den Rücken, packte seinen Schwanz vorne und rieb ihn heftig, während ich ihn fickte. Sein Reiben verwandelte das Feuer in meinem Schritt in ein flammendes Inferno, und wir schrien beide auf. Ich zog dicke Stränge Samen aus seinem pulsierenden Schwanz, während mein eigener Orgasmus mich überschwemmte und Daves Hintern auf meinem umgeschnallten Schwanz auf und ab tanzte.

Selbst die dröhnende Musik ging in unserer gegenseitigen Ekstase unter.


Dave wurde für den Rest meiner Zeit in Birchwood Gardens ein sehr netter, aufmerksamer und liebevoller Nachbar. Er hielt die Lautstärke seiner Musik immer unten und sich selbst immer oben. Leider versetzte das Unternehmen, bei dem ich arbeitete, mich schon sechs Monate später in eine fünfhundert Kilometer weit entfernte Stadt, weit weg von Dave, und ich musste meine schöne Wohnung an eine andere junge Frau weitervermieten.

An meinem zweiten Abend in der neuen Stadt erhielt ich einen Anruf von Ella, dem Mädchen, das meine Wohnung gemietet hatte.

»Warum hast du mir nicht gesagt, dass über dir so ein lauter Nachbar wohnt?«, beklagte sie sich.

»Was meinst du?«, fragte ich unschuldig.

»Der Typ hat an den letzten zwei Abenden die Musik unglaublich laut gedreht.«

Ich lächelte und stellte mir Dave in all seiner tanzenden Pracht vor. »Ach ja? Nun, vielleicht solltest du mal hochgehen und mit ihm reden. Wenn du ihn darum bittest, stellt er sie wahrscheinlich leiser.« Was er mit ihr machen würde, erwähnte ich nicht.

Dave hatte anscheinend eine ganz eigene Art, neue Nachbarn kennen zu lernen. Ich war vermutlich nicht die Erste und würde sicher auch nicht die Letzte sein, die auf seinen Sirenengesang hereinfiel.

# Coda

## Katie Doyce

Ich beobachtete seine Hüften, die hin- und her-
schwenkten. Der Rest der Welt – die anderen Gäste
in der überfüllten Bar – verschwand, während ich den
Bewegungen seiner Hüften zusah. Seine langen Finger
glitten über die Saiten seiner Gitarre. *Glückliche Saiten.* Ich trank einen Schluck aus der Flasche Bier, die
ich in der Hand hielt. Die Musik dröhnte laut in meinen Ohren, aber ich sah und hörte nichts, nur seinen
Körper vor mir. Ich begehrte ihn, ich wollte, dass er
mich nahm.

Jeden Freitag saß ich auf einem Hocker an der
Bühne, in Augenhöhe seines Schritts, wenn er Gitarre spielte. Ich wollte, dass seine Finger auch mit mir
spielten, wollte ihn mit mehr als nur Applaus beden-
ken, wollte keuchend vor ihm knien und sein Gesicht
beobachten, während ich ihm einen blies. Jeden Abend,
wenn er spielte, wagte ich mich ein bisschen weiter vor,
sagte etwas zu ihm, lächelte und hoffte, er würde das
verzweifelte Verlangen, das zwischen meinen Beinen
pochte, nicht hören.

Seine Band zog normalerweise viel Publikum an, von

älteren Paaren, die so weit wie möglich von den riesigen Lautsprechern entfernt saßen, bis hin zu College-Studenten, die sich an der Bühne drängten. Die Band spielte eine Mischung aus traditioneller Folkmusik und Originalen mit keltischem Einschlag, jeder Song rockig unterlegt. Ich war schon seit drei CDs dabei, aber in Wirklichkeit folgte ich nur meinem Gitarristen. Ohne ihn wären sie nichts wert. In all der Zeit, in der ich hierherkam, um sie spielen zu hören, hatte ich mich mit den verschiedenen Barkeepern angefreundet, und auch mit der Kellnerin, die am meisten Trinkgeld bekam, wenn sie sich mit einem Tablett voller Drinks durch die Menge drängte, um sie hinter die Bühne zu den Musikern zu bringen. Einmal hatte ich sogar den Doorman mit nach Hause genommen, an einem Abend, als mein Rockstar mit einer anderen Frau gegangen war. Damals war ich so erregt gewesen, dass ich unbedingt jemanden in mir spüren musste, und ich wusste, dass mein kleiner Vibrator auf keinen Fall ausreichen würde.

Aber der Doorman war kein Rockstar. Als ich unter ihm in meinem Bett lag, stellte ich mir einen anderen Körper auf mir vor, andere Hände streichelten mich, eine andere Zunge leckte mich, drang in mich ein, und ich schrie einen anderen Namen, als ich kam. Ich lächelte höflich, als ich ihn das nächste Mal an der Tür sah, plauderte ein bisschen mit ihm, lud ihn aber nie wieder zu mir nach Hause ein.

Zwischen den Freitagen hörte ich die Musik der Band auf CD. Seine Whiskystimme erfüllte meine kleine Wohnung, wenn ich mich auszog, unter die Decke schlüpfte und mich zwischen den Beinen streichelte. Ich spielte mit mir selbst, dachte dabei an seine Finger, stöhnte und hörte seine raue Stimme singen. Ich stieß meinen Vibrator in mich hinein und stellte mir vor, wie seine Hüften gegen meine stießen. Immer schon war er in meinen Fantasien gewesen, wenn ich mich selbst befriedigte – die Details änderten sich, aber er war immer dabei. Ohne den Gedanken an ihn würde ich wahrscheinlich gar nicht kommen können, aber ich hatte sowieso keine Lust, das auszuprobieren. Ich biss mir auf die Lippen, als ich ihn jetzt auf der Bühne beobachtete und an all die Dinge dachte, die er in meiner Fantasie mit mir gemacht hatte. Die Dinge, die er mit mir tun sollte: hier, in meiner Wohnung, in seiner Wohnung, in der kleinen Seitenstraße neben der Bar und manchmal – mir wurde heiß, wenn ich daran dachte –, manchmal auch auf der Bühne.

Während der Show.

Die Frau hinter der Bar, eine kleine, freundliche Irin namens Annie, kam zu mir, um zu plaudern. Mein Gesicht wurde noch heißer, als ob sie wüsste, was ich dachte, und mich jetzt zur Rede stellen wollte.

»Komische Leute heute Abend«, sagte sie. Die Bar war voll, aber die Tanzfläche war leer. Die meisten Gäste saßen an den Tischen und unterhielten sich, ohne weiter auf die Musik zu achten. Die Band hatte darauf reagiert und spielte leiser als sonst, mehr Liebeslieder, die mich dahinschmelzen ließen. Im Geiste sah ich Szenen vor mir, zu denen Kerzen, Massagen und Bäder gehörten.

»Ja.« Mit gerunzelter Stirn studierte sie die Tische um uns herum, dann wandte sie sich wieder mir zu. »Was ist mit dir? Tanzt du heute Abend?«

Ich lächelte. Ich tanzte gerne, liebte es, den harten Boden unter meinen Füßen zu spüren, meinen Körper zur Musik zu bewegen. Wenn ich mich heiß und verschwitzt in der Menge bewegte, unsichtbare Hände mich berührten, fremde Leiber sich an mich pressten, dann war ich glücklich.

Annie unterbrach meine Gedanken. »Ich mache es dir leicht.« Sie stellte ein frisches Bier vor mich auf die Theke. »Wenn du tanzt, ist es kostenlos. Wenn nicht, kostet es doppelt so viel.«

Ich lachte.

Sie zog eine Augenbraue hoch. »Du glaubst wohl, ich mache Witze?« Sie wies auf die Tische. »Niemand tanzt, was bedeutet, dass auch niemand Durst bekommt, was wiederum bedeutet, dass ich nichts verdiene.« Sie verzog die Lippen. »Also, bring die Leute zum Tanzen. Du bekommst das Bier umsonst, ich kriege Trinkgeld, und alle sind zufrieden.«

So gesehen machte es Sinn, zumindest für sie. Und ich musste unwillkürlich daran denken, wie er mich ansehen würde, wenn ich alleine auf der Tanzfläche wäre.

»In Ordnung, ich mache es.« Ich trank mein altes Bier aus und stand auf. Hinter mir machte Annie eine Geste zur Band, und mein Gitarrist blickte erst sie, dann mich an. Ich leckte mir über die Lippen und erwiderte seinen Blick. Er sagte etwas zum Drummer, vermutlich, welchen Song sie als Nächstes spielen würden.

Die Musik setzte ein, und ich begann mich zu bewegen.

*Am Ende des Abends konnte sich niemand erinnern, wann alle zu tanzen angefangen hatten, aber sie wussten, dass es mit dem Mädchen begonnen hatte.*

*Beim ersten Song war sie allein auf der Tanzfläche. Allerdings nicht wirklich allein – die Band war bei ihr wie ein Tanzpartner, daran erinnerte sich jeder, obwohl sie sich nicht einig darüber waren, wer wen führte. Es war die Art von Song, die Art von Tanz, bei dem man unwillkürlich daran dachte, wie man jemanden küsste, den man gerade erst kennen gelernt hatte, gegen eine Mauer gedrückt, vom Regen durchnässt. Als der Song endete, brach tosender Beifall los.*

*Das lag an ihr.*

*Die Band machte kaum eine Pause, und sie begann, sich wieder zu bewegen. Dieses Mal langsamer, weil es ein trauriges Lied war, und sie tanzte dazu so, wie es passte. Die Leute standen auf und stellten sich an die Tanzfläche – sie wollten ihr nahe sein und alles mitbekommen.*

*Beim nächsten Song war die kleine Tanzfläche vor der Bühne voller tanzender Menschen. Sie war nicht mehr allein, aber sie war trotzdem die Einzige, der die Blicke des Gitarristen galten. Daran erinnerten sich die Leute. Sie erinnerten sich daran, wie sie tanzte und wie sie ihn ansah, und als sie darüber redeten, blickten sie weg, verlegen, als wären sie in die Intimsphären anderer Leute eingedrungen.*

*Noch während der Vorstellung verließ sie die Tanz-fläche.*

*Wann genau, wusste niemand, weil mittlerweile alle tanzten.*

Ich trank das kalte Bier, das Annie mir spendiert hatte, in einem Zug aus und grinste sie an, als sie an mir vorbeihuschte, um eine andere Bestellung auszuführen. Die Tanzfläche war voll, und ständig kamen Leute zu mir, um mich zum Tanzen aufzufordern oder mir zu sagen, wie fantastisch ich getanzt hätte. Ich blieb jedoch erst einmal an der Theke sitzen, mit dem Rücken zur Bühne. Für mich zählte nur, wie mein Rockstar mich angesehen hatte, als ich tanzte.

Er beobachtete mich auch jetzt noch.

Endlich.

Ich schob jeden Zweifel, den ich noch hatte, beiseite und konzentrierte mich auf das Traumbild, das an so vielen Abenden mit mir nach Hause gekommen war. Mit den Augen stellte ich ihm eine Frage, und er beantwortete sie mit seinem Gesichtsausdruck.

*Komm zurück auf die Tanzfläche. Komm zu mir zurück.*

Langsam schüttelte ich den Kopf und biss mir auf die Lippe. Ich brauchte mehr als nur Tanzen. Unruhig rutschte ich auf meinem Barhocker hin und her. Mir war warm – heiß. Mein Körper rief nach ihm. Ob es in der dunklen Bar wohl jemand merken würde? Meine Finger spielten mit dem Saum meines kurzen schwarzen Rocks, und ich überlegte, ob ich mir nicht die Hand zwischen die Beine schieben sollte. Er beobachtete mich.

Ich konnte es sehen.

Ich musste nur ein wenig nach vorne rutschen, auf die Kante des Barhockers, und dann konnte ich den Rock ein bisschen weiter hochschieben. Mit dem Daumen konnte ich den Zwickel meines Höschens zur Seite schieben, damit Luft an die feuchte Stelle zwischen meinen Beinen kam. Die Knie so weit gespreizt, dass ich Platz hatte, um zwei Finger, die ich mir vorher in den Mund gesteckt hatte, hineinzuschieben. Und dann ein auffordernder Blick zu ihm, der mich immer noch beobachtete. Er würde sehen, was ich machte. *Ich tue etwas Schlimmes. Komm her und versohl mir den Hintern.*

Ich hielt es nicht mehr aus. Ich konnte nicht mehr warten. Ich sprang auf, um zur Toilette zu gehen und mich in einer der engen Kabinen selbst zu befriedigen. Leider stieß ich mit Annie zusammen, die der Kellnerin gerade ein Tablett voller Bierkrüge reichte. Im Bruchteil einer Sekunde war ich klatschnass, mein T-Shirt voller Bier.

»Oh, verdammt!«, fluchte ich.

Annie entschuldigte sich und reichte mir ein Handtuch. Während ich versuchte, den Schaden zu beheben, nickte sie zur Treppe hinter der Bar. »Ich habe unten noch ein paar frische T-Shirts. Geh doch runter und hol dir eins.«

»Ja, danke, das mache ich.« Ich schlüpfte hinter die Theke. Die Band kündigte den letzten Song vor der

Pause an. Unten waren die Geräusche aus der Bar nur noch gedämpft zu hören. Ich zog mein nasses T-Shirt aus und wrang es aus. Dabei blickte ich mich in dem großen Lagerraum suchend nach der Kiste mit T-Shirts um.

In der Ecke, wo ein Teil des Raums als Büro abgetrennt war, stand ein Pappkarton unter einem Regal mit Fotos, hauptsächlich von den Bands, die in der Bar gespielt hatten. Ich ließ mein nasses T-Shirt zu Boden fallen und musterte die Fotos. Mein Blick fiel natürlich sofort auf meinen Rockstar. Die meisten Fotos waren jedoch älter, von Bands, die früher einmal in der Bar gespielt hatten und dann berühmt geworden waren oder aufgehört hatten. Ich lächelte, als ich mich an einige der Partys und Szenen erinnerte, die auf den Bildern zu sehen waren.

Ich weiß nicht, warum ich ihn nicht hörte. Vielleicht hatte ich ihn ja gehört und wollte nur sehen, was er machte, wenn ich nicht reagierte.

Er trat hinter mich und fuhr mir mit dem Finger über den Rücken. Ich bekam eine Gänsehaut – nicht vor Kälte, sondern vor Erregung. Er hakte seinen Zeigefinger in den Träger meines Büstenhalters und zog ihn mir langsam von der Schulter: zuerst den einen, dann den anderen. Dann drückte er mir einen sanften Kuss auf die Schulter, während er die Schließe des BHs öffnete.

Ich ließ die Hände sinken, mit denen ich meine nassen Haare hochgehalten hatte, und die Strähnen glitten feucht über meine heiße Haut. Immer noch stumm, drehte ich mich um. Ich bedeckte mich nicht, als der

Büstenhalter zu Boden fiel. Es war genau, was ich wollte. Worüber ich unendlich oft bis zum Orgasmus fantasiert hatte.

Sanft glitten seine Finger über mein Schlüsselbein. »Hey, Tanzmädchen.«

»Hey, Rockstar.« Ich starrte ihn an. Dann schob ich eine Hand in den Bund seiner Jeans und zog ihn an mich. Mit einem Stöhnen drückte er seine Lippen auf meine und drängte mich über den Schreibtisch.

Ich schlang beide Arme um seinen Hals. Die Hitze, die er ausstrahlte, übertrug sich auf meine feuchte Haut. Ich saugte an seiner Zunge und spürte, wie hart sein Schwanz an meinem Bauch wurde.

Er packte meinen Arsch, hob mich auf die Schreibtischkante, und ich schlang die Beine um seine Oberschenkel, so dass ich seinen harten Schwanz an meiner Muschi spüren konnte, als er gegen mich stieß. Ich war geschwollen und nass, und es war die reine Folter, wie sein Schwanz in der Jeans über meine Klitoris rieb. Beim nächsten Stoß biss ich ihn in die Lippe und klammerte mich fest an ihn.

»Hier oder irgendwo anders. Jetzt. Es ist mir egal.«

Ich wusste nicht, wer von uns beiden das sagte, aber es spielte auch keine Rolle.

Seine Lippen an meinem Kinn, seine Zähne an meinem Ohrläppchen, seine lederweiche Stimme, die grollte: »Hier. Genau hier.«

Mein Gesicht brannte. Wieder stieß er gegen mich, noch fester.

»Ja.« Ich erkannte kaum meine eigene Stimme.

Er schob meinen Rock hoch, und die kühle Kellerluft glitt über meine Schenkel. Ein Ruck, und mein Höschen glitt feucht an meinen Beinen hinunter. Ohne Vorwarnung stieß er seine Finger in mich hinein. Ich warf den Kopf zurück und bäumte mich auf. Mit dem Daumen bearbeitete er meine Klitoris, mein ganzer Körper bebte. Unbeholfen holte ich mit zitternden Fingern seinen Schwanz aus der Jeans und umschloss ihn mit der Hand. Er stöhnte – grollte – und stieß in meine Hand hinein. Ich streichelte ihn.

»Gefällt dir das?«

Ich bekam nur ein Stöhnen zur Antwort. Ich lächelte. Jetzt hatte ich ihn, und obwohl das Blut durch meine Adern rauschte und ich mich mit jeder Faser meines Körpers nach ihm sehnte, wollte ich jetzt doch wenigstens ein paar Bilder ausspielen, die ich schon so lange im Kopf hatte. Ich stand in dem kleinen Zwischenraum zwischen dem Schreibtisch und ihm und presste mich an ihn. Dann glitt ich langsam an seinem Körper hinunter. Ich kniete vor ihm. Meine Hand hatte ich immer noch um seinen Schwanz geklammert, und ich leckte ihn. Einmal, zweimal wirbelte meine Zunge um seine Eichel, dann nahm ich ihn tief in den Mund, bis die Spitze seines Schwanzes hinten an meinen Rachen drückte. So hatte ich es immer schon gewollt. Ich spielte sein Instrument, und sein Stöhnen war wie Musik in meinen Ohren.

Erneut neckte ich ihn, indem ich mich zurückzog, aber nur für ein paar Sekunden. Ich hatte schon lange genug gewartet – zu lange. Ich knabberte an seinem

Ohr und flüsterte: »Jetzt.« Er griff hinter mich, schob alles, was auf dem Schreibtisch lag, beiseite und setzte mich wieder auf den Schreibtisch. Seine Stimme bebte. »Leg deine Beine um mich. Lehn dich zurück.«

Als ich spürte, wie sein Schwanz in mich eindrang, konnte ich nichts anderes mehr denken. Er beobachtete mich, und dann senkten seine Lippen sich wieder auf meine.

Als sein Mund zu meinem Hals hinunterglitt, sagte ich alles Mögliche – ich weiß nicht mehr, was, aber es gefiel ihm.

Er packte meine Hüften und glitt langsam und fest in mich hinein. Perfekt. Ich zog ihn mit den Beinen dichter an mich heran, er stöhnte. Keuchte. Ich ließ meine Hüften kreisen, und auch das fühlte sich gut an. Verdammt gut.

Ich schlang meine Arme um seinen Hals. Ließ meine Lippen über seine Kehle gleiten und leckte ihm den Schweiß von der Haut. Saugte.

Biss. Brachte ihn zum Zittern. Er stieß immer fester in mich hinein, und ich rieb meine Klitoris an der Wurzel seines Schafts. Er pumpte und packte mich, zog mich bei jedem Stoß an sich, und wir bebten beide.

Wir hielten beide perfekt den Rhythmus – er war der Rockstar, ich die Tänzerin. Ich schlang die Beine noch fester um ihn und schwang meine Hüften. Vor meinen Augen verschwamm alles; mein Atem rauschte in meinen Ohren.

»Ja, Baby. Tanz auf mir.«

Das sagte er, aber ich tanzte nicht, ich hielt mich nur

noch fest, flüsterte seinen Namen, schlug die Zähne in seine Schulter und fuhr mit den Fingernägeln über seinen Rücken. Hitze entstand, so nass, dass ich sie hören konnte.

Und ich verlor meine Stimme völlig in einer plötzlichen, harten Welle. Ich bekam keine Luft mehr, zitterte am ganzen Leib, meine Säfte liefen zuckend aus mir heraus. Ich sank zurück, aber er fing mich auf und begann, mich leidenschaftlich zu küssen.

Sein Rhythmus wurde langsamer, und er ließ mich herunter und trat einen Schritt zurück. Er war offensichtlich noch nicht gekommen und noch bereit. Mit zitternden Händen zog er seinen Reißverschluss hoch. »Ich … ich muss weiterspielen«, sagte er, und ich erbebte, als ich seine raue Stimme hörte.

»Ja«, murmelte ich, »ich weiß.« Ich zog meinen Rock herunter und versuchte, ihn zurechtzurücken. Dann stand ich auf und schaute ihn an.

Er betrachtete mich, und seine Lippen kräuselten sich zu einem Lächeln. »Wie wäre es, wenn wir nachher zu Hause weitermachen, Baby?«

Das fragte er immer. Mein Rockstar. Meiner.

Lächelnd schob ich mir eine Haarsträhne aus dem Gesicht, so wie ich es immer tat. »Ja.«

Das war das Beste an unserem Lieblingssong: Wir wussten, wie er endete.

# 17 sündig-heiße Stories!

288 Seiten. ISBN 978-3-442-37566-0

Was hat ein Pfirsich mit Sex zu tun? Und wer steckt hinter
der mysteriösen »Nummer acht«? Wie präsidial fühlt sich
Sex an, wenn man es in Marilyns Kleid mit einem
Typ JFK treibt? Und wie viele Kerle passen in
China Blues Bett? Heiße, tabulose Stories –
geschrieben von Frauen für Frauen!

# »Intelligent, scharf, anders.«
## Scarlet

336 Seiten. ISBN 978-3-442-37564-6

Lassen Sie sich entführen in eine sinnlich-sündige Welt des
Verlangens, in der es nicht nur darum geht, zu verführen
oder verführt zu werden. Es geht darum, dieser Verführung
auch nachzugeben und sich in einen unwiderstehlichen
Sog der Lust fallen zu lassen.